KICK

"네가 능력을 발휘하려는 순간 네 앞을 가로막는 건 늘 있을 거다. 어떤 일이 생길 수도 있고, 누군가가 네 앞길을 막을 수도 있어. 축구장에 철조망을 손보는 사람이 늘 있고, 골문에 골키퍼가 늘 있듯이 말이다. 네가 할 일은, 그 골키퍼 너머를 바라보는 거란다."

경기장 관리인이 숨을 크게 내쉬며 자루를 어깨에 둘러멘다. 그리고 발밑 잔디에 작은 알갱이를 뿌린다.

"꿈꾸는 사람이라면 가끔 악몽에 시달리게 되어 있어. 다만 꿈에서 깨어나고 싶을 정도로 겁을 먹지는 말아야지."

KICK
First published in the UK in 2017 by Usborne Publishing Ltd,
Usborne House, 83–85 Saffron Hill, London ECIN 8RT, England.
www.usborne.com

킥

초판 1쇄 발행 2019년 8월 1일 | **초판 3쇄 발행** 2020년 8월 20일
지은이 미치 존슨 | **옮긴이** 이혜선
편집디자인 최미영 | **종이** 신승지류유통(주) | **인쇄 제본** 상지사 P&B
펴낸곳 도서출판 나무야 | **펴낸이** 송주호 | **등록** 제307-2012-29호(2012년 3월 21일)
주소 (03424) 서울시 은평구 서오릉로27길3, 4층
전화 02-2038-0021 | **팩스** 02-6969-5425 | **전자우편** namuyaa_sjh@naver.com

ISBN 979-11-88717-11-8 43840

킥

KICK

미치 존슨 장편소설 | **이혜선** 옮김

Namuyaa Publisher

지금 아니면 기회가 없다

시계를 보니 2분 남았다.

경기를 지켜보는 관중들이 깍지 낀 손을 머리 위로 올린다. 관중들 목에는 스카프가 느슨하게 걸려 있다. 양쪽 뺨을 불룩하게 부풀리고 있는 사람들도 보인다.

지금 아니면 기회가 없다.

공이 미드필드에서 높이 날아와 페널티 박스 가장자리에 있는 선수에게 간다. 그 선수가 공을 가슴으로 받아 내리면서 달려드는 수비수를 살짝 피한다. 그리고 공을 차려고 발을 뒤로 빼지만 그건 다음 태클을 끊어내는 속임수이다.

그가 페널티 박스 안으로 돌진하자, 관중들이 일제히 자리에서 일어선다.

수비수들이 발을 뻗어 그의 슛을 막으려 하지만 그는 수비수들을 따돌리며 공을 몰고 간다. 골키퍼가 두 팔을 쫙 벌리고 앞으로 나오면서 공을 주시한다. 관중들이 양손으로 얼굴을 감싸

쥔 채 손가락 사이로 그 장면을 지켜본다.

그가 골문을 향해 슛을 날린다.

공이 골키퍼의 손끝을 빠르게 스치고 지나간다. 그러나 한순간 공이 골대 위로 넘어갈 것 같다. 관중들은 숨이 턱 막힌다. 다음 순간 공이 골망을 깊숙이 가르고, 관중들이 폭발한다.

새로운 우승 팀은 레알 마드리드이다!

우승을 축하하려고 앞으로 달려나가며 무릎으로 슬라이딩을 한다. 바닥에 있는 작은 돌에 무릎이 쓸려 곧바로 일어서는데 피가 다리를 타고 흐르는 게 느껴진다. 관중석에서 수많은 팬들이 팔짝팔짝 뛰며 소리치는 것처럼 들리게 하려고 녹슨 철조망을 찰캉찰캉 소리 나게 흔든다. 사방으로 허물어져가는 아파트 건물들이 마치 축구 경기장처럼 높이 치솟아 있다. 나는 5층에 사는 귀가 먼 노인들에게까지 들리도록 고래고래 소리를 지른다. 그리고 두 손으로 하트 모양을 만들어 레알 마드리드 배지가 붙어 있어야 할 왼쪽 가슴에 갖다 대고 톡톡톡 두드린다. 인도네시아의 축구 신동이 또다시 해냈다!

두 손으로 하트 모양을 만드는 것이 내 골 세리머니이다. 우스톤은 무슬림인데도 득점할 때마다 가슴에 십자가를 긋고 그 손으로 하늘을 가리킨다. 십자가를 그으면 알라신이 화낼 거라고 옆에서 아무리 말려도 우스톤은 흉내 내는 것뿐이니까 상관없다고 한다. 그래도 위험을 무릅쓰고 그렇게까지 할 일은 아닌 것 같다.

로치가 다가오더니 한 팔로 내 어깨를 감싼다.

"멋진 골이야, 부디! 제대로 한 방 먹였어!"

나는 광장 바닥에 벌러덩 누워 있는 우스톤과 위도도를 쳐다본다. 둘이서 동시에 슬라이딩 태클을 한 바람에 흙먼지가 자욱하게 피어올라 있다. 따뜻한 저녁 공기에서는 돈 냄새가 풍긴다.

그 광장은 정확히 말하면 정사각형이 아니라 쿼드리래터럴 쿼드랭글(각과 변이 네 개인 사각형을 통틀어 가리키는 말이다_옮긴이)이다. 이 말은 로치한테서 들어서 안다. 그래서 말인데, 로치는 천재다. 열세 살 때까지 학교에 다녀서 모르는 것이 없다. 물론 로치가 아는 것 가운데는 쿼드리래터럴 쿼드랭글이나 고대의 역사나 '물리학'인지 뭔지처럼 쓸모없는 것들이 많긴 하지만 말이다. 얼마 전에는 로치가 우주가 팽창하고 있다고 말했는데, 사실 무슨 뜻인지 모르겠다. 로치가 설명해 주긴 했지만 나는 로치 같은 과학 천재가 아니라 웨이크필드 같은 축구 천재이니까. 언젠가 나도 웨이크필드처럼 세계적으로 유명한 축구선수가 될 것이다. 그래서 로치에게 멋진 이야기라며 고개를 끄덕이고는 그런 이야기 말고 축구와 관련된 재미있는 이야기를 해 달라고 한다.

골키퍼로 뛰는 파크리가, 우리가 골문으로 쓰는 녹슨 철조망에 몸을 기대고 서서 축구공에 씌워진 비닐을 뜯어내고 있다.

파크리는 가톨릭 신자라 골문을 지켜야 한다. 가톨릭은 여러 기독교 교파의 하나이다. 가톨릭과 기독교는 (알라신이 아닌) 똑같은 신을 떠받들긴 하지만 같지는 않다. 그러니까 맨체스터 유나이티드와 맨체스터 시티와 비슷하다. 이 두 팀은 영국 맨체스터에 연고를 두고 있다는 것 외에는 같은 점이 하나도 없다. 파크리는 골문을 맡기 싫어하지만, 무슬림 넷에 가톨릭 신자 하나이므로 어쩔 수 없다. 로치는 이것이 민주주의라며 민주주의에는 반대할 수 없는 거라고 한다.

녹슨 철조망 뒤에는 쓰레기통이 늘어서 있다. 쓰레기통 위에는 아파트의 발코니가 자리하고 있는데, 한 비쩍 마른 남자가 발코니에 앉아 우리를 내려다보고 있다. 그 남자의 두 발이 아파트 벽에 생긴 틈새에 끼워져 있는데 발바닥이 시커멓다. 남자가 입으로 손톱을 물어뜯어 발코니 너머로 뱉어낸다. 어느덧 기름에 채소를 튀기는 냄새와 향신료 냄새가 경기장으로 날아온다. 냄비와 프라이팬이 달가닥거리는 소리도 울려 퍼지는데, 경기장을 둘러싼 네 방향 가운데 한쪽만은 조용하다 못해 으스스하다.

드래곤이 사는 곳이 바로 거기이다.

누군가는 드래곤이 코모도 섬 출신이라 그런 이름이 붙었다고 한다. 그곳 출신이 맞긴 하지만 그 때문에 드래곤이라고 불리는 건 아니다. 예전에는 범죄자들을 모두 코모도 섬으로 보냈으므로 그곳 출신은 모두 범죄자의 후손이다. 이 말에는 많은 뜻이 들어 있지만, 드래곤이라고 불리는 이유는 아니다.

또 누군가는 드래곤이 생김새 때문에 그런 이름이 붙었을 거라 한다. 불룩한 배, 손가락마다 낀 보석반지, 목에 걸친 굵은 금목걸이 때문에 그런 별명을 가졌을 거라는 것이다. 사실은 이런 것들이 있기 전부터 드래곤이라 불렸다. 반짝이는 반지와 목걸이는, 그가 돈이 많아서 하는 것이다. 엄청나게 돈이 많아서. 꼭 축구선수처럼. 드래곤은 이 지역의 주요한 임대업자이자 사채업자라서 모두 얼마쯤 빚을 지고 있다. 드래곤에게 빚진 게 없다면 틀림없이 이제 막 갚았기 때문이다.

드래곤에게 이런 별명이 붙은 진짜 이유는, 출신지나 생김새와는 아무 관계가 없다. 드래곤은 자신의 뜻에 거스르거나 자신을 배신하거나 험담하는 사람이 있다면 잘근잘근 씹어 뼈만 뱉어내기 때문에 드래곤이라 불린다. 뱉어낸 뼈는 묻어주지도 않는다.

흙먼지가 내려앉으면서 땀이 밴 내 몸에 들러붙는다. 마침내 위도도가 제 반바지에 묻은 흙먼지를 털어내며 일어선다. 그리고 자기 형을 부축하려 손을 내미는데, 우스톤이 위도도의 손을 찰싹 때리며 밀친다.

"야, 우스톤. 패배를 인정해야지." 로치가 한 말이다.

"재경기해." 우스톤이 대꾸하며 몸을 일으켜 앉더니 두 무릎 사이에 고개를 떨군다.

"너무 늦었잖아. 나 집에 가야 돼." 또다시 로치이다.

"골든골은 어때?"

나는 발끈한다. "말도 안 돼, 우스톤. 양 팀이 비겼을 때에만 골든골로 승부를 가리는 거야. 지금은 우리가 이겼잖아."

"닥쳐, 부디. 순전히 얻어걸린 골 갖고 뭘 그래?"

"뭐, 누가 얻어걸린 골이래?"

"맞잖아, 분명히 얻어걸린 골이었다고! 다시 한 번 붙으면 너는 한 골도 못 넣을걸. 너랑 나랑 일대일로 붙어볼까? 바르셀로나 대 레알 마드리드로? 파크리는 골키퍼 보고, 로치는 집에 엄마나 보러 가."

"그럼 난 뭐 해?" 위도도가 묻는다.

"심판 봐." 우스톤이 답한다.

위도도가 얼굴을 찡그리며 또다시 반바지에 묻은 먼지를 털기 시작한다. 지금쯤 우스톤이 패배를 깨끗이 인정할 줄 알았다. 그동안 로치와 내가 우스톤에게 얼마나 많이 가르쳐줬던가. 하지만 바르셀로나가 레알 마드리드보다 더 낫다고 여기는 아이에게 뭘 더 바라겠는가. 나는 경기를 더 해서 우스톤을 이기고 싶은 마음이 굴뚝같지만 저녁식사 시간에 늦으면 안 된다.

갑자기 로치가 소리를 지른다. "부디! 네 다리!"

눈길을 아래로 떨어뜨리는데 때마침 피가 발목을 타고 흐르고 있다. 피는 신발 혀 위로 흘러가 신발끈에 스며든다. 이렇게 큰 상처는 생전 처음이다.

"이크! 너무 심하다. 집에 가서 얼른 씻는 게 좋겠어."

로치의 말에 아이들이 모두 모여들어 놀란 눈빛으로 내 무릎에 난 상처를 쳐다본다. 다리를 구부려보니 따끔따끔 아프고, 피가 다시 주르르 흐른다.

"그래, 그만 집에 가라." 파크리가 로치의 말에 동의하듯 말한다.

나는 축구공을 집어 들고 다리를 절뚝거리며 집 쪽으로 발걸음을 옮긴다. 사실 별로 아프지 않지만 이 기회를 최대한 써먹는 거다. 축구선수들이 그렇지 않은가. 머리 위로 빨랫줄들이 길게 늘어져 있는데 거기 걸려 있는 빛바랜 옷들이 레알 마드리드 깃발 같다. 우리 팀이 프리메라 리가(스페인 프로 축구 1부 리그를 가리키는 말로 줄여서 '라 리가'로 부르기도 한다. 세계에서 가장 인기 있는 프로 리그 가운데 하나이다_옮긴이)에서 우승한 것 같다. 그래서 지금 마드리드로 돌아오고 있는 것 같다.

자부심으로 가슴이 터질 듯하다. 그래서 레알 마드리드 배지가 붙어 있어야 할 내 왼쪽 가슴을 톡톡 두들겨본다.

"우스톤, 내일 밤에 일대일로 붙자." 나는 고개를 돌려 큰 소리로 외치고 겅중겅중 뛰기 시작한다. "바르샤(스페인 프로 축구 팀인 FC 바르셀로나의 애칭이다_옮긴이)가 질 거야!"

집보다 좋은 곳은 없다

"부디, 다리는 또 왜 그러니?"

엄마는 늘 걱정을 안고 산다. 할머니 걱정, 돈 걱정, 내 걱정. 건강에 해로우니까 그렇게 걱정하지 말라고 늘 말하는데, 그럴 때면 엄마는 당신이 그렇게 걱정이 많다며 또 걱정이다. 엄마가 특히 걱정이 심할 때는 내가 다칠 때이다. 그건 내게 출혈이 멎지 않는 혈우병이 있어서이다. 그러니까 내 피에 뭔가 문제가 있고, 그 문제란 피가 제대로 응고하지 않는다는 거다. 우스톤 말로는, 참된 무슬림과 달리 우리 가족이 기도나 금식을 안 해서 알라신이 이런 저주를 내린 거란다. 우리 할아버지도 이 병을 앓았고, 우리 아빠와 아빠의 쌍둥이 동생도 이 병을 앓고 있으므로 가족에게 내려진 저주라고도 할 수 있다. 그러나 우리 집에서는 삼촌 이야기는 하지 않는다. 삼촌이 감옥 섬으로 편도여행을 떠난 뒤로는 일절 하지 않는다.

우스톤이 모르는 게 있는데, 혈우병이 있으면 상대방의 태클을 누구보다 잘 피하게 되므로 축복을 받은 거나 다름없다는 사실이다.

"괜찮아요. 그냥 조금 긁혔어요."

"하지만 피가 사방에 흥건한걸!"

다리를 살펴보니 집까지 뛰어오는 바람에 훨씬 심각해 보인다는 걸 알겠다. 정강이를 따라 피가 이리저리 흐르고, 신발에도 온통 핏방울이 튀어 있다.

"어쩌다 이런 거야?"

"호랑이가 덤벼들잖아요."

"아, 진짜!" 엄마가 팔짱을 끼자 주황색 웃옷에 주름이 간다.

"한데 호랑이가 자카르타 시내 한복판에서 뭘 하고 있었을까?"

"수마트라 섬에서 여기까지 헤엄쳐 온 게 틀림없어요. 로치가 그러는데, 수마트라호랑이는 발가락 사이에 물갈퀴가 있어서 헤엄을 진짜 잘 친대요."

"정말? 그 먼 길을 헤엄쳐 오느라 배가 고팠겠구나."

"아주 배고팠겠죠."

"그런데 왜 그렇게 조금밖에 안 먹었을까?"

"먼저 우스톤을 먹었거든요."

엄마가 웃음을 터뜨린다. 엄마 얼굴에서 걱정이 사라지는 걸 보자 나도 모르게 웃음이 나온다. 그런데 금세 엄마 표정이 몹시 심각해진다.

"우스톤이 네 다리를 이렇게 한 게 아니었으면 좋겠는데. 너희 남자애들이 사이좋게 놀면 좋으련만. 로치가 너를 안 돌봐주니?"

나이에 비해 몸집이 작으면 이것이 문제이다. 옆에서 지켜봐줄 경호원이 필요하다고들 생각한다. 혈우병이 있는 경우에는 더욱더.

"엄마, 저는 누가 돌봐주지 않아도 돼요. 이제 열두 살 다 됐어요. 아무튼, 제가 오늘 넣은 골을 엄마가 봤어야 해요!"

엄마가 내 머리카락을 헝클어뜨린다. "그 이야기는 이따 저녁 먹고 들을게. 아빠가 돌아오시기 전에 네 다리부터 씻자. 여기 계단에서 기다려. 수건이랑 물을 가져올 테니."

현관 앞 계단에 앉아 도로 쪽으로 다리를 쭉 펴고 정강이 앞쪽에서 피딱지를 뜯어낸다. 무릎 밑에 작은 유리조각이 박혀 있어서 그것도 파내 튀겨 날린다. 길 건너로 날아간 유리조각이 아파트 건물 입구에 흩어져 있는 쓰레기들 틈으로 떨어진다. 길 건너 아파트는, 내가 알기로 지금 무너지기 직전이다. 아래쪽에서 널찍하게 갈라진 금이 벽을 따라 위로 뻗어 있고, 아파트가 통째로 옆 건물 쪽으로 기울어진 것 같다. 아빠 말로는 잘못된 콘크리트를 써서 그렇다고 한다. 정부에서는 사람들이 그 아파트에서 사는 걸 금지했다. 그러나 드래곤이 지금도 집세를 받고 그 아파트를 빌려주고 있다.

엄마가 다시 나와 내 옆에 수건과 물을 내려놓는다. 엄마의 치맛자락에 새겨진 꽃무늬들이 계단을 휩쓸고, 그 때문인지 흙먼지에서도 꽃냄새가 풍긴다.

"다리에 묻은 모래 알갱이 깨끗이 씻어내라. 염증이라도 생기면 그 약값을 어떻게 감당해야 할지 모르겠다."

엄마가 집 안으로 들어가고 나자, 나는 신발에 얼룩이 지는 게 싫어 거기 묻은 핏자국부터 닦아낸다. 작년에 부모님한테서 생일 선물로 받은 신발인데, 이제야 발이 커져서 딱 맞는다. 누가 봐도 모조품이지만 좋은 모조품이다. 진정한 모조품. 틀림없이 비싸게 샀을 것이다. 그러니 이 축구화에 핏자국 같은 게 생기는 건 죽어도 싫다. 핏자국이 묻은 신발을 신은 프로 선수가 세상에 어디 있을까?

신발에서 얼룩을 깨끗이 지우고 나서야 정강이를 문질러 씻기 시작한다. 피가 금세 씻겨 나간다. 상처 부위에 묻은 자잘한 모래 알갱이를 다 빼내고 나자 아빠가 집에 돌아왔다. 아빠는 회사원들이 입는 셔츠 공장에서 일한다. 아빠는 굳이 셔츠를 입지 않아도 되지만 날마다 목깃이 달린 반팔 셔츠를 입고 출근한다. 흰색 셔츠, 아니면 노란색과 파란색 체크무늬가 들어간 셔츠. 아빠는 자부심을 갖는 게 중요하다며 늘 이런 말을 한다.

"부디, 네가 너를 존중하지 않으면 아무도 너를 존중하지 않아. 네 모습 그대로를 자랑스럽게 여겨야 해." 오늘 아빠는 노란색과 파란색 체크무늬로 된 셔츠를 입었는데, 셔츠 호주머니가 땀에 젖어서 가슴에 들러붙어 있다. 아빠가 미소를 지으며 다가와 내 옆에 앉는다.

“무슨 일이냐?” 아빠가 내 이마에 입을 맞춘다.

“축구하다가 다리를 긁혔어요.”

내가 무릎을 내밀자, 아빠가 몸을 숙이고서 얼굴을 일그러뜨린다. 상처 난 부위에서 다시 피가 조금 새어 나온다. “모래 알갱이는 확실히 다 빼내라. 상처가 덧나면 안 되니까.”

나는 고개를 끄덕이며 수건으로 다시 상처 부위를 닦아낸다.

“파울을 한 거냐?”

“아뇨. 제가 얼마나 멋진 골을 넣었는데요. 그래서 이런 상처를 입은 거라고요.”

“잘했다! 계속 이렇게 하면 언젠가 마드리드에서 뛸 수 있겠는걸.”

“아빠, ‘레알’ 마드리드예요. 그냥 마드리드라고 하면 아틀레티고 마드리드 팀이 될 수도 있어요. 거기서 뛰느니 축구를 다시는 안 하는 게 나아요.”

“그래, 알았다. 내가 레알 마드리드 말고 어디를 말하겠냐. 계속 연습하면 너는 결국 해낼 거야.”

나는 씩 웃고, 아빠가 내 등을 토닥거린다. 날이 벌써 어두워졌는데도 여전히 후끈후끈하다. 아빠가 빨랫줄에 걸린 옷가지 사이로 작은 조각하늘을 올려다본다.

“이제 곧 비가 올 것 같네. 우기가 시작되겠어. 너도 느껴지니?”

"그럼요." 이렇게 대답했지만, 당장은 바싹 마른 길바닥이 진흙으로 뒤덮이고, 텅 빈 빨랫줄에서 빗물이 뚝뚝 떨어지고, 신문지로 머리를 가린 사람들이 물웅덩이를 철벅거리며 걷는 모습이 상상이 잘 안 된다. 건기가 결코 끝나지 않고 날씨가 끝없이 더워지기만 할 것도 같다. 그러나 비는 곧 올 것이다. 비를 기다리느라 공기가 점점 끈적거리고 무거워지고 있다. 그렇지만 오늘밤에는 구름이 없다. 깜깜한 하늘에는 별도 보이지 않는다. 아직은 날씨가 확 바뀌지 않을 것이다.

위층에 사는 사람들이 저녁을 먹으면서 이야기를 나누는 소리가 우리 집까지 들려온다. 아파트 앞으로는 이따금 스쿠터가 달려가며 요란한 소리를 내고 먼지를 자욱이 날린다. 먼지가 브레이크등 불빛을 받아 벌겋게 보인다.

상처 난 곳에서 새어나온 피가 정강이를 따라 흐른다.

"자, 여기." 아빠가 호주머니에서 손수건을 꺼내더니 길게 만다. "이걸 무릎에 꼭 대고 있어라. 내가 이 끝을 묶을게."

아빠가 손수건을 붕대인 양 질끈 묶는다.

"어떠냐?"

"훨씬 나은데요."

그 순간 내 배에서 꼬르륵 소리가 나는 바람에 아빠가 웃음을 짓는다. "어이쿠, 이만 들어가서 저녁이 다 됐는지 보자."

집 안에서는 엄마가 마침 스테인리스 접시에 밥을 덜고 있다. 나는 엄마를 도와서 식탁으로 접시를 옮긴다. 할머니는 벌써 어깨에 담요를 두른 채 식탁 앞에 앉아 기다리고 있다.

"다녀왔습니다, 할머니. 그런데 담요 덮고 있으면 안 더우세요? 있죠, 오늘은 엄마가 매운 렌당(코코넛밀크가 들어간 부드러운 고기찜 요리_옮긴이)을 만들었대요."

사실 엄마는 매운 렌당을 만들지 않았다. 오늘은 수요일이니까. 우리 집에서는 보통 수요일에는 맨밥만 먹는다. 그래도 금요일보다는 낫다. 금요일에는 아무것도 안 먹으니까. 하지만 나는 삐걱거리는 작은 식탁에 진수성찬이 차려져 있다고 상상하기를 좋아하고, 할머니는 기꺼이 맞장구를 쳐준다. 오늘 저녁은 엄마가 만든 세계 최고의 렌당 요리이다.

할머니가 말한다. "난 괜찮다. 아무튼 신경 써줘 고맙구나. 나 같은 늙은이는 몸을 따뜻하게 해야 한단다. 헌데, 아직 나는 너무 매워서 못 먹는 렌당은 본 적 없는걸!"

할머니가 빙그레 웃자 주름진 얼굴이 더 쪼글쪼글해지고 두 눈이 가름해진다. 할머니는 다른 노인들과 다르다. 다른 노인들은 대부분 나이가 들수록 몸이 야위어 앙상해지는데, 할머니는 여전히 얼굴이 통통하고 둥그렇다. 할머니 말로는 "식성이 좋기" 때문이란다. 좋은 식성은 "스스로 자부심을 갖고"서 "자신의 꿈을 키우는 것"만큼 중요하다고도 한다.

할머니는 사람들에게 도움이 되는 좋은 말과 재미있는 이야기를 많이 알고 있다. 또 할머니는 옛날에 뱀에게 물린 적이 있는데, 뱀독을 입으로 빨아서 뱉어냈다. 그래서인지 지금은 뱀독에 면역이 생겼다. 또 할머니는 언젠가 어느 건물의 3층 창문에서 떨어진 적이 있는데, 마침 비단과 부드러운 옷감을 싣고 가던 수레에 떨어졌다. 이런 일들뿐만 아니라 내가 아는 사람들 중에서 가장 나이가 많다는 점을 생각하면 우리 할머니는 불멸할 것 같기도 하다.

"네 엄마 말이, 오늘 다리를 쓸렸다고? 다친 데는 제대로 씻었겠지?"

"물론이에요, 할머니. 모래 알갱이를 다 빼냈어요."

"나로서는 네가 어떡하다 다치는지 도무지 모르겠다."

"축구하다 다친 거예요!"

"축구. 늘 축구로구나. 축구 때문에 네가 죽어나는구나, 얘야."

할머니가 나를 향해 미소를 보낸다. 드디어 할머니가 불멸의 존재라는 걸 털어놓으려는 줄 알았는데, 어느새 앞에 놓인 접시를 내려다보더니 숟가락 가득 밥을 떠서 입에 넣는다. 축구 때문에 내가 죽어난다고 한 할머니 말은 농담이다. 축구선수는 분명 세상에서 가장 안전한 직업이니까. 축구선수가 부상이라도 당하면 순식간에 의사들 여섯 명이 에워싼다. 부상을 당한 척만 해도 그렇다. 예전에 나는 병원에서 의사의 진료를 받으려고 여섯 시간을 기다린 일이 있다. 그때 엄마는 내 몸속에서 출혈이 일어나고 있다고 여겼다. 그랬는데도 나는 들것에 태워지지 못했고 호화롭게 실려 가지 못했다.

혈우병을 가진 사람에게는 몸의 내부에서 일어나는 출혈이 가장 심각하다. 사람들은 대부분 혈우병에 걸리면 아주 작은 상처에도 출혈이 심해 죽을 수 있다고 여긴다. 하지만 진짜 문제는 내부 출혈이다. 내 몸속에서는 아무 때나 출혈이 생길 수 있고, 그 사실을 모른 채 결국 쓰러져 죽을 수도 있다. 몸속에서 일어나는 출혈은 아무도 볼 수 없다. 냄새를 맡을 수도 없다. 내부 출혈을 전혀 느끼지 못하는 사람들도 있다지만 나는 느낄 수 있다. 그건 마치 뭔가 나쁜 짓을 하다가 할머니나 로치한테 들킨 느낌이다. 몸속 어딘가 심장 가까운 데 칼이 있어서 할머니나 로치가 한마디 내뱉을 때마다 칼날이 더 깊이 파고들어오는 것 같은 느낌이다. 몸속에서 일어나는 출혈은 단연코 최악이다.

그때 엄마가 아빠에게 말을 건다. "엘비스, 오늘 일은 어땠어?"

할머니에 대해 이야기할 것이 하나 더 있다. 할머니가 아빠에게 말도 안 되는 이름을 지어준 것이다. 엘비스 프레슬리는 60년쯤 전에 활동한 미국 가수이자 영화배우이다. 나중에 화장실에서 죽기 전까지 할머니는 엘비스를 엄청나게 좋아했다. 내 생각에는 그런 일을 겪고 나면 누군가를 사랑하기 힘들 것 같다. 그렇지만 엘비스 프레슬리가 아직 살아 있을 때 우리 아빠가 태어났고, 할머니는 아빠를 엘비스라고 불렀다. 그 모든 상황을 할아버지가 어떻게 느꼈는지는 모른다. 여쭤보고 싶지만 그럴 수 없다. 내가 어렸을 때 일어난 지진으로 할아버지는 돌아가셨다. 엄마 말로는 그 난리에도 나는 잠만 잤다고 한다.

문득 내가 삼촌 이름을 모르고 있다는 사실이 떠오른다. 할머니가 쌍둥이를 낳고서 그중 한 명을 엘비스라고 불렀다면 나머지 한 명은 뭐라고 불렀을까? 프레슬리? 나는 아무 생각 없이 아빠가 오늘 있었던 일을 이야기하는 중간에 끼어든다.

"할머니, 삼촌 이름은 뭐라고 지었어요?"

지난번에 식구들 앞에서 삼촌 이야기를 꺼냈을 때 느꼈던 이 같은 정적을 잊지 말았어야 했다. 할머니의 저 굳은 표정을 잊지 말았어야 했다. 할머니의 냉랭한 눈빛을 잊지 말았어야 했다. 할머니가 손바닥에 칼을 쥐고 있는 것 같은 그런 느낌. 할머니가 천천히 내 쪽으로 고개를 돌린다.

"부디, 너한테는 삼촌 없다. 이제 더 이상 없어."

나는 마른침을 꿀꺽 삼킨다. 입안에는 아무것도 들어 있지 않다.

"네, 할머니." 웅얼거리듯 대답했음에도 아직 이해가 가지 않는다. 다시 말해 사람들이 누사 캄방간 섬을 '감옥섬'이라고 부르는 데는 분명히 이유가 있다. 나는 거기서 무슨 일이 벌어지는지 안다. 거기서는 아무도 돌아오지 못한다. 뭔가 나쁜 짓이나 부정한 짓을 하면 그곳으로 끌려가 사람들한테서 완전히 잊힐 때까지 좁디좁은 감방에 갇혀 수십 년을 보낸다. 그러던 어느 날 한밤중에 벼룩이 들끓는 침대에서 자다가 조용한 곳으로 끌려간다. 누군가가 발로 차고 소리를 질러 정신을 못 차리게 하고서 둘 중 하나를 선택하라고 윽박지른다. 무릎 꿇을래, 아니면 서 있을래?

그러고는 총으로 쏜다.

아무리 울고불고 애원해도, 눈물 콧물을 아무리 흘려도 상관없이 심장에 총을 겨누고 그대로 쏴버린다.

나는 그 모든 것을 알고 있다. 그 때문에 악몽을 꾸기도 한다.

내가 모르는 게 있다면, 지금쯤 삼촌이 거기에 있을 만큼 있었는가 아닌가이다.

우리 식구들은 그 이야기를 해주지 않을 것이다.

나는 앞에 놓인 접시를 뚫어져라 쳐다보면서 누군가가 그 정적을 깨뜨릴 때까지 입안에 든 밥만 씹고 있다.

"여보, 미안." 엄마는 아빠에게 말을 건네면서도 눈으로는 나를 보고 있다. "오늘 있었던 일을 말하는 중이었잖아, 엘비스."

"답답했지 뭐. 지난달 급여를 언제 받게 될지 물었더니 수파르디가 곧 받게 될 거라고만 하더군. 그런데 가만 보니 수파르디가 너무 겁에 질려서 사장한테 똑바로 말을 못하고 있는 눈치야. 그렇다고 수파르디를 탓하는 건 아냐. 자기가 소란을 피우면 급여가 훨씬 더 늦게 나올까 봐 그러는 거거든. 괜히 잘못 건드렸다가 일자리를 잃을지도 모르고. 하지만 정말 답답하긴 해. 특별히 나는 지지난달부터 잔업수당을 못 받았잖아."

엄마가 손을 앞으로 내밀더니 아빠의 팔을 쓰다듬는다.

"최저임금이 오르면 훨씬 나아질 거야." 엄마가 말한다.

할머니가 대화에 끼어든다. "오르기만 한다면야! 만날 말은 그렇게 하면서도 달라지는 건 아무것도 없으니. 게다가 길거리에서 시위하는 사람들 때문에 상황이 더 나빠지기만 할걸. 그 사람들이 뭘 요구하든 마찬가지일 거다."

아빠가 숨을 크게 들이쉬더니 활짝 웃어 보인다. "어머니, 뭘요, 이제 달라지겠지요. 분명 나아질 거예요. 더군다나 우리 부디가 레알 마드리드에서 뛰면 금세 부자가 될걸요."

아빠는 내게 슬쩍 윙크를 하고, 할머니는 고개를 가로저으며 축구에 대해 뭐라 뭐라 웅얼거린다.

"부디, 오늘 골 넣은 이야기 좀 해 줄래?" 엄마가 말머리를 바꾼다.

"제대로 설명하려면 일어서야겠어요."

"체하지 않게 조심해라."

"그럴게요."

나는 식구들 앞에서 아까 있었던 경기를 재연한다. 로치가 어떻게 나한테 공을 차 주었는지, 내가 어떻게 그 공을 가슴으로 받았는지, 어떻게 위도도의 태클을 피한 다음 공을 패스하는 척하고서 우스톤을 따돌리며 안쪽으로 파고들어갔는지, 어떻게 파크리를 지나 골을 넣었는지 몸짓으로 보여준다. 집 안이 비좁아 경기 장면을 제대로 재연하기는 힘들지만 내가 골을 넣은 기념으로 식탁 주위를 한 바퀴 돌자 식구들이 박수를 친다. 아빠가 앉은 의자와 벽 사이로 비집고 들어가느라 달리기를 멈춰야 했지만, 그 틈새를 빠져나온 다음 나는 손가락으로 하트 모양을 만들어 레알 마드리드 배지가 달려 있어야 할 가슴에 대고 톡톡 두들긴다.

"직접 봤으면 좋으련만." 할머니 얼굴에 미소가 번진다.

"제가 프로 선수가 되면 텔레비전 사 드릴게요. 그럼 안락의자에 가만히 앉아서 제가 축구하는 걸 볼 수 있을 거예요."

모두가 와르르 웃음을 터뜨리는데, 갑작스레 할머니가 무섭게 기침을 해댄다. 기침소리가, 할머니의 목구멍에서 돌들이 마구 부딪쳐서 나는 소리 같다. 할머니 입에서 밥알이 튀어나온다. 엄마가 얼른 일어나 할머니 등을 쓰다듬는데, 할머니가 그러지 말라는 뜻으로 손을 젓는다.

나는 접시에 남은 밥을 한쪽으로 긁어모으면서 할머니의 기침 발작을 무시하려 애쓴다. 할머니가 기침하는 모습을 보기 싫으니까. 기침을 시작하면 할머니는 눈이 벌게지고 두 뺨을 타고 눈물이 흘러내린다. 할머니가 딴 사람으로 변하는 것 같다. 불멸하지 않는 사람으로 바뀌는 것 같다. 그렇지만 얼마 안 있어 할머니는 늘 원래대로 돌아오고, 그 사이 아무 일도 없었던 것처럼 행동한다. 아직까지 붉게 충혈된 눈에 물기가 어려 있고, 이마에는 구불구불한 정맥이 불룩 튀어나와 있는데도 말이다.

"네가 뛰는 경기는 하나도 놓치지 않고 봐야지." 할머니가 말하는 틈에 엄마가 할머니 입술에 물컵을 갖다 댄다.

드디어 저녁식사가 끝나고, 나는 엄마를 도와 빈 접시를 치운다. 아빠는 할머니를 부축해서 다시 안락의자에 앉혀 드린다. 나는 할머니가 움직이는 모습을 보고 싶지 않다. 할머니가 너무 쇠약해 보이니까. 할머니가 무릎에 담요를 덮고 큼직한 안락의자에 앉아 줄곧 미소를 지으며 당신의 젊은 시절에 대해 이야기할 때면 그리 늙어 보이지 않는다. 하지만 허리를 구부정하게 꺾고 발을 질질 끌며 걷는 모습을 보면 길거리를 돌아다니며 구걸하는 노인처럼 보인다. 식탁에서 안락의자까지는 2미터밖에 되지 않지만 할머니는 마라톤이라도 하는 것 같다. 그래서 저녁을 먹고 나면 나는 늘 엄마의 설거지를 돕고 싶어진다. 설거지를 마치고 돌아설 때쯤에는 할머니가 안락의자에 편하게 앉아 있으니까.

"할머니, 주무시기 전에 이야기 들려줄 거죠?"

"물론이지, 이리 와서 바닥깔개 위에 앉아라. 마당에서 호랑이랑 마주친 이야기 해 주마."

"아뇨, 할머니, 전에 못 들어본 이야기로 해 주세요."

"알았다, 어디 보자. 비가 엄청 퍼부어서 지붕이 무너졌을 때 이야기 했던가?"

"네."

"손발가락이 여섯 개씩 달린 사람 이야기는?"

"했어요."

할머니가 목을 긁더니 쉿 하고 손가락을 입술에 갖다 댄다. 엄마와 아빠는 식탁 앞에 앉아 눈웃음을 지으며 할머니를 바라보고 있다.

"배우가 되고 싶어 한 남자아이 이야기는?"

"안 했어요, 그 이야기는 한 적 없어요. 어떤 이야기인데요?"

"음, 내가 어렸을 때 알았던 남자아이가 있었는데, 그 애는 정말로 간절히 배우가 되고 싶어 했어. 나보다는 나이가 몇 살 많았고 '아주' 잘 생겼지. 그 아이는 온통 연기 생각뿐이었어. 그 아이랑 이야기해 보면 연기 말고 다른 건 아무것도 없다는 걸 알게 돼. 그 아이는 할리우드 영화에 나오는 유명한 배우가 되고 싶다고 했어. 물론 마을 사람들 모두 그 아이를 놀려댔지. 당시 그 아이는 자기 아버지를 따라다니면서 논에서 일을 했고, 영어는 한마디도 못했거든. 게다가 마을 사람들 중에 미국은커녕 섬 밖으로 나가본 사람이 한 명도 없었으니까.

하지만 그 아이는 그런 것에 신경 쓰지 않았어. 대신 가능한 대로 돈을 모았지. 돈이 충분히 모이면 버스를 타고 극장이 있는 가까운 읍으로 나가 상영 중인 영화는 무작정 다 봤어. 그러고 나서 집으로 돌아올 때면 기운이 넘쳐서 반드시 인기배우가 되겠다는 야망을 다시금 품었어. 그 아이는 영화에 나온 대사를 모두 기억하고 있다가 누군가가 점잖게 부탁하면 배우처럼 연기를 해 보였지. 단언컨대 연기를 정말 잘했어. 그런 다음에는 또 돈을 모아서 이런 일을 되풀이했어."

할머니가 깍지 낀 양손을 무릎 위에 내려놓는다. 이야기를 듣는 동안 나는 깔개 가장자리에 달린 술을 손가락에 감아 빙빙 돌린다. 그 바닥깔개는 할머니가 결혼선물로 받은 거라고 하니 틀림없이 아주 오래되었을 것이다. 할머니의 안락의자 앞자리는 깔개가 해져서 다른 데만큼 폭신하지 않지만 내가 가장 좋아하는 자리이다.

"그 다음에는 어떻게 됐어요?"

"어디 보자, 어느 날 아침 그 아이 아버지가 황소들이 쟁기질할 채비가 되었는지 보려고 들판에 나갔는데, 아들이 어디에서도 안 보이는 거야. 처음에는 다들 그 아이가 아침 일찍 버스를 타고 영화를 보러 갔을 거라 여겼어. 아버지는 아들이 게으름을 부린다며 엄청 화를 냈지. 하지만 그 아이는 한낮이 지나도 안 돌아왔어. 저녁때가 되어도 안 돌아왔지만, 아버지는 아들이 금방 올 거라고 철석같이 믿었어. 두들겨 맞기 싫어서 근처 어디에 숨어 있다가 모두 잠들고 나면 몰래 들어올 궁리를 하고 있으리라 여겼지. 하지만 그 밤이 지나고 나서 우리는 그 아이가 돌아오지 않을 거라는 걸 차츰 깨달았어."

할머니가 무릎 위 담요를 만지작거리던 손길을 멈춘다. 언제나 가장 심각한 순간에 이야기를 끊는다.

"그 다음은요?"

"마을에서는 그 아이 소식을 다시는 못 들었지. 적어도 내가 아는 한 그랬어. 몇 년 뒤에 나도 마을을 떠났으니까. 아무튼 마을 사람들은 그 아이가 유괴를 당했을 거라 여겼어. 그때는 사람들이 실종되는 일이 잦았거든. 요즘보다 더 잦았어. 그런데 말이야, 그러니까 그 아이가 실종되고 20년쯤 지난 어느 날 내가 버스를 타고 가고 있는데 도시를 막 벗어난 지점에서 창밖으로 커다란 광고판이 보이는 거야. 새로 나온 미국 영화를 알리는 광고판이었지. 버스가 지나가는 단 몇 초 동안 봤으니까 확실하다고 할 순 없어. 그런데 거기 광고판에 실린 배우들 가운데 한 명이 내가 알던 그 아이의 나이 든 모습하고 똑같은 거야! 음, 그렇게 된 거로군, 하는 생각이 들더구나. 그 아이가 결국 해낸 거지. 나는 그 아이가 가끔씩 제 가엾은 아버지를 찾아가면 좋겠다는 생각만 했단다."

"할머니, 진짜 그 사람이었어요?"

"그렇고말고." 할머니가 안락의자에서 자세를 바꿔 앉는다. "나는 누군가의 얼굴을 보면 절대로 안 잊거든."

"그 사람 이름은 뭐였어요?"

"그건 묻지 마라! 내가 얼굴은 안 잊어도 이름은 확실히 잊어버리니까. 음, 눈꺼풀이 점점 무거워지는걸. 너도 아침에 일찍 일어나야 할 테니까 그만 가서 자려무나."

나는 자리에서 일어나 할머니 뺨에 입을 맞춘다. 아무리 주름살이 많아도 느낌이 정말 부드럽다.

"네 엄마한테 그 상처 한번 보여주는 게 좋겠구나." 할머니가 내 무릎을 동여매고 있는 피 묻은 손수건을 내려다본다.

식탁 앞에 앉아 있던 엄마가 다가와 손수건의 매듭을 푼다. 피에 젖은 손수건이 마치 죽은 동물처럼 보인다.

"아직도 피가 나는 것 같아. 여보, 거기 코코넛버터 좀 줄래?"

아빠가 주방 찬장에서 캔에 든 코코넛버터를 꺼내와 엄마에게 건넨다. 엄마가 코코넛버터를 한 덩이 파내서 손끝에 묻혀 내 상처 부위에 대고 살살 문지른다. 버터가 차가워서 무릎이 씰룩거린다. 그래도 그 달콤하고 맛있는 냄새 덕분에 상처를 입을 만하다는 생각이 든다. 이따금 주위에 아무도 없을 때면 나는 몸속에 있을 상처를 치료하려고 캔에 든 버터를 파내서 그대로 먹는다.

"후유, 효과가 있어야 할 텐데." 엄마가 나를 껴안으며 잘 자라고 한다.

"아침에 보자, 슈퍼스타." 아빠가 내 머리카락을 헝클어뜨리며 인사를 덧붙인다. "잘 자라, 우리 아들."

나는 내 방으로 들어가 옷을 벗는다. 전깃불이 꺼진 뒤라 어둠 속에서 잠잘 준비를 해야 하지만 매트리스를 찾는 건 어렵지 않다. 매트리스가 내 좁은 방을 거의 차지하고 있으니까.

나는 가만히 누워서 여러 종류의 발전기에서 나는 소리에 귀를 기울인다. 발전기 소리가 하나씩 꺼지고 멀리서 도시의 소음이 희미하게 들려올 때쯤 소르르 잠이 든다.

한눈팔 수 없다

그동안 내가 가장 좋아한 축구선수는 키어런 웨이크필드이다. 웨이크필드는 전 세계에서 가장 훌륭한 선수이기도 하다. 다른 팀의 어느 선수보다도 레알 마드리드 팀에서 웨이크필드가 받는 돈이 더 많으므로 세계 최고라고 할 수도 있다. 내 꿈은 베르나베우에 가서 웨이크필드가 경기하는 모습을 보는 것이다. 베르나베우는 레알 마드리드 팀의 홈 경기장이다. 8만 명이 넘는 관중이 들어간다고 하니 언젠가 나도 그 관중들 가운데 한 사람이 되고 싶다.

공장에 가면 거의 날마다 웨이크필드 꿈을 꾼다. 공장에서 하는 일이 꽤나 반복적이라 가끔 가수면 상태에 빠져서 웨이크필드가 얼마나 멋지게 축구를 하는지 생각한다. 내가 신발에 바느질을 하는 동안 웨이크필드는 뭘 하고 있을지 생각한다. 경기에서 뛰고 있다는 걸 알면서도 그런 상상을 하는 것이 즐겁다. 내가 공상에 빠져 있을 때면 로치는 말을 걸 수 없다며 투덜거린다. 내 느낌에는 자기가 좋아하는 레온 벨몬테 선수가 키어런 웨이크필드만 못해서 질투하는 것 같다. 두 선수 모두 갈락티코(레알 마드리드가 전 세계에서 가장 뛰어난 선수를 끌어들여 최고의 팀으로 만드는 방법을 갈락티코라고 하고 그렇게 해서 모인 선수 역시 갈락티코라고 부른다_옮긴이)이긴 하지만 웨이크필드의 몸값이 더 비싸다. 로치는, 갈락티코란 슈퍼스타를 뜻하는 것뿐이라고 한다.

공장에 올 때 로치는 늘 등에 벨몬테라고 적힌 분홍색 맨체스터 유나이티드 셔츠를 입고 온다. 맨체스터 유나이티드 셔츠는 빨강색이어야 하지만, 로치가 입은 셔츠는 너무 오래되어 분홍색으로 바랬다. 지금은 벨몬테가 레알 마드리드 팀에 속해 있어서 더 이상 맨체스터 유나이티드를 응원하지 않지만 로치가 가진 셔츠 가운데 가장 좋은 것이다. 축구 팬들 중에는 끝까지 한 팀을 응원해야 한다고 말하는 이들이 있다. 그래서 누군가 응원하는 팀을 바꾸면 '강팀만 쫓아다니는 팬'이라고 비난하기도 한다. 그러나 좋아하는 축구선수를 따라가는 것은 다른 문제이다. 축구경기에서 강팀만 쫓아다니며 응원팀을 바꾸는 것은 가장 추잡한 행동일 것이다. 아니다, 가장 추잡한 행동은 다이빙(페널티 구역에서 상대의 반칙을 유도해서 페널티 킥을 얻으려고 다이빙하듯 미끄러지는 할리우드 액션을 말한다_옮긴이)인지 모르겠다. 우스톤은 제가 좋아하는 지저스 푸가 선수가 자주 다이빙을 하는 걸 보고서 저도 따라 하기 시작했다. 정말 부끄러운 짓이다. 그러나 우리한테는 심판이 없으므로 보통 가장 가까이 있는 아이가 발로 우스톤을 툭 차면서 일어나라고 한마디 하는 것으로 끝이다.

"부디! 자꾸 내 말 무시하면 이것 다 집어던진다!" 로치가 소리를 지른다.

"못 들었어!" 나도 로치에게 소리를 지른다. 재봉틀 소리가 종종 굉장히 커진다.

"뭔데?"

로치가 고개를 양쪽으로 돌려 뒤쪽을 살핀 다음 다시 소리친다. "웨이크필드가 부상당한 소식 들었어?"

"아니, 아니야! 거짓말하지 마!"

"거짓말 아니야! 오늘 아침에 텔레비전에서 봤거든!"

로치네 집에 텔레비전이 있는 건 사실이다. 오래 전에 로치네 아빠가 산 것이다. 텔레비전 화면 한가운데 세로로 금이 가 있어서 팔아먹을 수는 없지만 아직 작동한다. 나는 오늘밤에 로치네 집에 가서 레알 마드리드 대 발렌시아 경기를 보기로 했다. 게다가 로치가 축구에 대해 많이 아는 것도 사실이다. 나보다 몇 살 더 많은 로치는 내가 너무 어렸을 때라 기억하지 못하는 것까지 다 알고 있다. 그래도 웨이크필드가 부상을 당했다는 말은 믿을 수 없다. 아니, 믿고 싶지 않다.

"그래도 못 믿겠어!"

"네 마음대로 해! 이따 확인해 보면 될 거 아냐!"

공장장이 우리 줄로 다가오는 걸 보고 우리는 둘 다 고개를 숙인다. 내 머릿속에는 웨이크필드가 발목을 움켜쥐고 바닥에서 뒹구는 모습밖에 떠오르지 않는다. 뼈가 세 군데나 부러져 다시는 경기에 나오지 못할 것이다. 끔찍하다. 오늘밤 경기에는 모두 팔에 검은 완장을 두르고 나올 것이다. 세계에서 가장 훌륭한 선수에게 경의를 표하려고…….

공장장이 내 앞에 멈춰 서더니 회초리로 작업대를 톡톡 두들긴다.

"더 빨리, 부디! 더 빨리!"

공장장이 숨을 내쉴 때마다 커피와 담배 냄새가 풍긴다. 나는 더 빠르게 일을 한다. 고개를 돌리지 않고도 지금 내 뒤에 공장장이 서 있다는 걸 안다. 회초리가 내리칠까 봐 두 팔의 드러난 살갗이 미리부터 욱신거린다.

공장장은 내 혈우병에 대해 모른다. 누군가를 속으로 피 흘리게 한다는 것이 말뿐만이 아닌 것 같다. 공장장도 그걸 아는 것 같다.

얼굴 양쪽으로 천천히 흘러내린 땀이 턱밑에 모여 무릎으로 떨어진다. 셔츠가 땀에 젖어 등에 달라붙는다. 뒤에 서 있는 공장장 때문에 정신이 흐트러져서 뭔가 다른 것을 생각해 본다.

'키어런 웨이크필드가 다리를 절뚝거리며 경기장 한쪽으로 걸어가면서 고개를 가로젓는다. 선수 교체를 뜻하는 신호를 보낸다. 벤치에서는 걱정스러운 표정을 짓는다. 관중들은 모두

레알 마드리드가 조만간 하위 리그로 떨어질 것처럼 행동하고 …….'

합성수지로 된 신발 갑피를 재봉틀 바늘 밑으로 밀어 넣을 때마다 땀으로 축축해진 손끝이 옆으로 밀려나간다. 보통은 교대근무가 끝날 무렵 정말로 피곤할 때에만 이런 실수를 한다. 하지만 지금은 점심시간도 되기 전이다. 또다시 커피와 담배 냄새가 확 끼쳐와 내 콧구멍을 채운다. 공장장이 그저 한숨을 내쉰 걸까, 아니면 내 연한 팔뚝을 향해 회초리를 겨누느라 바람을 일으킨 걸까? 지금도 공장장이 내 뒤에 서 있는지 어떤지 모르겠다. 공기가 이렇게 탁한 것이 윙윙거리며 돌아가는 기계들 때문인지 어떤지도 모르겠다. 또다시 손끝이 옆으로 밀리지만 가까스로 똑바르게 바느질을 해간다.

지금 공장장이 내 뒤에 없다고 상상해 본다. 그리고 내가 만드는 이 신발이, 웨이크필드가 다시 선수로 복귀할 때 신을 신발이라고 속으로 혼잣말을 한다. 나는 정말로 최고의 신발을 만들려고 정신을 집중하고 바느질 한 땀 한 땀에 정성을 기울인다.

우리 공장에서는 웨이크필드가 신는 신발뿐만 아니라, 틀림없이 지금껏 가장 과대평가되고 있는 라자로 셀레스티노 선수가 신는 신발도 만든다. 셀레스티노는 바르셀로나 팀에서 뛰는 선수인데, 이 사실만으로도 다 알 수 있다. 가끔 나는 셀레스티노의 신발을 만들 때면 일부러 열 받게 하려고 바늘땀을 몇 개

빼버린다.

이 공장에서는 갑피를 바느질하는 일이 가장 중요한 작업이다. 공을 찰 때 쓰는 부위가 바로 여기이니까. 그래서 갑피에 구김이라도 가면 재앙 같은 결과가 생길 수 있다. 누군가는 월드컵 최종전에서 끝내 페널티킥을 실축할지 모른다. 그렇게 되면 말 그대로 역사의 물줄기가 바뀐다. 또한 갑피는 텔레비전에서 가장 잘 보이는 부분인데, 프로 선수가 뜯어진 실밥 때문에 발이 걸려 계속 넘어지면 아주 흉해 보일 것이다.

갑피는 작업장 저쪽 벽에 붙어 있는 크고 파란 기계에서 여러 조각으로 재단되어 우리 작업대로 보내진다. 재단된 조각들은 모두 다른 색깔이다. 빨강, 초록, 분홍, 노랑, 주황. 로치 말로는, 옛날에는 축구화가 모두 검정색이어서 정말로 재미없었을 거라고 한다. 재단된 조각을 받으면 우리는 곧바로 정해진 순서에 따라 그 모든 조각을 바느질해서 붙인다. 실수라도 하면 공장장이 진짜로 화내기 때문에 조심해야 한다. 또 너무 느려도 공장장이 진짜로 화내기 때문에 속도를 내야 한다. 공장장은 축구 경기 중에 뒤에서 하는 태클이나 시간 끌기를 몹시 싫어하는 심판과 조금 비슷하다. 하지만 옐로카드 대신 회초리를 쓰고, 레드카드 대신 공장 직원들을 길거리로 쫓아낸다. 세계에서 가장 엄격한 심판인 셈이다. 운명의 심판자.

그때 다시 퀴퀴한 냄새가 풍겨오는 바람에 지금 세계에서 가장 엄격한 심판이 내 움직임을 하나하나 뜯어보고 있다는 사실이 떠오른다. 그래서 실수하기 전에 얼른 다른 생각을 한다.

우리가 갑피를 바느질해 놓으면 다른 작업조에서 그 갑피와 밑창을 접착제로 붙인다. 징이 있는 신발이라면 기계로 징을 고정시킨다. 기계가 고장 나면 사람이 징을 박는다. 한번은 쉬는 시간에 화장실에 갔다가 너무 오래 있었더니(설사가 났다) 공장장이 남은 작업시간 내내 신발에 징을 박으라고 했다. 그 일은 공장에서 하는 일 가운데 두 번째로 최악이다. 더욱이 배가 너무 아파 언제든 화장실에 가야 할 것 같을 때 그 고통을 더욱 부채질하는 일이다.

그 다음에는 신발 바닥에 안창을 깔고 라벨을 붙인다. 그러고 나면 닌자걸 부대가 신발끈을 끼운다. 그들을 닌자라고 부르는 건, 모두 말이 없고 번개처럼 빠르며 대부분 검정 스카프를 쓰고 있어서이다.

마지막으로 신발을 검사하고 종이로 싸서 상자에 넣는다. 신발을 상자에 넣는 일이, 이 공장에서 하는 최악의 작업이다. 물론 세상에서 가장 쉬운 일이기도 해서 진짜 바보들만이 그 일을 한다. 바느질을 하던 사람이 상자에 포장하는 일로 옮겨가는 것은, 후반전에 교체선수로 들어가는 것과 같다. 이미 해트트릭을 넣어서가 아니라, 주중에 있을 우승컵 경기를 위해 쉬어야 해서가 아니라 단지 형편없는 선수라서 들어가는 것 말이다. 한번은 아침에 할머니 시중을 드는 엄마를 돕느라 지각한 적이 있는데, 공장장이 한 주 내내 상자 포장을 하라는 벌을 내렸다. 그때 너무 지겨워서 두 번 다시 지각을 하지 않았다.

갑자기 쉬는 시간을 알리는 신호음이 울려 퍼져 정신이 번쩍 든다. 다행히 바느질을 망치지 않았다. 내 작업대에 어른거리던 희미한 그림자가 사라진다. 곁눈질로 보니 공장장이 작업대 옆으로 천천히 걸어가고 있다. 몇 걸음 가다 한 번씩 멈춰 서서 회초리를 고쳐 쥐고서 누군가의 어깨 너머로 몸을 숙인다. 그러고는 고개를 주억거리며 발걸음을 옮긴다.

로치와 나는 같은 조에서 일하고 있어서 보통 같은 시간에 쉬지 못한다. 아까 한 말이 농담이었는지, 아니면 웨이크필드가 정말로 부상을 당했는지 알고 싶은데 같이 쉴 수 없어서 짜증이 치민다. 웨이크필드가 실제로는 다치지 않았을 거라고, 혼잣말을 해 본다. 다쳤다고 해도 그리 심각하지는 않을 것이다. 모든 것이 아주 정상으로 보이는 날이므로 심각한 부상일 리 없다. 뭔가 끔찍한 일이 벌어졌다면 느껴졌을 것이다. 곧바로 알아챘을 것이다.

바느질을 마친 갑피를 내 재봉틀 옆에 차곡차곡 쌓아놓고 위층 구내식당으로 간다. 구내식당은 통풍이 안 되는 작은 방으로, 그 공장 작업장이 내려다보이는 곳에 있다. 구내식당에서 앞치마를 두른 비쩍 마른 아주머니가 죽처럼 걸쭉한 밥과 '오늘의 소스'를 나눠준다.

'오늘의 소스'는 날마다 똑같다. 나는 그 소스에서 양배추와 코코넛 맛이 나는 것 같다. 콩나물과 코코넛 맛이 난다고 하는 사람들도 있다. 또 담뱃재와 코코넛 맛이 난다고도 하는데, 말이 되는 것 같다. 소스가 회색인데다 음식을 나눠주는 아주머니가 늘 담배를 입에 물고 있으니까. 아무튼 소스에 코코넛이 들어 있는 것만은 분명하다.

오늘 구내식당에 있는 사람들은 모두 단 한 가지 문제에 관심이 있는 것 같다. 임금인상. 옆자리에서 여자들이 모여 최저임금이 오를 경우 더 받게 될 돈에 대해 신나게 이야기하고 있다. 누군가는 자기 아이들에게 더 많은 음식을 사 먹일 수 있을 거라고 한다. 또 누군가는 이제부터 자기 오빠의 빚을 갚을 수 있을 거라고 한다. 어린 여자아이는 어쩌면 다시 학교에 다닐 수 있을 거라고 한다.

구내식당이 싫은 또 다른 이유가 여기 있다. 모두가 상상력이 턱없이 부족하다. '오늘의 소스'라도 양껏 먹으면 영양분이 머리까지 갈지도 모르겠다. 임금이 인상되면 나는 남들처럼 그런 평범하고 재미없는 일에 돈을 낭비하지 않고 베르나베우에 갈 것이다.

그때 옆자리에서 누군가가 나머지 사람들에게 그렇게 흥분하지 말라고 한다.

"그 돈은 절대로 수중에 들어오지 않을걸." 그 여자가 자기 접시에 든 우중충한 밥을 들여다보며 말을 잇는다. "죄다 쓸데없는 소리야."

일행 가운데 한 명이 대꾸한다. "하지만 정부에서 합의를 했다잖아."

"그게 뭐? 정부가 말로는 이것저것 하겠다고 했지만 이제껏 뭘 했니? 새로운 병원과 학교와 일자리에 대해 늘 말하지만 그게 전부잖아. 그냥 말뿐이라고. 몇 년 동안 지켜봤어도 변한 건 아무것도 없었어. 이건 시위하는 사람들을 일터로 돌려보내려는 새로운 작전에 불과해. 최저임금이 인상된다 해도 그 돈이 우리 손에 들어오기까지는 아마 몇 년쯤 걸릴걸. 그때쯤엔 모든 가격이 올라서 우리 형편은 조금도 나아지지 않을 거야."

이 말을 들은 나머지 사람들이 아주 비참한 표정을 짓고 있다. 하지만 내가 보기에는 그 말이 틀렸다. 아무튼, 우리 아빠가 날마다 신문을 읽기 때문에 뭐가 어떻게 돌아가는지 잘 알고 있다. 사람들이 무척 딱해 보여서 걱정하지 말라고 말해주고 싶었는데, 문득 식당 창밖에서 뭔가가 눈길을 잡아끈다.

공장 작업장 위쪽 통로에 드래곤의 형제들 중 하나가 나타나더니 공장장 사무실 쪽으로 걸어간다. 지난번에 세어보았을 때는 드래곤의 형제가 셋이었다. 물론 코모도 섬에서 늘 새로운 형제들이 오고 있고, 그전에 있던 형제들이 사라지고 있긴 하다. 드래곤의 형제들은 모두 생김새가 똑같다. 뚱뚱하고 부티나고 심술궂은 모습. 예전에 드래곤의 형제 중 하나가 임대료를 걷으면서 따로 한몫 챙긴 일이 있었다. 그 사실을 알아낸 드래곤이 그 형제를 죽였다. 아니, 먼저 손가락을 잘랐다. 그런 다음 죽여서 그 형제가 사는 집에서 30미터쯤 떨어진 곳에 있는 쓰레기통에 시체를 버렸다. 모두 드래곤이 한 짓이라는 걸 알았지만 아무도 경찰에 신고하지 않았다. 경찰서의 경감이 바로 드래곤의 또 다른 형제이므로. 형제 살해범으로 드래곤을 체포하려는 사람은 바보뿐이다.

작업장 위쪽 통로에 나타난 드래곤의 형제가 노크도 하지 않고 곧장 공장장 사무실로 들어가더니 잠시 후 두툼한 갈색 봉투를 들고 나타난다. 로치 말로는, 우리 공장은 드래곤이 관리하는 구역이 아니지만 걸핏하면 공장에 불을 지르겠다고 협박해서 공장장이 뇌물을 준다고 한다. 드래곤의 형제가 봉투에 든 것을 휘휘 세어보더니 바지 뒷주머니에 찔러 넣는다. 그리고 발길을 돌리는 순간 나와 눈이 마주친다. 고개를 숙여 칙칙한 밥이 든 접시만 보고 있어야 한다는 생각을 미처 못 했는데, 드래곤의 형제가 내게 윙크를 하고 웃어 보인다. 얼룩덜룩한 이빨 사이사이가 벌어져 있다.

남은 점심시간 동안 고개를 들지 않고 접시만 내려다본다. 먹어도 속이 더부룩해지기만 하는 밥을 입안에 쑤셔 넣고 억지로 삼킨다. 드래곤 일당의 눈을 똑바로 쳐다보는 사람은, 죽기를 바라는 사람뿐이다.

다시 울려 퍼지는 신호음을 듣고 작업대로 돌아간다. 로치가 재봉틀 위로 몸을 숙이고 있다. 로치의 셔츠 등에 새겨진 7이라는 숫자 둘레가 땀에 젖어 짙은 색으로 보인다. 셔츠에 새겨진 글자는 위쪽이 벗겨지기 시작했다. 내가 바느질을 시작하자

로치가 고개를 드는데 이마가 땀으로 번들거린다.

"오늘 너무 덥다!" 로치가 소리치며 얼굴을 문지른다.

"또 너무 시끄럽고!" 내가 맞장구를 친다.

그때 공장장이 사무실에서 나오더니 통로에 서서 작업장을 내려다본다. 로치와 나는 공장장이 다시 사무실로 들어갈 때까지 일에만 열중한다.

"야, 부디!"

"왜?"

"세계 최고의 선수들은 축구화 한 켤레를 딱 세 번만 신는다는 거 알고 있니?"

"아니! 그거 정말이야?"

"그래, 새 축구화에 발이 익숙해지도록 훈련할 때 두 번 신고, 그 다음에 경기장에서 한 번 신는대!"

"그러고는 그 신발을 어떻게 하는데?"

"나야 모르지. 아마 버릴걸!"

이런, 로치가 축구에 대해 잘 알긴 하지만 그 말은 결코 사실이 아닐 것이다. 그 말이 사실이라면 이렇게 애써서 축구화를 만들지 않아도 될 테니까. 내 생각에는 그 세 번 신은 축구화를 모으는 팬들이 있거나, 아니면 하위 리그의 선수들이 그 축구화를 신을 것 같다. 그것도 아니라면, 축구화 모양의 박물관에 그 신발을 전부 모아서 전시해 놓았을 것 같다. 언젠가 돈을 넉넉히 모으면 나는 베르나베우에서 가서 웨이크필드가 경기하는 모습을 보고, 또 그 박물관에도 가볼 것이다. 할머니랑 엄마 아빠를 모두 데려갈 것이다.

"그래서 그 선수들이 돈을 그렇게 많이 받는구나!" 내가 말한다.

"뭐라고?" 로치가 내 말을 못 들었는지 바느질하고 있던 신발에서 눈을 떼고 고개를 든다.

"그 선수들이 한 주에 한 켤레씩 축구화를 새로 사야 해서 돈을 그렇게 많이 받는 거 맞지?"

로치가 고개를 가로젓는다. "축구선수들은 자기들이 신발을 안 사!"

이 말도 분명 사실이 아닐 것이다. 자기들이 신발을 안 사면 그럼 누가 사? 부모님이 사줘? 로치에게 과연 누가 축구선수에게 신발을 사주는지 묻고 싶지만 바보처럼 보이기 싫어서 그냥 바느질만 계속한다. 잠시 후 로치에게 베르나베우에 가서 웨이크필드가 경기하는 모습을 보려면 돈이 얼마나 들지 묻고 싶었는데, 공장장이 사무실에서 나오더니 통로를 따라 왔다 갔다 하면서 회초리로 통로 난간을 탁탁 내리치기 시작한다.

키어런 웨이크필드가 라자로 셀레스티노보다 더 뛰어난 이유 11

1. 라자로 셀레스티노를 위해서는 아무도 1억 5천만 유로를 지불하지 않는다.
2. 키어런 웨이크필드가 키가 더 크다. 헤딩 골을 더 잘 넣는다는 뜻이다.
3. 키가 더 크다는 것은, 태클을 더 잘한다는 뜻이기도 하다.
4. 공을 빼앗기지 않는 것도 더 잘한다.
5. 키가 더 크다는 것은, 이미 세 명의 선수가 교체된 상황에서 골키퍼가 퇴장당하게 될 경우 키어런 웨이크필드가 충분히 골키퍼를 대신할 수 있다는 뜻이다.
6. 키어런 웨이크필드는 정말 빠르다. 분명 라자로 셀레스티노보다 더 빠를 것이다.
7. 키어런 웨이크필드가 더 힘이 세다.
8. 키어런 웨이크필드가 더 어리다.
9. 키어런 웨이크필드가 속한 팀이 라자로 셀레스티노가 속한 팀보다 챔피언스 리그(여기서는 유럽에서 가장 우수한 축구 클럽을 대상으로 열리는 축구 대회를 뜻한다. 유럽의 프로 축구 세계에서 최고의 권위를 가진 대회이다_옮긴이)에서 더 많이 우승했다.

10. 키어런 웨이크필드가 속한 팀이 라자로 셀레스티노가 속한 팀보다 라 리가에서 더 많이 우승했다.
11. 키어런 웨이크필드는 등 번호가 11번이다. 11번은 내가 정말 좋아하는 수이고, 라자로 셀레스티노의 등 번호 10번보다 더 좋은 수이다.

개천에서 용 나다

하루 일이 끝나고 공장에서 나오면 눈 위로 손을 들어 해를 가려야 한다. 공장에는 창문 하나 없이 긴 형광등만 켜져 있어서 밖으로 나오면 해가 지기 직전인데도 정말로 눈이 부시다. 공장 안에 있는 것들이 (여러 색깔의 신발은 제외하고) 모두 회색이거나 먼지가 내려앉아 잿빛으로 변한 점 역시 밖에 나왔을 때 도움이 되지 않는다. 길거리의 온갖 색깔에 익숙해지기까지 시간이 잠시 걸린다는 뜻이다.

공장 밖 거리는 늘 스쿠터와 자동차로 북적인다. 사람들은 아무 이유 없이 경적을 울린다. 차량들 위로 고개를 들면 매연 때문에 눈앞이 희끄무레하고, 멀리 있는 고층건물들은 희뿌연 안개에 휩싸여 있으면서도 햇빛을 받아 물줄기처럼 가물가물 반짝거린다. 매연이 정말로 심한 날에는 저녁에 도시의 불빛들이 하나의 둥근 띠를 이룬다. 그래서 하늘에 지는 해가 두 개인 것처럼 보인다. 서쪽에 하나, 남쪽에 하나.

로치는 북쪽의 빈민가 근처에 살지만 일을 마치고 집에 갈 때는 나와 함께 걸어간다. 우리가 걷는 길은 직장에 다니는 사람들로 엄청 붐빈다. 길거리 상점 주위에 모여서 맛난 길거리 음식을 먹는 사람들도 있다. 매콤하고 짭조름한 냄새에 이끌려 나도 모르게 멈춰 서서 숨을 들이쉬고 있으면 로치가 다가와 내 팔을 잡아끈다. 우리는 골목으로 난 지름길로 해서 우스톤과 위도도가 사는 곳까지 간다.

"야, 바르샤 쓰레기!" 내가 꼭대기 층 창문을 향해 소리친다. "우리는 재경기할 준비 됐거든!"

내 말이 끝나자마자 우스톤과 위도도의 엄마가 창밖으로 고개를 내민다. 표정을 보아하니 그 엄마도 바르셀로나 팬 같다.

"지금 누가 길 한복판에서 욕을 하고 난리야? 내려가서 그 버르장머리 좀 고쳐줄까?" 그 엄마가 안으로 들어가는가 싶더니 곧바로 다시 나온다. 그리고 우리는 날아오는 묵직한 채소 뿌리에 맞지 않으려고 몸을 피한다.

로치가 용서를 빈다. "죄송해요, 아주머니. 그냥 우스톤이랑 위도도가 집에 있는지 알고 싶어서 그런 거예요."

"걔들 집에 없다. 요 며칠 계속 늦는걸. 또 다른 것 던지기 전에 얼른 가라!"

로치와 나는 발걸음을 옮긴다. 우스톤과 위도도는 파크리와 함께 다른 공장에서 일한다. 공장에 일이 밀려 있거나 큰 주문이 들어오면 모두 늦게까지 잔업을 하기도 한다. 그건 로치와 내가 다니는 공장도 마찬가지이다. 우리 공장의 공장장은 모든 일이 제시간에 끝나도록 일을 시키긴 하지만 말이다.

"애들이 없으니까 나는 그만 집에 가야겠다. 이따 밤에 경기 보러 올 거지?"

"갈게."

갈림길에서 로치는 자기 집으로 향하고, 나는 혼자 걸으면서 돌멩이를 드리블하기 시작한다. 옆으로 지나가는 사람들이 나를 막으려는 발렌시아 팀의 수비수인 것처럼 상상하면서 골문을 향해 힘껏 달린다. 거의 집 앞까지 오고 나서야 엄마의 심부름이 생각나 상점에 들러 할머니의 약과 담배를 산다. 그러고는 다시 도로 한가운데로 돌멩이를 찬 다음 건너편 아파트의 지저분한 입구로 차 넣는다.

나는 손가락으로 하트 모양을 만들어 레알 마드리드의 배지가 달려 있어야 할 가슴에 대고 톡톡 두들긴다.

집에 와 보니 할머니는 안락의자에 앉아 나직이 코를 골며 자고 있다. 엄마는 주방에서 요리를 하다가 내가 들어서자 어깨 너머로 고개만 돌린다.

"담배랑 약은 샀니?"

나는 파란색 비닐봉지를 들어 보인 다음 식탁 위에 내려놓는다. 채소를 볶는 소리 때문에 엄마가 소리를 크게 질렀음에도 할머니는 잠에서 깨지 않는다. 이것이 할머니를 불멸의 존재로 만드는 또 하나의 비결이다. '가능한 한 많이 잘 것.' 내가 보기에 고양이들이 할머니보다도 더 잠을 안 자는 것 같다. 할머니는 심지어 근처 이슬람 사원에서 하루에 다섯 번씩 요란하게 종이 울리는 중에도 잠을 잔다.

엄마가 프라이팬에 든 채소를 뒤적이며 말한다. "할머니 깨울래? 저녁밥이 다 됐으니까 약을 먼저 드시게 해야지."

할머니를 깨우는 가장 좋은 방법은 할머니 어깨를 살포시 흔드는 것이다. 버럭 소리를 지르거나 얼굴에 물을 뿌리거나 코를 잡아 숨을 못 쉬게 하는 건, 할머니가 싫어한다. 그전에 이 방법을 다 써봐서 안다.

"일어나세요, 할머니. 약 드실 시간이에요." 작게 속삭이듯 말한다.

할머니가 천천히 고개를 들더니 눈을 몇 번 깜박거린다.

"이런, 부디." 잠에서 막 깬 할머니의 입에서는 언제나 시큼한 냄새가 풍긴다. "시간이 벌써 그렇게 됐냐? 알약 좀 꺼내주련? 그거 꺼내기가 무척 까다롭더라."

나는 물컵을 가져오고, 약갑에서 알약을 두 알 꺼내 할머니 손바닥에 놓아 준다.

"고맙구나." 할머니가 약을 먹은 다음 도로 물컵을 건넨다.

"담배도 좀 주련?"

그때 엄마가 말한다. "금방 저녁 드실 거예요. 지금 정말로 담배 피우고 싶으세요?"

"저녁은 뭐냐?" 할머니가 묻는다.

"채소랑 밥이 전부예요. 엘비스가 월급을 받기 전에는 고기는 못 사요."

할머니가 고개를 젓는다. "한데 이 시간이면 아범이 집에 있어야 하는 거 아니냐?"

"맞아요." 엄마가 밥을 접시에 덜어 담는다. "하지만 아범이 아침에 나가면서 늦게까지 일할 수도 있다고 했어요. 새 계약이 어쩌고저쩌고 하던데요."

할머니가 계속 고개를 젓고 있다. "지금껏 일을 너무 많이 해왔는걸. 아범이 잔업을 마다할 수는 없는 건가?"

"그건 모르겠어요." 엄마가 이번에는 밥 위에 볶은 채소를 덜어 담는다. "하지만 아범이 잔업을 하면 우리한테 여윳돈이 생기잖아요."

"잔업수당을 주기야 한다면야." 할머니가 눈을 부라린다.

엄마가 어깨를 으쓱하고는 접시를 식탁으로 나른다. "부디, 할머니를 부축해 줄래?"

할머니가 내 손목을 꼭 움켜쥐면서 일어서자, 나는 앞장서서 식탁 앞으로 걸어간다. 아빠가 할머니를 부축하는 모습을 지켜보는 것보다 괜찮은 것 같다. 앞장서서 걸으니 할머니의 구부정한 등이 잘 안 보이고, 내 손을 움켜쥔 할머니의 손에서도 힘이 느껴지니까.

"아빠 없이 우리 먼저 먹어야겠는걸." 엄마가 말하는 틈에 나는 엄마 옆으로 가서 앉는다. "틀림없이 금방 올 거야."

하지만 그로부터 네 시간이 지나도 아빠는 돌아오지 않고 있다. 아빠가 손대지 않은 식은밥과 눅눅해진 채소볶음이 여전히 삐거덕거리는 식탁 위에 놓여 있다. 저녁을 먹은 할머니가 안락의자로 자리를 옮기고 나서 담배를 세 개비나 피워 연기 때문에 방 안이 뿌옇다. 엄마는 아빠의 흰색 셔츠에 단추를 달면서도 자꾸 텅 빈 현관을 힐끔거린다.

"아범이 어디 있는지 몰라 답답하네요."

엄마의 근심 섞인 말에 할머니가 담배연기를 코로 내뿜으며 말한다. "걱정마라. 공장에 있을 거다."

"할머니, 담배를 왜 피우세요?" 문득 궁금해져 물었다.

할머니가 담배를 한 모금 빨고는 이 빠진 재떨이에 담뱃재를 떤다.

"내가 처음으로 담배를 피웠을 때는 말이다, 사람들이 담배를 좋은 거로 여겼단다. 그래서 내가 아는 사람들이 모두 담배를 피웠지. 사실 아무도 담배를 살 형편이 아니었는데도 그랬어. 게다가 엘비스도 담배를 피웠지. 네 아빠 말고 그 가수 말이야. 엘비스가 피운 건 엽궐련이었지만 너무 비싸서 나는 대신 담배를 피웠단다."

"하지만 담배 때문에 기침이 더 심해지잖아요."

할머니가 휘파람이라도 부는 듯 담배연기를 길게 내뿜고 남은 담배꽁초를 재떨이에 으스러뜨린다.

"그래, 맞는 말이야. 하지만 이제 와서 끊을 수가 없구나. 그러기에는 내가 너무 늙었나보다."

할머니가 눈을 감고서 의자 등받이에 머리를 기댄다. 엄마는 희미한 불빛 아래서 바느질을 하느라 무릎 위에 펼쳐놓은 아빠의 셔츠를 실눈을 뜨고 들여다본다. 집 밖에서는 스쿠터들이 끝없이 왔다 갔다 하고 있다. 섬에서 사는 데 따른 문제가 바로 이것이다. 자바 섬처럼 큰 섬도 마찬가지이다. 섬에서는 사람들이 달리다가 멈춰서 돌아가야 할 일이 생기기 전까지는 계속 달릴 수 있다. 그래서 모두가 빙글빙글 원을 그리며 돌아다닌다. 배를 갖고 있지 않는 한 말이다. 그렇지만 인도네시아에는 섬이 아주 많아서 배를 타고 나가도 결국 또 다른 섬에서 살게 될 것이고, 그곳에서 또다시 원을 그리며 돌아다닐 것이다.

갑자기 엄마가 크게 한숨을 내쉬더니 바늘을 무릎 위에 내려놓는다.

"안 되겠다. 무슨 일 있는지 알아봐야겠어. 부디, 공장에 가서 아빠한테 지금 바로 퇴근할 수 있는지 물어봐라. 그리고 곧장 로치네 집으로 가면 되겠다."

"알았어요." 나는 몸을 일으켜 현관문으로 향한다.

엄마가 내 등 뒤에 대고 외친다. "너무 늦게까진 놀지 마. 내일 아침에 일하러 가야 하는 것 잊지 말고."

밖으로 나오니 날이 진짜 따뜻하고 바람 한 점 불지 않는다. 집 앞 도로에서는 스쿠터들이 사람들과 움푹 팬 구덩이 주위를 홱홱 돌며 마음대로 방향을 바꾼다. 길가에서는 어린 남자아이가 막대기를 들고 불더미 속으로 쓰레기를 밀어 넣다가 내가 옆을 지나가자 고개를 돌려 올려다본다. 플라스틱이 불에 타는 냄새 때문에 콧구멍이 따끔거린다. 나는 길모퉁이를 돌아서 곧장 걷다가 하마터면 반대편에서 오고 있는 사람과 부딪칠 뻔했다. 그때 노란색과 파란색 체크무늬가 눈에 띈다.

"어이, 아들." 아빠 목소리이다. 얼굴은 땀으로 번들거리고, 가슴에 셔츠가 착 달라붙어 있다.

"밖에서 뭘 하고 있니?"

"엄마가 아빠한테 가보라고 해서 나왔어요. 아빠가 안 오셔서 걱정하고 있어요."

"네 엄마가 수색대라도 보낼 줄 알았더니만. 공장에 새로 주문이 들어와서 일이 늦어진 거야. 영국에 사는 남자들이 모두 입고도 남을 만큼 셔츠를 많이 만들었지!" 아빠가 손등으로 얼굴을 쓸어내린다. "아무튼, 얼른 집에 가자. 너까지 나와 있으니 네 엄마 걱정이 두 배로 늘었겠다."

"저는 로치네 집에 축구 보러 갈 거예요."

"응, 그렇구나. 오늘밤에는 누구랑 붙니?"

"발렌시아요."

"붙어볼 만한 거야?"

"레알 마드리드한테는 상대가 안 되죠. 키어런 웨이크필드가 분명히 해트트릭을 기록할 걸요."

"어이쿠, 기대해 보자. 재미있게 봐라. 로치네 식구들에게 안

부 전해 주고."

아빠가 내 어깨를 꽉 쥐었다 놓고서 발길을 돌린다. 아빠가 천천히 걸어가자, 길가에 쭈그리고 앉아 있던 남자아이가 일어서더니 손을 내민다. 아빠가 멈춰 서서 손바닥을 펴 보인다. 남자아이는 다시 앉아 막대기로 쓰레기를 뒤적인다.

로치네 집에 가려면 우리 집에서 20분은 걸어가야 한다. 로치네 집에 도착할 때쯤엔 길거리가 훨씬 더 조용해졌다. 로치네 아파트는 좁은 길들이 미로처럼 얽힌 한가운데 있어서 가는 동안 길을 잃거나 주머니를 털리기 일쑤이다. 그래서 그곳을 지나갈 때면 훔쳐갈 게 아무것도 없다는 표시로 주머니를 까뒤집고 가는 것도 좋은 생각이다. 약간 바보 같아 보이긴 할 테지만.

이따금 로치를 보면 정말로 안타까운 마음이 든다. 방 하나를 엄마와 두 누나 셋이서 함께 써야 하니까. 누나 둘과 같은 방을 쓰는 걸 상상해 보면 악몽 같을 것이다. 그나마 다행인 건, 누나들이 넝마주이 일을 한다는 것이다. 쓰레기 더미를 뒤지기 가장 좋은 시간이 늦은 저녁때라는 건 누구나 안다. 쥐들이 먹을 만한 것을 찾아내기 전 말이다. 그 덕분에 로치는 누나들을 그렇게 많이 참고 견디지 않아도 된다. 그러나 로치네 엄마는 늘 집에 있다. 로치네 엄마는 우리 할머니 나이의 절반밖에 되지 않는데도 어쩐지 더 늙어 보인다. 그리고 나를 봐도 전혀 반가워하는 것 같지 않다. 로치 말로는, 자기 엄마는 누구를 봐도 전혀 반가워하지 않는다고 한다. 내 생각에 로치네 엄마는 지금도 남편의 죽음을 슬퍼하고 있는 것처럼 보인다. 로치네 아빠가 돌아가신 지 1년이 지났는데 말이다. 살아생전 로치네 아빠는 성공한 영업사원이라서 예전에는 로치네 가족이 훨씬 더 큰 집에 살았다. 듣자하니 로치네 집에는 요즘 유행하는 그런 좌변기가 있었다고 한다. 그러나 로치네 아빠가 돌아가신 뒤로 남은 식구들은 방 하나짜리 아파트로 이사를 해야 했고, 로치는 학교까지 그만두고 공장에 와서 일해야 했다.

처음에 로치는 느렸다.

믿을 수 없을 정도로 느렸다.

라자로 셀레스티노처럼 느렸다.

나는 로치에게 어떻게 하면 더 빠르게 일하는지 보여주었다. 그러지 않았으면 로치는 해고되었을 것이다. 심지어 로치가 주어진 할당량을 채울 수 있도록 내가 바느질한 신발 갑피를 조금 나눠주기도 했다. 처음 몇 주 동안 공장장은 로치에게 모질게 대하며 이렇게 말하곤 했다. "로치, 왜 이렇게 느려 터졌냐? 힘든 일은 안 해봤다 이거지? 너는 그게 문제야. 학교에 다녔다는 이유로 네가 남들보다 더 낫다고 생각하는 것. 그동안 네가 얼마나 편하게 살았는지 알겠지. 야, 멍청아, 그런 식으로 잡지 마! 이런 식으로 잡아야지! 이 얼간이 같은 놈아, 이게 연필로 보이냐! 부디를 잘 봐, 부디는 제가 할 일을 훤히 꿰뚫고 있잖아. 이번 주말까지 제대로 일을 못 하면 여기서 쫓겨날 줄 알아! 그럼 어디로 갈 거야?"

처음에 로치는 나를 별로 좋아하지 않았다. 공장장이 나와 비교하면서 계속 잔소리를 해서 그랬을 것이다. 그러나 로치는 일을 진짜 빨리 배웠다. 한 달도 안 되어 우리 조에서 가장 잘하는 축에 들게 되었다. 그러자 공장장은 로치에게 흥미를 잃었는지 새로 다른 사람을 찾아 못살게 굴기 시작했다.

나는 로치가 학교 축구팀에서 뛰었다는 걸 알아내고 우스톤, 파크리, 위도도와 함께하는 경기에 초대했다. 그러고 나서 로치가 나더러 자기 집으로 축구경기를 보러 오라고 했다. 요즘 로치와 나는 레알 마드리드의 경기를 가능한 한 많이 본다. 가끔은 로치네 엄마가 집에 아무도 데려오지 말라고 하고, 또 지붕에 달려 있는 불법 위성 안테나가 고장이 나기도 하지만 말이다.

로치네 집에 가보니 로치네 엄마는 방 한구석의 요 위에서 자고 있다. 로치는 텔레비전 앞쪽 방바닥에 책상다리를 하고 앉아 있다. 로치 앞에는 호박씨 껍질이 한 무더기 쌓여 있다. 내가 옆에 앉자, 로치가 내게 호박씨를 한 줌 집어 준다.

"키어런 웨이크필드가 선발 명단에 들어 있어?" 나는 서둘러 묻고서 호박씨를 하나 깨물어 껍질을 뱉어낸다.

"응. 지금 몸을 풀고 있어. 아까 부상당했다고 한 거 농담이었어."

로치가 나를 돌아보며 싱긋 웃는다. 비록 자기가 그리 좋아하는 선수는 아니지만, 웨이크필드가 뛰어야 레알 마드리드가 훨씬 더 잘한다는 걸 알기 때문이다. 텔레비전에서는 웨이크필드가 몸을 푸는 모습을 자주 비춰준다. 웨이크필드는 등 번호가 적힌 주황색 팀 조끼를 입고 계속 반복훈련을 하고 있다. 해설자들이 무슨 말을 하는지 이해가 안 가지만 웨이크필드에 대해 말하고 있는 것 같다. 웨이크필드가 경기장에서 전력 질주할 때마다 내 심장 박동이 더욱 빨라진다.

"충전이 됐을까?" 내가 묻는다.

로치가 눈을 부라린다. "야, 나는 손 안 댔다."

처음에 텔레비전을 켜면 치직거리며 화면에 잔털 같은 게 나타나고, 전기 때문에 윙윙 울리는 소리가 난다. 이것이 텔레비전에서 가장 좋은 점 가운데 하나이다. 나는 웨이크필드가 다시 클로즈업될 때를 기다렸다가 화면에 손을 갖다 댄다. 따끔따끔한 느낌이 파고들어와 팔 전체로 퍼져나간다. 실제로 사람 손을 잡았을 때 느껴지는 충격과 똑같다.

로치가 고개를 가로젓지만 실은 별로 신경 쓰지 않는 것 같다. 그런 내 행동이 싫었다면 내가 오기 전에 먼저 자기가 화면을 만져서 전기를 독차지했을 것이다. 하지만 로치는 그런 기회를 늘 나를 위해 남겨놓는다.

"못 기다리겠어!" 나는 조바심이 난다.

"쉬잇!"

방 한구석에서 로치네 엄마가 몸을 뒤척이더니 뭐라고 웅얼거린다. 다행히도 깨어나지는 않는다.

스페인은 인도네시아에서 멀리 떨어져 있으므로 그곳에서 열리는 경기는 자정쯤에야 볼 수 있다. 텔레비전 신호가 인도네시아에 도착하려면 시간이 많이 걸리기 때문일 것이다. 지난번에 로치가 표준시간대에 대해 뭐라고 말해 주었지만 경기가 벌어지고 있어서 집중해서 듣지 못했다. 한밤중에 로치네 엄마가 깨지 않도록 우리는 텔레비전 소리를 진짜 작게 낮춘다. 또 말할 때는 서로 소곤거리고, 로치는 내게 계속해서 입을 다물라고 한다.

"오늘 점수가 어떻게 날 것 같아?" 내가 소곤거리며 묻는다.

"4 대 0. 벨몬테가 해트트릭을 하고, 웨이크필드가 1점을 올릴 거야."

"지난주에 웨이크필드가 얼마나 잘했는지 생각해 봐."

"그래도 벨몬테가 더 많이 득점할걸. 물론 웨이크필드는 인기를 빼앗기는 게 싫겠지만."

로치의 말에 동의하지 않지만 괜히 말싸움을 벌이면 로치네 엄마를 깨울 것 같아 호박씨를 더 털어 넣고 껍질을 쪼개는 쪽을 택한다. 텔레비전에서는 축구 경기는 나오지 않고 내가 모르는 번쩍이는 자동차들과 내가 아는 병에 든 청량음료 광고가 나온다.

"지금 뭐라고 말하고 있어?"

로치는 자기가 영어를 조금 알기 때문에 스페인어도 조금 알아들을 수 있다고 한다. 언어가 대부분 비슷비슷하다는 것이다.

"나가서 저 자동차를 사래."

"왜?"

"뭐가 왜야?"

"왜 우리한테 저 자동차를 사라는 건데?"

"저 자동차를 팔아야 하니까 우리한테 사라는 거지."

"저 자동차가 뭐가 그렇게 좋은데?"

"진짜 널찍하잖아. 봐, 뒤쪽에다 뭐든 넣을 수 있겠는걸. 자전거, 개, 상점에서 산 물건, 아이들. 이렇게 많은 걸 실을 수 있어서 자동차를 사면 두 번째 집을 갖는 거나 똑같다는 농담을 하고 있어. 가진 물건이 많은 사람들을 위한 자동차야."

로치가 희한한 이야기를 하고 있다. 왜 집이 두 채나 필요하다는 거야? 누구나 한 번에 한 장소밖에 가지 못하잖아.

"그 물건들이 집에 모두 안 들어가나? 그게 아니면, 물건을 줄여도 되잖아?"

로치가 어깨를 으쓱한다. "그래도 되겠지만 광고에서 그렇게 말하면 자동차를 많이 못 팔겠지."

또 다른 광고가 나온다. 이번에는 번쩍이는 자동차가 경주로에서 빠르게 달리는 모습을 보여준다. 하늘에는 꼭 우기 때처럼 잿빛 먹구름이 가득하다. 곧바로 비가 내리기 시작하고, 자동차 타이어가 물을 튀기며 물웅덩이를 지나가는 모습이 느린 동작으로 나온다.

"이 자동차는 물건이 좀 적은 사람들을 위한 걸까?"

"그런 것 같아. 뒤쪽에 물건을 많이는 못 실을 것 같아."

자동차가 점점 빠르게 달리자 오페라 같은 음악소리가 점점 커진다. 로치가 재빨리 일어나 텔레비전 소리를 낮춘다.

"조수석에 앉은 여자는 누구야?"

"나야 모르지." 로치가 다시 내 옆에 와 앉는다. "아무도 아닐 걸."

"영화배우 같아. 엄청 예쁘잖아."

광고가 또 바뀐다. 방금 전에 나온 광고와 거의 똑같다. 음악과 자동차 색깔만 다를 뿐.

"똑같은 자동차 맞지?"

"아니, 다른 거야." 로치가 호박씨를 한 줌 집어 입안에 털어 넣고 반바지에 손을 문지른다.

"흠, 이번 자동차는 누구를 위한 걸까?"

"비 올 때 빠르게 달리고 싶은 사람들."

그건 좋은 생각이 아닌 것 같다.

"아까 그 자동차 조수석에 타고 있던 여자랑 같은 사람이야?"

"아니, 아까 그 여자는 머리카락이 더 진한 색이었어."

"그런데 왜 자동차 조수석에 모두 여자들이 타고 있어? 자동차에 여자들이 딸려 있는 걸까?"

로치가 갑자기 웃음을 터뜨리며 호박씨를 사방으로 뿜어낸다. 그러고는 손으로 제 입을 틀어막은 채 방바닥을 데굴데굴 구른다. 로치네 엄마가 또다시 신음소리를 내며 몸을 뒤척인다.

"뭐가 그렇게 웃긴데?" 내 얼굴이 점점 달아오르는 게 느껴진다. 내 몸속에서 출혈이 생긴 것 같은 느낌이다.

"너. 네가 웃기지." 로치가 장난스럽게 팔꿈치로 나를 쿡쿡 찌르며 고개를 설레설레 흔든다. "하지만 네 말이 맞는 것 같아. 광고에 이런 말이 나와야 할 것 같아. 여자는 들어 있지 않습니다."

로치가 숨을 가다듬으려 애쓰면서도 계속 킬킬거린다. 텔레비전에서는 자동차 안에 남자와 여자가 나란히 앉아 있다. 화면 한가운데에 세로로 금이 가 있어서 마치 남자와 여자 사이에 벽이 있는 것 같다. 곧이어 여자가 옆으로 몸을 기울이더니 한 손으로 빨간 입술을 가린 채 남자의 귀에 뭐라고 속삭인다. 남자의 입꼬리가 올라간다. 남자가 손가락을 구부려 운전대를 움켜쥔다. 여자가 카메라를 똑바로 보고 미소를 짓는다. 그런 다음 자동차가 달려가며 멀어진다.

텔레비전에 나오는 광고 중에는 정말 이상한 것들도 있다.

마침내 축구 경기가 다시 나온다. 선수들은 몸을 다 풀었고, 관중석은 세상에서 가장 운 좋은 사람들로 꽉 차 있다. 그들은 나중에 나이가 들어 이렇게 말할 것이다. "세계 최고의 선수가 발렌시아에 맞서 해트트릭을 기록한 경기를 직접 봤다고." 아무튼 나는 그 경기를 로치네 집에서 보게 되었다.

경기가 시작되기 직전 로치네 누나들이 집에 왔다. 웅얼거리듯 인사를 건네는 누나들을 향해 나는 몸을 돌렸다. 로치는 내내 텔레비전만 쳐다보며 툴툴대고 있다. 텔레비전에서 뿜어져 나오는 초록색 불빛 때문에 두 누나는 입술이 까맣고 얼굴이 누르께해 보인다. 두 누나가 방문 바로 안에 자루를 두 개 내려놓을 때 보니 팔뚝에 여기저기 긁힌 자국이 있다. 한 누나가 작은 자루에서 뭔가를 꺼냈고, 둘이 방 한구석에 나란히 앉아 그 뭔가를 먹기 시작한다.

"어라, 부디, 이거 안 좋은 신호야."

로치의 말을 듣고 얼른 고개를 돌려 텔레비전에 나온 레알 마드리드 선수들 명단을 살핀다. 노게라, 벨몬테, 오초아, 루비오, 타피아, 벨로…….

"키어런 웨이크필드는 어디 있어?"

화면 아래쪽에 있는 교체선수 이름까지 살피고서 로치 쪽으로 고개를 돌린다.

"키어런 웨이크필드는 어디 있지? 왜 명단에 없는지 모르겠어. 방금 전에 몸을 풀고 있었잖아."

로치가 어깨를 들먹인다. 나는 갑자기 속이 울렁거린다.

"왜 명단에 들어가지 않았을까?"

"목소리 낮춰. 그건 나도 몰라."

"해설자들이 뭐라고 하는 거야?" 소곤거리는 목소리로 물었다. 내가 소리를 질러도 로치네 식구들이 신경을 쓰지 않을 것 같긴 하지만. 지금 키어런 웨이크필드가 사라졌던 말이다!

로치가 텔레비전 쪽으로 가까이 몸을 숙이더니 잠시 후 뒤로 물러나 앉으며 양손을 내민다.

"뭐라고 하는지 모르겠어. 해설자들 말이 너무 빨라. 몸을 풀다가 부상을 입었는지 모르지. 아니면 외계인들이 납치를 해갔는지도 모르고."

둘 중 어느 쪽이 더 나쁠까. 실수이기만을 바라지만, 선수들이 경기장으로 입장하는 화면에서도 키어런 웨이크필드가 보이지 않는다. 내 머릿속에는 웨이크필드가 급히 병원으로 실려 가는 모습밖에 떠오르지 않는다. 또 외계인들이 납치해 가는 모습. 외계인들이 웨이크필드를 데려갔을 거라는 말도 일리가 있다. 웨이크필드는 세계 최고의 축구선수이고, 축구는 최고로 인기가 많은 운동경기이니까. 외계인들이 자기들 팀에 새 선수를 필요로 한다면 웨이크필드가 최선일 것이다.

그렇지만 무슨 일이 있더라도 이 일은 나뿐만 아니라 키어런 웨이크필드와 레알 마드리드를 비롯해 축구를 사랑하는 팬들 모두에게 정말 끔찍한 소식이다. 이 일을 즐거워할 사람은 발렌시아 팀과 그들의 팬들뿐이다. 당장 이번 경기에서 웨이크필드의 맹렬한 움직임과 놀라운 기술을 걱정하지 않아도 될 테니까.

나는 부상당한 웨이크필드가 어떻게 될지 걱정이 되었다. 예전에 공장에서 밤방이라는 남자아이가 너무 아파 한 주 동안 일을 못 하자 결국 해고되었다. 그래서 로치에게 웨이크필드가 경기에 나오지 못해 해고될지 어떨지 묻는다.

로치가 나직이 답한다. "당연히 아니지. 축구선수를 해고하는 건 거의 불가능해. 웨이크필드가 경기에 나올 때마다, 행여 자책골을 넣어도 여전히 한 주에 36만 유로를 받거든."

나는 로치를 보면서 얼굴을 찌푸린다. 웨이크필드는 자책골을 넣지 않으니까. 그러면서도 한편으로는 마음이 놓인다. 웨이크필드를 해고하고 다른 누군가에게 1억 5천만 유로를 주는 건 어리석어 보인다.

"36만 유로를 루피아로 계산하면 얼마야?" 내가 나직이 묻는다.

"많아."

"그럼 1억 5천만 유로는 얼만데?"

"훨씬 더 많지. 이제 그만 입 다물어. 경기 시작해."

36만 유로는 별로 많지 않은 것 같다. 내가 공장에서 한 주에 25만 루피아쯤 받는 걸 감안하면. 하지만 1억 5천만 유로는 많아 보인다. 그러고 보니 레알 마드리드에서 나와 계약할 때 돈을 얼마나 줄지 궁금하다.

웨이크필드가 나오지 않았으므로 이제 경기에 별로 관심이 가지 않는다. 대신에 저쪽 벽을 타고 기어가는 바퀴벌레가 눈에 띈다. 웨이크필드가 경기할 때에만 흥미를 느끼는 건 내가 강팀만을 쫓아다니는 팬이라는 뜻일까. 물론 그렇지 않다.

경기가 시작되고 5분쯤 지나 발렌시아 팀이 득점한다. 이건 재앙이다. 레알 마드리드는 우승 후보이고, 발렌시아는 쓰레기이니까. 웨이크필드가 나왔다면 이런 일은 없었을 것이다. 다행히 15분 뒤에 우리 팀이 동점골을 넣는다.

그러고는 10분쯤 지나 정전이 된다.

자주 이렇게 전기가 끊긴다.

지난번에 공장에서는 정전 때문에 생산 라인에 심각한 문제가 생겼다. 작동 중이던 재단기가 멈춘 바람에 아무도 일을 하지 못했다. 모두들 아무 일도 하지 않고 우두커니 서 있었더니 공장장이 펄펄 뛰며 화를 냈다. 하루치 급료를 못 받을 거라고도 했다. 우리 잘못이 아니었는데도 말이다. 얼마 뒤 쿠르니아완이 재단기에 팔을 집어넣고 신발 직물을 빼내고 있는데 전기가 다시 들어왔다.

로치와 나는 컴컴한 방에 앉아 전기가 다시 들어오기를 기다린다. 밤중에 정전사고가 났을 때 복구된 적은 한 번도 없었지만 기대를 접기 전에 보통 이렇게 잠시 기다린다. 로치의 숨소리가 고르게 들리자 아직 깨어 있는지 묻는다.

"으응." 로치가 신음소리 같은 것을 낸다.

"로치, 키어런 웨이크필드가 경기에 나오지 않아도 돈을 받는다는 거지?"

"어, 돈을 받아. 축구선수들은 대부분의 시간을 아무것도 안 해도 돈을 받아."

"거짓말."

"쉬이. 목소리 낮춰. 그리고 거짓말 아냐."

나는 다시 속삭이듯 말한다. "거짓말이야. 일단, 선수들이라고 해도 쉬지 않고 축구를 하는 건 불가능해. 두 시간쯤 뛰고 나면 지치잖아. 게다가 경기를 계속한다면 점수가 너무 올라가서 심판은 계산기가 있어야 할걸. 계산기는 구하기도 힘들고 비싼데 말이야.

두 번째로, 사람들이 못 봐서 그렇지 축구선수들은 훈련을 많이 해. 훈련하는 모습은 텔레비전으로 안 보여줘서 그렇지. 내가 장담하는데, 키어런 웨이크필드가 날마다 훈련할 때 흘리는 땀을 모으면 양동이 하나가 가득 찰걸."

"윽, 더러워."

"세 번째, 축구선수들은 겨울에도 경기를 해야 해. 그것도 실외에서. 비가 와도 눈이 와도 해야 돼. 스페인은 겨울이 춥대. 너무 추워서 입김이 보이고, 물웅덩이가 얼어붙을 정도래. 듣자 하니 키어런 웨이크필드의 고향인 잉글랜드는 훨씬 더 춥다던데."

"웨이크필드의 고향이 어디인지는 나도 알아."

"네 번째, 유명해진다는 건 쉬운 일이 아니야. 경기가 끝나면 얼른 씻고 잠을 자러 가고 싶은데도 수많은 사람들에 둘러싸여 똑같은 질문에 일일이 대답을 해야 하잖아."

"그래도 나는 유명해지고 싶은데."

나는 고개를 흔든다. 하지만 어두워서 로치가 나를 못 본다는 걸 깨닫고 소리 내어 한숨을 내쉰다.

"유명해지기 전에는 다들 그렇게 생각하지. 그러다가 어디를 가나 사인을 해 달라거나 사진을 찍자고 하는 사람들한테 시달리게 되지. 우리 할머니 말로는 엘비스 프레슬리도 정확히 똑같았대. 유명해지는 건 겉보기만큼 그렇게 재미있는 게 아니야."

로치는 아무 말도 하지 않는다. 그렇게 말없이 어둠 속에 10분쯤 더 앉아 있다가 나는 그만 집에 가기로 마음먹는다. 그리고 나한테는 털릴 것이 아무것도 없다는 걸 보여주려고 주머니를 까뒤집은 채 돌멩이를 발로 차면서 인적 없는 거리를 따라간다.

집에 돌아온 나는 매트리스에 고꾸라지듯 눕는다. 엄청 피곤한데도 웨이크필드에게 무슨 일이 있는지 걱정되어 잠이 오지 않는다. 마음속으로 아무 일도 없을 거라고 말해 보지만, 웨이크필드가 우주 공간으로 날아가는 모습과, 그런 웨이크필드와 함께 레알 마드리드가 우승컵을 거머쥘 가능성이 사라지는 모습밖에는 아무것도 떠오르지 않는다.

키어런 웨이크필드가 사라진 이유 11
(가장 그럴 듯한 것부터)

1. 몸을 푸는 동안 끔찍한 부상을 당했다.
2. 레온 벨몬테가 질투가 나서 탈의실에 가둬 버렸다.
3. 감독이 다음에 있을 바르셀로나와의 경기에 대비해 쉬게 해 주었다.
4. 실은 비밀리에 범죄와 싸우는 슈퍼영웅이다. 경기 직전에 출동 명령을 받았다.
5. 외계인들이 납치해 갔다.
6. 몸에 좋지 않은 뭔가를 먹었다.
7. 중요한 일 때문에 잉글랜드로 돌아가야 했다.
8. 베르나베우 경기장의 통로에서 길을 잃었다.
9. 감독과 말다툼을 벌였다.
10. 무대공포증이 생겼다.
11. 신발에 뭔가 문제가 생겼다.

완전히 놀랐다

아침부터 눈이 잘 떠지지 않는다. 다행히 재봉틀에서 나는 소리가 엄청 커서 잠에 완전히 빠지는 건 불가능하다. 하지만 몇 분마다 한 번씩 고개가 고꾸라지는 바람에 일에 집중하려면 노력을 기울여야 한다. 보아하니 대량 주문이 들어와 모든 작업조가 최고 속도로 일하고 있고, 공장장이 작업대 사이를 성큼성큼 오가며 일을 더 빨리 하라고 재촉하고 있다. 공장장은 셔츠가 땀에 젖어 등에 들러붙어 있고, 몇 분마다 한 번씩 주머니에서 손수건을 꺼내 얼굴을 닦고 있다.

"서둘러라, 부디, 너 점점 느려지잖아!"

내 앞에 있는 신발에 정신을 집중해 보지만 눈앞이 어른거려 바늘땀이 똑바로 보이지 않는다. 현기증이 약간 느껴지는데다 끊임없이 윙윙거리는 재봉틀 소리에 정신이 몽롱해진다. 공장장이 가까이 다가오자, 나는 손을 들었다.

"부디, 뭐야? 왜 멈췄어? 기계에 무슨 문제 있냐?"

"어르신, 밖에 나가서 바람 좀 쐬고 와도 돼요?"

땀방울이 흘러내리는 얼굴로 공장장을 올려다보는데, 공장장이 얼굴을 찡그리며 웃음을 짓는다.

"당연하지, 부디." 내가 몸을 일으키자, 공장장이 웃음기를 싹 지우고 나를 쏘아본다. "네 휴식시간에 가야지! 오늘 우리가 놀 시간이 어디 있냐? 너무 게을러서 힘든 일은 조금도 못하겠다면 네 자리는 다른 사람한테 넘겨야지."

두 다리에서 힘이 싹 빠지는 것 같아 다시 자리에 앉는다. 얼얼하고 따끔따끔한 느낌이 목덜미를 휘감는다. 누군가가 내 목에 대고 바느질을 하는 것 같다.

"어르신, 제 휴식시간까지는 얼마나 남았어요?"

공장장이 벽에 걸린 시계를 쳐다본다. "두 시간. 그전에 네 자리에서 일어서면 다시는 돌아올 생각하지 마라!"

공장장이 성큼성큼 걸어 저쪽으로 간다. 하지만 또다시 몇 분마다 한 번씩 내 옆으로 와서 일하는 모습을 지켜본다.

나는 마음속으로 잠들면 안 된다고 계속해서 말한다. 지난번에 새로 들어온 여자아이가 작업대에서 졸았을 때, 공장장이 엄청 화를 내며 여자아이의 머리카락을 잡고 밖으로 질질 끌어낸 일이 떠오른다. 그런데도 열기 때문에 모든 것이 무겁게 느껴진다. 손, 머리, 눈꺼풀. 지금 원하는 건 오로지 작업대에 엎드려 한숨 푹 자는 것…….

순간 머리가 뒤로 홱 넘어간다. 정신이 아찔하다. 심장이 마구 뛴다. 갑작스레 몸이 움직인 바람에 손이 미끄러진다. 재봉틀 발판에서 미처 발을 떼기도 전에 바늘이 손끝을 찌른다. 통증이 꿰뚫고 들어온다. 놀라서 숨이 턱 막혀 말도 나오지 않는다. 로치 앞에서 울지 않으려 안간힘을 써 보지만 눈물이 샘솟는다. 손끝에서 흘러나온 피가 신발 갑피로 스며든다. 주위에서 사람들이 보기 전에 재봉틀에서 갑피를 빼내려 애쓰는데, 이미 사람들이 흘낏흘낏 쳐다보고 있다. 곧이어 내 작업대 위로 그림자가 드리워진다. 옆에 누가 서 있는지 돌아볼 필요도 없다. 어깨 너머에서 시큼하고 매캐한 냄새가 풍겨온다.

공장장이 묻는다. "여기 무슨 일이야?"

마침내 나는 재봉틀에서 갑피를 빼낸다. 조금 전에 바늘이 손끝을 찌르면서 갑피와 함께 바느질이 되었다. 공장장이 갑피를 와락 낚아채자 내 손끝에서 실밥이 뜯어진다. 손끝에서 새어나온 피가 손가락을 타고 흐른다. 글썽이는 눈물 너머로 공장장이 색색의 직물을 이리저리 넘기며 검사하는 모습이 보인다. 그 신발은 노란색과 주황색이 들어가는 것으로 키어런 웨이크필드가 이번 시즌에 신는 것이다.

공장장이 살펴보던 갑피를 내 작업대 위에 내던진다.

"못 쓰겠다."

나는 돌아보지 않은 채 고개를 끄덕인다.

"이건 버려야겠다."

나는 다시 고개를 끄덕인다.

"이런 행동은 용납 못 해."

나는 고개를 끄덕이다가 회초리가 쌩 하는 소리에 몸을 움츠린다.

회초리가 팔뚝의 살갗을 때릴 때면 희한한 느낌이 든다. 살갗을 때린 순간에는 통증이 느껴지지 않는다. 얼음물을 한 통 뒤집어썼을 때처럼 잠깐 충격만 있다. 그러고 나서 충격이 사라지면 온몸을 찌르는 듯한 끔찍한 통증이 파고든다. 팔뚝 근육에 경련이 일고, 온몸이 바르르 떨린다. 그리고 머릿속에 떠오르는 생각은 이것뿐이다. '어떻게 이렇게 아픈데도 피가 안 날까?'

이런 충격 때문에 잠시 뒤에야 내가 실제로는 회초리에 맞지 않았다는 걸 알아챘다.

"로치!" 공장장이 소리친다. "너는 뭘 쳐다보고 있냐? 왜 일은 안 하고 있어?"

로치가 재빨리 갑피를 집어 자신의 재봉틀에 밀어 넣는다. 제 팔뚝에 부풀어 오른 벌건 자국에 비해 몸을 심하게 움츠린다.

"부디, 너 말이야!" 공장장이 내 어깨를 붙잡아 돌려세운다.

"이 신발을 얼마에 파는지 알아? 한 켤레에 미국 돈으로 200달러가 넘어! 너는 그 돈이 얼마나 되는지도 모르지?"

공장장이 고개를 뒤로 젖히자 누런 이빨과 물컹거리는 혀, 이죽거리며 웃는 입이 슬쩍 보인다.

"내 말 잘 들어." 갑자기 공장장이 얼굴을 바짝 들이밀고서 엄숙하게 말한다. "그런 실수를 한 번만 더하면 여기서 나가는 거야, 알았어? 너 벌써 뒤처졌어. 오늘 할당량 다 못 채우면 길거리로 쫓아낼 줄 알아."

공장장이 허리를 똑바로 펴더니 기름기 흐르는 머리를 손으로 쓸어 넘긴다.

"내가 다 지켜보고 있다는 거 알아둬." 공장장이 으름장을 놓는다.

나는 재봉틀 쪽으로 몸을 돌린다.

바로 그 순간 쌩 하는 소리가 다시 들린다.

이번에는 내 팔뚝이다.

심장이 목구멍 밖으로 튀어나올 것 같다. 토할 것 같기도 하다. 심장이 뛸 때마다 타는 듯한 통증이 온몸으로 퍼져간다. 얼굴을 한껏 찡그리고서 얼얼한 통증을 참아보려 애쓴다. 이 통증에는 도무지 익숙해지지 않는다. 맞을 때마다 더 아프다. 너무 아파서 발밑에서 땅이 흔들리는 것 같다. 바로 그때 여기저기서 비명소리가 들리고, 실제로 땅이 흔들리고 있다는 걸 알아챈다. 고개를 들어보니 천장에 달린 전등이 이리저리 흔들리면서 먼지와 티끌이 작업대 위로 쏟아지고 있다.

"조용히 해!" 소리치는 공장장의 얼굴에서 그림자들이 춤을 추듯 일렁인다. "그냥 약한 지진이야! 계속 일해!"

약한 지진은 순식간에 그친다. 전등이 계속 흔들거리긴 하지만 그것 말고는 꼭 아무 일도 없었던 것 같다.

팔뚝에서는 통증이 좀 가라앉았는데, 이번에는 머리가 띵해져 저절로 얼굴이 찡그려진다. 다시 바느질을 시작하기 전에 피를 멎게 하려고 손끝에 실을 감아 맨다. 손끝에서 새어 나온 피는 입으로 빨아 먹는다. 상처 부위를 보니 뭔가가 물어뜯은 것 같다. 칼날 같은 이빨이 세 개인 뭔가가.

위쪽 통로에서 나를 쏘아보는 공장장의 눈길이 느껴진다. 하지만 나는 고개를 한 번도 돌리지 않는다.

최대한 빠르게 속도를 내 보지만 잘 안 된다. 피투성이 손가락 때문에 신발이 더럽혀질까 봐 연신 신발에서 손을 떼야 해서 일을 빨리하기 힘들다. 몇 분마다 한 번씩 바느질을 멈추고 피를 빨아먹어서 입안에서 녹슨 철조망 맛이 난다.

드디어 하루 일과가 끝났음을 알리는 신호음이 울린다. 할당량을 채우려면 신발 세 켤레를 더 바느질해야 한다. 다른 사람들은 모두 자리에서 일어나 터덕터덕 출입문 쪽으로 걸어간다. 삽시간에 작업장에는 나 혼자 남았다. 공장 밖에서 스쿠터들이 빵빵거리는 소리와 내 재봉틀이 윙윙거리는 소리 외에는 아무 소리도 들리지 않는다.

마지막 남은 신발마저 바느질을 끝내고 작업대 위에 올려둔다. 등허리를 쭉 펴자 어깨 근처가 점점 화끈거리다가 잦아든다. 목에서는 우두둑거리는 소리가 난다.

그때 위쪽에서 문이 쾅 하고 닫히는 소리가 들린다. 몸을 빙 돌려 보니 공장장이 자기 사무실 문에 열쇠를 꽂아 돌리고 있다. 그리고 통로를 따라 몇 걸음 걸어와서야 내가 아래에 있다는 걸 알아챘다.

"부디." 순식간에 공장장의 얼굴이 일그러진다. "여태 있었냐? 할당량은 다 채웠어?"

"네, 어르신."

"흠, 그럼 뭘 기다리고 있냐? 얼른 집에 가라."

"네, 어르신."

내가 출입구 쪽으로 걸어가는 사이에 천장의 전등이 꺼진다. 한 줄 한 줄 차례차례. 출입문 앞에 서서 뒤를 돌아보니 공장장이 담배를 피우는지 어둠 속에서 담배 끝부분이 빨갛게 빛난다.

밖으로 나오니 로치가 기다리고 있다.

"나 때문에 맞은 것 미안해."

"괜찮아. 네 잘못 아니잖아."

둘이서 회초리에 맞아 부풀어 오른 자국을 서로 비교해 본다. 로치의 팔뚝은, 로치가 입은 맨체스터 유나이티드 셔츠의 원래 색깔과 똑같다.

"어젯밤에 키어런 웨이크필드가 왜 안 나왔는지 알았어."

로치의 말을 들으니 심장이 멎는 것 같다.

그럼 그렇지.

뭔가 일이 있었어.

"어제 몸을 풀다가 허벅지 근육을 다쳤대. 그렇게 심각하지는 않대."

절로 한숨이 나오고 몸에서 긴장이 풀리는 것 같다.

"점수는 어떻게 끝났어?"

"우리가 4 대 1로 이겼어. 벨몬테가 두 골을 넣었지."

"잘했군. 다음 경기는 언제야?"

"내일. 세비야랑."

"웨이크필드가 나올 수 있을까?"

로치가 어깨를 으쓱한다. "글쎄다. 못 나올 것 같은데, 다음 주에 열릴 엘 클라시코(스페인 최고의 축구 클럽인 레알 마드리드와 FC 바르셀로나의 더비 매치를 말한다. 양팀에 세계적인 수퍼스타들이 많아서 스페인뿐만 아니라 세계 모든 팬들에게 인기가 많다_옮긴이)에는 때맞춰서 돌아오면 좋겠다."

엘 클라시코는 레알 마드리드와 바르셀로나 두 팀이 벌이는 경기이다. 이번 시즌에서 가장 중요한 경기이기도 하다. 엘 클라시코에서 진다는 건 엄청난 재앙이다.

"오늘은 축구 안 하고 싶지?"

로치의 물음에 나는 고개를 끄덕인다. "집에 가서 자고만 싶어."

"나도 그래. 그럼 내일 아침에 보자."

갈림길에서 로치와 헤어져서 노점상 옆을 지나간다. 문득 저녁에 뭘 먹게 될지 궁금해진다. 그 순간 오늘이 금요일이라는 사실이 떠오른다. 금요일에는 저녁을 먹지 않는다. 아빠가 아직 월급을 못 받고 있어서 저녁은 분명 먹지 못할 것이다.

집에 와보니 할머니는 잠자고 있고, 아빠는 아직 공장에서 돌아오지 않았다. 엄마가 내 손끝과 무릎에 난 상처에 코코넛 버터를 발라준다. 나는 엄마가 안 보는 사이에 팔뚝에 난 멍이 낫도록 코코넛 버터를 한 숟가락 퍼먹는다. 그런 다음 내 방으로 간다.

내 방 매트리스에 누워 있는데 밖에서 엄마가 외치는 소리가 들린다. "조금만 더 조심해라."

나는 졸음이 묻은 목소리로 답한다. "알았어요. 제가 축구선수가 되면 다 잘될 거예요."

"코코넛이 거저 열리지 않는다는 것 알지?" 엄마의 목소리에서는 웃음기가 묻어난다.

"네, 그럼요."

엄마가 무슨 말인가를 더 하는데 알아듣지 못하겠다. 다시 말해 달라고 하기가 귀찮다. 눈꺼풀이 감기고 있지만, 곯아떨어지기 직전 천장 한가운데에 생긴 작은 금이 보인다.

작은 지진은 얼마나 멀리까지 느껴지는 걸까.

낮에 있었던 지진은 얼마나 먼 데서 온 걸까?

시련

아침에 눈을 떠서도 잠자리에 그대로 누워 천장에 난 금을 쳐다본다. 나무줄기에서 작은 가지들이 뻗어 나오듯 밤사이 아주 작은 금이 더 많이 생겨난 것 같다. 또다시 작은 지진이 일어났는지는 모르겠지만 그 와중에도 나는 틀림없이 자고 있었을 것이다. 그대로 누운 채 몸을 옆으로 굴리고 두 눈을 비빈다. 창문으로 들어오는 바람이 후텁지근하다. 나는 천천히 몸을 일으켜 매트리스 가장자리에 앉는다. 뭔가 중요한 것을 잊은 것 같다. 나는 지저분한 머리를 긁으면서 눈을 감고 그게 뭘까 떠올려본다.

떠올랐다.

잠자리에서 벌떡 일어나 내 방에서 뛰쳐나간다. 엄마 아빠는 벌써 일어나서 식탁 앞에 앉아 있고, 할머니는 아직 안락의자에 앉아 자고 있다.

"일어나세요, 할머니! 오늘이 제 생일이에요!"

할머니가 고개를 홱 들더니 잠시 눈을 깜박이기만 한다. 그러고는 상황을 알아채고서 활짝 웃는다.

"생일 축하한다, 부디."

할머니가 두 팔을 뻗어 나를 꼭 끌어안는다.

"생일 축하한다, 아들." 아빠가 어느새 뒤에 와서 내 머리를 헝클어뜨린다. 아빠는 오늘 흰색 셔츠를 입고, 머리는 말끔하게 빗질한 상태이다. 겨드랑이에는 접은 신문을 끼우고 있다.

엄마가 다가와서 나를 꽉 안는다. "갓난아기를 한쪽 팔로 안고 다닌 지가 엊그제 같은데 언제 이렇게 컸다니. 믿기지 않는다."

"키는 거의 나랑 같잖아." 아빠가 거든다.

"이제 청년이지 뭘." 할머니도 가세한다.

나는 웃음을 띤 채 세 사람을 차례로 쳐다본다. 이렇게 서 있는 사이에도 내 키가 점점 커지는 것 같다.

"배고프지 않니? 아빠가 벌써 나가서 싱싱한 과일이랑 빵을 사 왔거든."

엄마의 말에 고개를 돌려보니 식탁 한가운데에 놓인 큰 그릇에 과일이 잘게 썰어져 있다. 엄마가 주방에서 작고 둥근 빵을 네 개 들고 나온다.

뱃가죽이 등허리에 붙은 기분이라 그렇게 많은 음식이 보이자 서둘러 내 자리로 달린다. 식탁 위 내 자리에 선물이 놓여 있다. 낡은 신문지로 싸여 있는데 길고 가느다랗다. 식구들이 모두 환하게 웃으면서 내가 자리에 앉는 걸 지켜보고 있다.

"자, 어서 안 열어보고 뭐 하냐?" 할머니가 재촉하듯 묻는다.

"아침 먹고 나서 열어봐야 하지 않나요?"

"바보 같은 소리 마라. 선물은 쳐다보는 게 아니라 열어보는 거야. 저 과일이 딴 데로 도망갈 일은 없어."

나는 선물을 집어 들고서 무엇이 들어 있을지 상상한다. 아주 가볍고 길쭉한 통처럼 생긴 것 같다. 신문지가 찢어지지 않게 하느라 조심스럽게 포장지를 풀어본다.

"신문지는 걱정 마라! 그냥 북북 찢어도 돼!"

할머니의 권유에 따라 나는 신문지를 잡아 뜯어 바닥에 떨어뜨린다.

"이게 뭐예요?" 포장지 안에서 나타난 하얀 통을 이리저리 살펴본다.

"그 고무줄을 빼 봐." 아빠가 말한다.

나는 고무줄을 미끄러뜨려 빼면서 그게 뭔지 모르지만 둥글게 말려 있다는 걸 알았다.

"포스터예요?"

"네가 직접 펴 봐." 엄마가 미소 짓는 걸 보니 내 짐작이 맞는 것 같다.

나는 자리에서 일어나 돌돌 말린 포스터의 한쪽 끄트머리를 잡고서 번쩍거리는 종이를 펼친다. 먼저 박수를 치듯 마주잡고 있는 두 손이 보인다. 멀리 뒤쪽으로는 사람들이 흐릿하게 보인다. 포스터를 조금 더 펼치자, 두 손 밑으로 흰 소매가 보인다. 포스터를 더 펼치자, 거기에 나를 빤히 쳐다보고 있는 키어런 웨이크필드가 나타난다.

"진짜 끝내줘요!"

"계속 펴 봐." 엄마가 말한다.

포스터를 계속 펼친다. 웨이크필드가 입은 눈부시게 하얀 레알 마드리드 셔츠가 보이고, 그 다음에는 반바지가 보이고 마침내 양말이 보인다. 그런 다음 웨이크필드가 신은 신발이 나타나자 나는 금세 쓰러질 것 같다.

"웨이크필드가 제 신발을 신고 있어요! 제가 공장에서 만든 신발을 신고 있다고요!"

"계속 펴 봐." 엄마가 다시 말한다. "가장 중요한 부분이 아직 안 나왔어."

포스터를 끝까지 다 펴고 나서 나는 정말로 의자에 주저앉았다. 포스터의 오른쪽 모서리에 경기장 잔디밭을 배경으로 키어런 웨이크필드의 사인이 들어 있다. 키어런 웨이크필드가 직접 사인한 포스터이다! 무슨 말을 해보려 하지만 아무 말도 나오지 않는다.

"뭔데 그러냐?" 할머니가 묻는다. "내가 볼 수 있게 이쪽으로 돌려보렴."

나는 할머니를 향해 포스터를 들어 보인다. 할머니가 눈을 가늘게 뜨고 포스터를 쳐다보더니 고개를 끄덕인다.

"아주 멋지구나. 생김새는 엘비스에 비해 한참 못 미친다만."

"마음에 드니?" 엄마가 묻는다.

"정말 좋아요! 이제껏 받아본 선물 가운데 최고예요!"

나는 조심스레 포스터를 다시 감아 고무줄을 끼운 다음 내 방에 갖다 둔다. 그런 다음 엄마 아빠, 할머니를 한 번 더 껴안는다.

그제야 할머니가 말한다. "정말 기분이 좋구나. 자, 이제 아침 먹자."

맛있는 과일 샐러드에 빵은 따뜻하고 부드럽다. 식구들 모두 정말 기분이 좋아 보인다. 어느 순간 할머니가 엘비스의 노래를 부른다. 아빠는 신문을 읽고서 정치인들이 곧 법을 통과시킬 테니까 틀림없이 임금이 인상될 거라고 한다. 보아하니 법이 먼저 통과되지 않으면 아무것도 바뀌지 않는 것 같다.

아빠가 말한다. "일단 법만 통과되면 형편이 나아질 거야. 그러면 우리는 신선한 과일 샐러드와 갓 구운 빵을 아침마다 먹게 될지 모르겠구나."

"그리고 저는 스페인에 가서 레알 마드리드가 우승하는 걸 볼 수 있고요!"

엄마 아빠가 웃음을 터뜨리지만, 할머니는 오렌지를 먹느라 너무 바빠 다른 일에는 신경을 쓰지 않는다.

엄마가 묻는다. "오늘 저녁에 로치를 초대할래? 정말 괜찮은 아이인데, 얼굴 본 지 꽤 된 것 같다. 아주 매운 카레 요리에 후식으로는 달콤한 팬케이크를 준비하마."

"네, 좋아요! 저녁 먹고 나서 로치네 집에 가서 축구를 보면 되겠어요."

"오늘은 어디랑 붙냐?" 아빠가 묻는다.

"세비야예요. 그래서 3점은 가볍게 딸 거예요."

아빠가 입가를 닦고 신문을 접는다.

"그렇구나, 아들, 우리는 지금 일어서야겠다. 안 그러면 지각하겠어. 그런 일이 생기면 그때는 신선한 과일이든 빵이든 아무것도 못 먹겠지."

내 방으로 가서 신발을 찾아 신는다. 침대 위에 놓여 있는 포스터를 마지막으로 보려고 잽싸게 펼친다.

키어런 웨이크필드가 사인한 포스터를 내가 갖게 되다니 믿어지지 않는다.

포스터 모서리에 있는, 잉크로 쓴 사인을 손으로 어루만지며 그 곡선과 직선을 따라간다. 손가락으로 웨이크필드의 사인을 따라 그려가자 꼭 관중들이 그의 이름을 외치는 소리가 들리는 것 같다.

"오늘 생일인 아들아, 서둘러라!" 아빠가 밖에서 부른다. "우리 지금 가야 해."

나는 포스터를 다시 돌돌 말아 내 침대 옆 아래쪽에 숨겨놓는다. 엄청 비싼 포스터라서 망가지거나 도둑질을 당하면 안 된다. 그러고는 부리나케 밖으로 나가 엄마와 할머니에게 손을 흔들어 인사하고 집을 나선다.

공장에 도착해 보니 공장장이 내 자리 뒤에 서 있다. 로치는 벌써 자기 자리에 앉아 있는데, 셔츠의 등번호 7 둘레가 땀에 젖어 있다. 로치는 고개를 돌리지 않는다.

"부디, 오늘은 아니야." 공장장이 고개를 가로젓는다. 그리고 손을 들어 회초리로 포장 작업조를 가리킨다. "당분간 저기서 일해. 어제 같은 실수는 더 이상 용납 못해."

나는 포장 작업조로 발길을 돌린다.

산더미처럼 쌓인 신발 상자.

켜켜이 쌓인 포장지.

둥글둥글 말려 있는 상표 스티커.

부디, 생일 축하해.

나는 두꺼운 종이로 된 신발 상자를 조립하느라 두 시간을 보내고, 신발 안쪽에 종이를 쑤셔 넣느라 또 두 시간을 보내고, 신발을 종이에 싸서 상자에 넣느라 또 두 시간을 보낸다. 그러고는 휴식시간이다. 그 다음에는 상자에 상표 스티커를 붙이느라 두 시간을 보내고, 신발 상자를 운반차에 쌓아올린 다음 그것을 화물창고로 옮기느라 두 시간을 보낸다.

마침내 일과가 끝났음을 알리는 신호음이 울릴 때쯤 오늘이 내 생일이라는 사실을 거의 잊어버렸다. 출입문 밖에서 기다리고 있던 로치를 만나서도 말없이 걷기만 한다. 집에 도착해 카레 냄새를 맡으니 그제야 기운이 난다.

"부디, 이제 오니?" 엄마가 주방에서 소리친다. "안녕, 로치. 다시 보니 반갑다. 엄마는 어떠시니?"

"아주 잘 지내요."

"누나들은?"

"누나들도 잘 지내요, 고맙습니다."

엄마가 웃는 얼굴로 프라이팬에 든 것을 휘젓는다.

"저녁이 다 되려면 시간이 조금 걸리니까 밖에 나가서 놀다 와라."

"엄마, '훈련'이에요. 노는 게 아니라고요! 몇 번을 말해야 해요! 아무튼 로치한테 제 포스터 먼저 보여주고요."

"알았다. 저녁 준비되면 부를게."

로치가 할머니에게 인사를 건넨다. 나는 로치를 내 방으로 데려가 침대 옆에 내려놓은 포스터를 꺼낸다. 그리고 매트리스 위에 포스터를 좍 펼치고 손으로 꾹 누른다.

"야, 굉장하다. 너희 부모님은 이걸 어디서 구했대?"

"나야 모르지. 분명히 진짜 어렵게 구했을 거야. 웨이크필드의 사인 좀 봐."

로치가 허리를 숙여서 모서리에 검은색으로 흘려 쓴 사인을 실눈으로 살펴본다.

"저 동그라미 안에 등번호 11이 있어. 보이지? 진품이라는 표시야. 완벽하지?"

로치가 허리를 펴고서 고개를 끄덕인다. "진짜 멋지다."

나는 잠시 포스터를 가만히 내려다본 다음 다시 돌돌 말아 처음에 숨겨두었던 곳에 다시 밀어 넣는다.

"벽에다 안 붙일 거야?"

"절대 안 돼! 이게 얼마짜리인지 알아?"

"아니. 얼마짜리인데?"

"음, 아주 비싸. 그냥 벽에 붙이기에는 너무 귀중한 거야. 또 다시 지진이 일어나거나 아파트 옥상에서 물이 새서 포스터가 망가지면 어떡해? 아니면, 누군가 창문 밖에서 벽에 붙은 포스터를 보고 창을 넘어와 훔쳐가면 어떡하고?"

"이걸 훔치려고 네 방 창을 넘어올 사람은 없을 것 같은데."

"아무튼 그런 위험은 무릅쓰기 싫어. 이걸 숨겨놓은 데를 아는 사람은 나 말고는 너뿐이야. 그러니까 절대로 아무한테도 말하면 안 돼."

"알았어, 말 안 할게."

"약속하지?"

"그래, 부디." 로치가 한숨을 내쉬고 자기 왼쪽 가슴에 손을 갖다 댄다. "네 포스터가 어디에 있는지 아무한테도 말하지 않겠다고 약속할게."

"좋아. 이제 나가서 훈련하자."

로치가 파크리와 우스톤과 위도도를 데리러 가고, 나는 광장에서 공을 떨어뜨리지 않고 차올리는 연습을 한다. 양쪽 발로 번갈아 공을 차는 사이에 주위의 모든 것, 그러니까 먼지 자욱한 거리와 허물어지고 있는 건물들과 쓰레기가 흐릿해지면서 갈색과 회색 지역으로 바뀐다. 얼마 안 가 아이들이 오자, 우리는 두 팀으로 갈라선다.

파크리가 공을 공중으로 차올렸을 때, 우스톤이 이렇게 외친다. "이번에는 너희가 질걸!"

"두고 보자고!"

공이 땅으로 떨어지자 내가 공을 받아서 위도도의 두 다리 사이로 잽싸게 찬다. 로치가 우스톤에게서 공을 지켜내 나한테 패스한다. 위도도가 돌진해 오지만, 나는 아주 날쌔게 태클을 피한다. 위도도가 옆으로 미끄러지고, 나는 다시 공을 몰고 간다. 파크리가 골대를 막아보지만, 내가 위쪽 모서리 안으로 공을 때린다.

"일 대 영!" 로치가 크게 외친다.

나는 두 손으로 하트 모양을 만들어 레알 마드리드 배지가 달려 있어야 할 가슴에 대고 톡톡 두들긴다.

우스톤이 위도도에게 욕을 하면서 위치를 바꾸지 말라고 한다.

파크리가 경기를 다시 시작하려고 공을 공중으로 찬다. 발리킥을 하기에 딱 좋게 공이 떨어진다. 우스톤이 나를 마크하려 달려들자, 나는 몸을 홱 돌려서 공을 힘껏 찬다. 하지만 우스톤이 등으로 막는 바람에 공이 골문 쪽으로 날아가는 대신 반대편으로 튕겨 나간다.

드래곤의 집 쪽으로.

마치 라자로 셀레스티노가 득점하는 모습을 느린 동작으로 보는 것 같다. 심장이 철렁 내려앉는다. 온몸의 피가 얼어붙는다. 마침내 공이 2층 창문으로 날아드는 모습을 보자, 눈앞이 깜깜해진다.

다행히 이 근처 집들은 창문에 유리가 끼워져 있지 않지만 창문 너머 방 안에서 뭔가 박살나는 소리가 들리고 곧이어 고함소리가 들린다.

나는 꼼짝 못 하고 그대로 서 있다. 온몸이 마구 떨린다. 이마에는 식은땀이 배어 있다.

오늘이 내 마지막 생일이 될 것이다.

뭔가, 아니 무엇이든 나를 구해줄 것을 찾아보려 주위를 둘러본다. 로치, 우스톤, 위도도가 입을 떡 벌린 채 서 있다. 파크리는 벌써 가고 없다.

그때 뒤에서 누군가가 우렁우렁 소리를 지른다. 나는 다시 드래곤의 집을 쳐다본다.

"이거 누구 공이야?" 드래곤은 아니지만, 그의 형제들 가운데 하나이다. 그 남자가 보석으로 치장한 손으로 공을 쥔 채 계단 꼭대기에 서 있다. 더위 때문인지 셔츠 단추를 풀고 있어서 털이 많은 가슴과 퉁퉁한 배가 훤히 드러나 보인다. 손을 들려는데 근육이 움직이지 않는다. 언젠가 로치가 말하기를, 누구나 자기 얼굴을 때리는 건 불가능하다고 한 적이 있다. (로치 말이 맞았다. 내가 직접 해보려 했지만 되지 않았으니까) 뇌가 스스로를 해치는 걸 막기 때문이라는 것이다. 지금 나한테 틀림없이 그런 일이 벌어지고 있다. 그때 곁눈으로 로치의 손이 올라가는 게 보인다.

"부디 거예요!" 우스톤의 목소리이다. 몸을 돌려보니 우스톤이 손으로 나를 가리키고 있다. 그러고는 곧바로 몸을 홱 틀어 골목으로 도망치고, 위도도가 뒤따라 달려간다.

나는 천천히 몸을 돌려 다시 드래곤의 형제를 마주한다. 그 남자가 작고 불그스름한 이빨을 보이며 나를 향해 씩 웃는다. 로치네 집에서 본 영화에서는 나쁜 놈들이 미소를 짓는 건 결코 좋은 신호가 아니다. 나쁜 놈들이 뭔가 좋아하는 것을 떠올렸다는 뜻이니까. 그 무엇보다 드래곤 일당이 좋아하는 건, 사람들한테서 돈을 뜯어내는 것이다.

"요놈아, 거기 계속 서 있을 거야? 이리 와서 네 공 가져가야지."

내 발이 아파트 쪽으로 느릿느릿 걸어가기 시작한 걸 보니, 그 남자의 명령을 거부한 채 조각상처럼 서 있기보다는 그쪽으로 가는 것이 덜 위험하다고 내 뇌가 분명히 생각한 것 같다. 로치가 내 뒤를 따라오자, 그 남자가 인상을 쓰며 손을 저어 쫓아버린다.

"네 발로 걸어서 집에 가고 싶다면 지금 꺼지는 게 좋을 거다, 어!"

나는 로치를 힐끔 쳐다본다. 로치가 힘없이 웃어 보이고 뒤로 한 걸음 물러선다.

내가 계단을 따라 올라가자, 드래곤의 형제가 내 등에 손을 얹더니 건물 안으로 살짝 민다. 로치를 보려고 뒤를 돌아보는데, 그 남자 때문에 시야가 가려 보이지 않는다.

"위층에 가서 축구 이야기나 하자. 드래곤이 축구를 엄청 좋아하잖아."

나는 아무 말도 못 하고 계속 아래쪽만 내려다본다. 걸을 때마다 바닥에서 뭔가가 바스러진다. 계단에는 깨진 병과 담배꽁초, 은박지 조각들이 버려져 있다. 그리고 눈길이 닿는 곳마다 피 같은 것이 벌겋게 흩뿌려져 있다.

그 남자를 따라 2층으로 올라가 계단보다 훨씬 더 지저분한 방으로 들어간다. 더욱이 그 방은 바닥이 완전히 벌겋다. 피로 칠하기라도 한 것처럼. 그 모습을 보니 내 혈우병이 떠오르지 않을 수 없다. 내가 피를 많이 흘려 여기서 죽더라도 별 문제가 안 될 것 같다. 방 한가운데에 낮은 탁자가 있고, 탁자 위에 발이 두 쌍 올라와 있다. 그 틈에 병목이 깨진 병이 하나 쓰러져 있고, 금색을 띤 내용물이 흘러나와 탁자 밑으로 떨어지고 있다. 천장에서 돌아가는 선풍기 때문에 따뜻한 바람이 느껴지고, 휘발유 같은 톡 쏘는 냄새가 목구멍을 찌른다.

"꼬맹이 데려왔습니다." 드래곤의 형제가 나를 문 옆에 세워

두고 의자에 털썩 주저앉는다. 나는 계속 눈을 내리뜨고 있다.

"수고했다, 바유." 낯설지만 누구 목소리인지 알 것 같다. "그러니까 네가 나 같은 축구팬이라 이거지?"

나는 쳐다보지 않은 채 고개만 끄덕인다. 나직한 웃음소리가 방 안에 울려 퍼진다.

"내가 말할 때는 나를 봐야지."

결국 고개를 들어 나를 빤히 쳐다보는 드래곤의 눈빛을 마주한다. 드래곤은 인상을 쓰면서 동시에 히죽히죽 웃고 있다. 하지만 대체로 인상 쓴 표정이다. 가슴에는 금목걸이를 두 가닥 걸치고 있다. 금목걸이가 무거워서 숨소리가 거칠어진 걸까. 드래곤이 두툼한 손가락에 낀 반지를 빙빙 돌리면서 벌겋고 들쑥날쑥한 이가 훤히 보이도록 나를 보며 웃는다.

드래곤 옆에 앉아 있는 남자가 입을 연다. "어, 내가 아는 놈인데요. 전에 어디서 봤어요."

내가 그 남자 쪽으로 몸을 돌리자, 그 남자가 탁자에서 다리를 내리고 앞쪽으로 몸을 내민다. 그러고 보니 공장에서 본 남자이다. 공장장한테서 수금해 가던 그 남자이다.

"너 공장에서 일하는 놈이지?"

나는 목소리가 제대로 나오지 않을 것 같아 고개를 끄덕인다.

"어쩐지 낯이 익더라. 어느 조에서 일하냐?"

"바느질해요." 쉰 목소리가 나온다.

나를 여기 2층까지 데려온 남자가 묻는다. "바느질? 그건 여자애들이 하는 일 아냐?"

그 남자가 히죽거리며 웃고, 나는 아무 말도 못 한다.

"하루 종일 여자애들이랑 놀 수 있겠구나. 그거 나쁘지 않은 걸."

"여자애들이 그렇게 대단한 것 같지는 않은데요." 내가 웅얼거리듯 말한다.

그 방에 있는 남자들이 모두 웃음을 터뜨린다. 드래곤조차. 내가 충분히 웃겨주면 나한테 축구공을 돌려줄지 모른다. 내 다리를 자르지 않고 돌려보내 줄지 모른다. 드래곤이 고개를 옆으로 돌리더니 어깨 너머로 빨간색 침을 뱉는다. 그제야 나는 바닥을 덮고 있는 것이 피가 아니라는 걸 알아챈다. 그건 침이다. 모두 잎담배(심심풀이 삼아 씹는 빈랑나무 잎사귀를 말한다_옮긴이)를 씹는 게 분명하다. 그 때문에 모두 이빨이 벌겋고, 여기 방바닥에 시뻘건 것들이 흩뿌려져 있는 것이다.

드래곤이 말한다. "괜찮아. 금세 다 바뀔 거다. 그때 가면 네가 세상에서 최고로 좋은 직장에 다닌다는 걸 알 거다."

드래곤이 윙크하지만, 나는 고개를 가로젓는다.

"세상에서 최고로 좋은 직업은, 프로 축구선수로 뛰는 거예요. 제가 나이 더 먹으면 하고 싶은 일이 그거예요."

"야!" 드래곤이 자신의 성긴 머리카락을 긁는다. "그러니까 네가 제2의 라자로 셀레스티노로구나, 어? 머지않아 우리 국

가대표팀에도 셀레스티노 같은 대단한 선수를 기용할 수 있겠다. 지난달에 필리핀을 이긴 건 운이 좋아서였어."

그의 형제들이 드래곤의 말에 찬성하는 뜻으로 웅얼거린다.

"아니에요. 라자로 셀레스티노 같은 선수는 아니에요. 절대로 라자로 셀레스티노 같은 선수는 아니에요. 저는 절대로 바르셀로나에서 뛰지 않을 거거든요. 바르셀로나는 쓰레기예요."

"어라, 그러니까 너는 레알 마드리드 선수로구나? 벨몬테?"

"아뇨, 웨이크필드요."

드래곤이 벌어진 이 사이로 휘파람 소리를 낸다. "비싼 발을 가진 선수잖아. 야, 꼬맹아, 언젠가 꼭 성공하기를 기대하마. 너 성공하면 너희 집세 올려줘야 한다, 어?"

모두 웃음을 터뜨린다. 나는 웃어보려 하지만 안 된다.

"다리는 왜 그 모양이냐?"

드래곤의 말에 다리를 내려다보니 상처 부위에 바른 코코넛 버터가 굳어서 그 벌어진 틈새로 피가 새어 나온다.

나는 별일 아니라는 듯 어깨를 한 번 들먹인다. "축구하다 저 혼자 다쳤어요."

"조심해야지." 말은 이렇게 하는데 진심으로 하는 말투가 아니다. 다음 순간 드래곤이 탁자 위에 쓰러져 있는 깨진 병을 보더니 눈살을 찌푸린다.

"너 가서 위스키 한 병 새로 가져와라." 드래곤이 말한다.

나는 드래곤의 형제들을 차례차례 쳐다보고 우물거리며 말한다. “그럴 형편이 안 되는데요.”

“뭐라고?”

“그럴 돈이 없어요.”

“저런, 그럼 가서 하나 훔쳐오지 그러냐?”

그때 내 축구공을 들고 있는 바유라는 사람이 목소리를 높인다. “잠깐만. 더 좋은 생각이 있어. 보아즈, 네 아들 생일에 축구화를 선물해 주고 싶다고 하지 않았냐? 그런데 그 멍청한 공장장이 한 켤레도 안 준다고 했지?”

공장에서 본 남자가 고개를 끄덕인다.

“그랬지. 공장장이 신발 한 켤레 한 켤레 다 보고해야 한다고 하더라고. 한 켤레라도 빠지면 큰 문제가 생긴다나. 내가 바로 그 자리에서 칼을 꺼내 큰 문제가 뭔지 보여주고 싶더라니까.”

드래곤이 말한다. “음, 이제 해결책이 생겼구먼. 꼬마 라자로가 축구화를 가져오면 되니까.”

드래곤의 형제들 셋이 모두 고개를 돌려 나를 쳐다본다. 내 얼굴을 타고 땀방울이 흘러내린다.

다시 드래곤이 입을 연다. “이런 작은 일 때문에 너희 집에 풍파가 닥치는 게 싫으면 우리의 너그러운 제안을 받아들여서 보아즈를 위해 이번 일을 해 줘라.”

“안 하면 어떻게 되는데요? 그러니까, 못하면 어떻게 돼요?”

드래곤이 숨을 깊이 들이쉬자 그의 큰 가슴이 불룩해진다.

“음…… 네가 안 하면 대신에 길거리에 사는 어떤 놈한테 몇

천 루피아를 쥐어 주고 그 일을 시킬 거야. 그런 다음 공장장한테 도둑질한 놈이 누구일지 '내' 생각을 말해 줘야지. 그럼 너는 누사 캄방간으로 가는 첫배에 타게 될 거다."

나는 발밑을 내려다보면서 한밤중에 감방 밖으로 끌려 나와 조용한 곳으로 걸어가는 모습을 상상한다. "무릎 꿇을래, 서 있을래?" 그자들이 이렇게 묻고 방아쇠를 당긴다. 문득 삼촌 생각이 나서 몸이 파르르 떨린다.

"하겠다는 뜻이냐?" 드래곤이 묻는다.

내가 고개를 끄덕인다.

"착한 놈이구나. 보아즈, 꼬마 라자로한테 필요한 거 이야기해라."

보아즈가 말한다. "화요일이 내 아들 생일이야. 그러니까 그 전에 축구화를 받아야겠지. 색깔은 상관없어. 그저 마누라 입을 다물게 할 신발이면 돼. 마누라가 우리 아들한테는 최고로 좋은 걸 갖게 해 줘야 한다고 늘 떠들어대니까 말이야. 뭐가 어쩌고저쩌고, 뭐가 어쩌고저쩌고. 마누라 때문에 골치가 아파. 내 말 무슨 뜻인지 알지?"

사실은 무슨 뜻인지 모르지만 나는 다시 고개를 끄덕인다. 우리 아빠는 엄마 때문에 머리가 아프다고 한 적이 한 번도 없으니까.

"징이 박힌 것 말고 고무창으로 된 신발을 가져와. 네가 신고 있는 것 같은 짝퉁을 가져왔단 봐, 알지? 그런 건 척 봐도 알거든. 음, 어디 종이쪼가리에다 사이즈를 적어 놨는데."

보아즈가 자기 주머니를 뒤지기 시작한다. 두툼한 지폐 뭉치를 꺼내서 샅샅이 살피더니 결국 꾸깃꾸깃한 종잇조각을 찾아낸다.

"공장장 그놈한테 보여주려고 적어둔 건데 쳐다보지도 않더구만, 개자식."

보아즈가 자리에서 일어나 종잇조각을 내게 건넨다. 삐뚤빼뚤한 글씨로 첫 줄에는 글자가 적혀 있고, 그 다음 줄에는 숫자가 적혀 있다.

US	UK	EUR	JPN
3	2	34	22

드래곤이 바유한테서 축구공을 뺏어 들고 말한다. "자, 가져가!"

드래곤이 창밖으로 공을 던지자, 나는 몸을 돌려 최대한 빨리 달린다. 계단을 따라 달려가는데 뒤에서 드래곤과 그 형제들의 웃음소리가 뒤쫓아온다. 나는 광장 가운데에 떨어져 있는 공을 주워 들고 집을 향해 달린다. 모퉁이를 돌아가자, 길가에 앉아 있던 로치가 일어서더니 팔을 내밀어 나를 붙잡는다. 나는 허리를 숙이고 가쁜 숨을 몰아쉰다.

"부디, 무슨 일 있었어?"

나는 말을 못하고 종잇조각을 내민다. 로치가 종잇조각을 펴 보고 얼굴을 찡그린다.

"이게 뭐야?"

"우리 집에…… 우리 집에 얘기했어?"

"응? 안 했어. 너희 집에 가려다가 너랑 먼저 이야기해야 할 것 같아서. 이게 뭔데? 무슨 일이야?"

"이걸 훔쳐 오래." 나는 드디어 허리를 세운다. 이 말 때문인지, 아니면 허리를 숙였다 펴서 그런지 구역질이 날 것 같다.

"그 인간들이 너한테……." 로치의 목소리가 차츰 잦아든다. 로치가 종잇조각을 들여다보며 나직이 묻는다. "그 인간들이 너한테 공장에서 도둑질을 하라고 한 거야?"

"화요일까지 고무창으로 된 신발을 훔쳐 오래." 나는 힘없이 고개를 젓는다.

"이 사이즈로?" 로치가 내 대답을 기다리지 않고 말을 잇는다. "부디, 너, 안 할 거지, 그렇지?"

"나한테 무슨 선택의 여지가 있어?"

"하지만 그러다 붙잡히면 너는 다시는 일을 못해! 공장장이 너를 어떻게 할 것 같냐. 드래곤한테 다시 가서 싹싹 빌어야 돼. 틀림없이 다른 방법이 있을 거야."

"내가 안 하면 딴 사람한테 시킬 거래. 그래놓고 나한테 죄를 뒤집어씌울 거래. 가서 빌어봐야 소용없어."

로치는 이 말이 사실이라는 걸 안다. 잠시 우리는 가만히 서서 날마다 듣는 소리에 귀를 기울인다. 발전기가 윙윙 돌아가는 소리, 프라이팬과 냄비가 찰캉찰캉 부딪치는 소리, 식구들이 모여 재잘거리는 소리, 스쿠터가 달리며 부르릉거리는 소리, 개가 짖고 고양이가 날카롭게 울부짖는 소리. 오늘밤만은 그 소리들이 조금 다르게 들린다. 두꺼운 벽 너머에서 들려오는 소리처럼 들린다. 이제껏 한 번도 들어본 적 없는 어떤 소리를 들은 것도 같다.

로치가 입을 연다. "가자. 너희 식구들이 기다리고 있잖아. 집에 가서는 아무 일 없었던 것처럼 행동해야 해."

로치와 둘이서 종잇조각을 다시 들여다본다. 다음 순간 로치가 종이를 아주 잘게 찢어 날린다. 자잘한 종이쪽이 팔랑팔랑 바닥에 떨어진다.

로치가 웃음을 지으며 말한다. "잊어버려. 오늘은 네 생일이잖아! 우리 같이 카레를 먹고, 세계 최고의 팀이 세비야를 날리는 걸 지켜보자!"

나도 웃어 보인다. 하지만 내심 드래곤이 칼을 쥐고 있는 느낌이 든다. 내 심장에서 피가 뿜어져 나와 굵은 핏방울이 몸속에서 흐르는 듯한 느낌이 든다. 나는 애써 그 느낌을 무시한다.

집에 들어서자, 온갖 양념 냄새에 저절로 침이 고인다. 웃음도 나온다. 나는 할머니에게 약을 갖다 드리고, 엄마를 도와 접시를 식탁으로 나른다. 내내 웃음이 떠나지 않는다.

엄마가 로치에게 말한다. "부디가 말해 줬는지 모르겠다만 오늘 카레 요리는 특별히 더 매울 거야. 네 입맛에 맞아야 할 텐데."

"딱 제 입맛이에요, 아주머니. 저는 매울수록 더 좋아요."

할머니가 끼어든다. "그게 내가 늘 하는 말 아니냐. 너무 매운 음식이란 없지. 매운 양념이 몸에 좋아. 그러니까 매울수록 더 좋은 거지."

"잘됐다." 엄마가 개인 접시에 카레를 붓는다. "한창 크는 남자아이들이 배부를 만큼 양이 넉넉해야 할 텐데."

처음 한 숟가락이 뱃속에 들어갈 때쯤 내 입에서는 불이 난다. 혓바닥이 얼얼하고, 두 뺨이 마비되는 것 같다. 아빠는 이마에 땀방울이 점점이 솟고, 몇 분마다 한 번씩 물을 벌컥벌컥 들이킨다.

"엘비스, 너는 정말 매운 걸 못 먹는구나, 그렇지?"

할머니의 말에도 아빠는 이마에서 땀을 닦고 다시 물만 들이킨다. 고개를 든 아빠의 눈가가 촉촉하게 젖어 있다.

"불났다, 불났어."

아빠의 탄식에 모두 웃음이 터진다.

"엄청 맵긴 하지만 맛있어요." 로치가 말한다.

마침내 카레 요리를 다 먹고 접시를 치우고 나자, 엄마가 팬케이크를 내온다. 나는 배가 부르지만 꾸역꾸역 먹는다. 달콤한 팬케이크를 언제 다시 먹게 될지 모를 일이니까. 팬케이크까지 먹고 나자 너무 배가 불러 꼼짝도 못할 것 같다. 우리는 그대로 식탁에 둘러앉아 한동안 이야기를 나눈다. 할머니는 꾸벅꾸벅 졸다가 로치와 내가 집을 나서기 직전에 깬다.

"경기는 몇 시냐? 경기 시작하는 걸 놓치면 안 될 텐데." 아빠가 묻는다.

"자정에 시작해요." 내가 대답하고 의자에서 일어선다. "자, 로치, 우린 가자."

엄마가 로치에게 말한다. "저녁 먹으러 와 줘서 정말 고마워. 우리 집에 오는 것 언제든 환영이다."

할머니가 덧붙여 말한다. "암, 그렇고말고. 식성이 이렇게 좋은 총각을 보니 반갑기 그지없구먼."

로치가 말한다. "고맙습니다, 할머니. 제가 더 반가웠어요. 음식도 정말 맛있었고요."

엄마가 말한다. "식구들에게 안부 전해 줄래?"

"당연히 그래야죠, 아주머니. 다시 한 번 감사드려요."

"부디, 밤길 조심해서 다녀와라."

엄마의 당부에 할머니가 대답한다. "괜찮을 거다. 애가 몇 살인데 그러냐?"

엄마가 고개를 끄덕이며 미소를 짓는다. 할머니의 말에 엄마가 눈시울을 붉히는데 나는 그 이유를 모르겠다.

로치네 집으로 걸어가는 길에 보니 몇몇 건물들에 불이 켜져 있다. 좋은 신호이다. 로치네 텔레비전도 분명 멀쩡할 거라는 뜻이니까. 길거리가 사실상 텅 비어 있다. 가끔 쓰레기 더미에서 뭔가가 바스락거리는 소리 말고는 아무 소리도 들리지 않고, 저쪽 길 끝에서 스쿠터가 한 대 달려가는 것 말고는 아무것도 보이지 않는다.

로치네 집에 들어서자, 로치네 엄마가 방 한구석에 있는 요 위에 앉아 있다. 탁자 위에 놓인 전등에서 노란 불빛이 희미하게 뿜어져 나와 그 주위를 원뿔 모양으로 비춘다. 하지만 너무 어두워서 로치네 엄마가 무엇을 하는지는 안 보인다. 할머니처럼 약을 먹는 것 같기도 했다.

로치가 말한다. "축구 보려고 부디를 데려왔어요. 오늘 부디의 생일이에요."

로치네 엄마가 고개를 숙인 채 끙 하고 앓는 소리를 낸다.

"소리 줄이고 봐라."

로치가 고개를 설레설레 젓는다. "부디네 부모님이 안부 전해 달래요."

이번에 로치네 엄마는 앓는 소리도 내지 않는다.

로치가 텔레비전을 켜고, 우리는 방바닥에 책상다리를 하고 앉는다. 키어런 웨이크필드가 부상에서 회복된 모습을 보자 마음이 놓인다. 웨이크필드를 클로즈업해서 비추자 나는 앞으로 다가가서 텔레비전에 손을 갖다 댄다. 전기가 흘러나와 손가락이 찌르르하더니 팔까지 얼얼해진다. 그 다음에는 카메라가 레온 벨몬테를 비추는데, 벨몬테는 정장을 갖춰 입고 반짝거리는 귀걸이에 손목시계를 차고 스탠드에 앉아 있다.

"벨몬테는 왜 안 뛰는 거지?"

내 물음에 로치가 어깨를 으쓱한다. "다음 주에 있을 엘 클라시코를 위해서 쉬게 해 주려는 거 아닐까. 오늘 경기는 웨이크필드한테 달린 것 같은데."

축구경기 방송이 맥주 광고로 바뀐다. 그 다음에는 다른 맥주 광고가 나온다. 그 다음에는 또 다른 맥주 광고가 나온다. 갑자기 실제로도 목이 마르기 시작한다.

"로치, 맥주 종류가 왜 저렇게 많은 걸까?"

로치가 어깨를 으쓱한다. "모두 맛이 다 다른 것 같은데."

"맥주를 먹으면 저렇게 인기가 많아지는 줄 몰랐는걸."

"그게 무슨 말이야?"

"음, 맥주 광고에 나오는 사람들이 친구가 엄청 많잖아."

"저 사람들은 진짜 친구들이 아니야. 배우들이야. 실제로는 맥주를 많이 마실수록 친구가 더 적어지잖아. 공장에 있는 큰 쓰레기통에서 자는 그 남자 알지?"

"응."

"그 남자는 맥주를 많이 마시는데, 친구랑 같이 있는 걸 한 번도 못 봤어."

"냄새가 나니 그렇지."

"아니지, 그 남자한테서 냄새가 나는 건 쓰레기통에서 살기 때문이고, 그 남자가 쓰레기통에서 사는 건 맥주를 많이 마시기 때문이지. 있는 돈을 다 맥주를 사는 데 쓰니까 집세를 못

내고, 늘 맥주를 마시니까 일을 계속 못 하잖아."

"그런데, 맥주를 많이 마시면 쓰레기통에서 살아야 하는데 왜 그렇게 맥주를 마실까? 맥주 말고 물이나 다른 걸 마시면 될 텐데 말이야."

"맥주가 중독성이 있어서 그래. 맥주를 마시면 잠깐은 기분이 좋다가 잠이 드는데, 깰 때는 머리가 아파. 구역질을 하기도 하고, 아무것도 기억을 못 하기도 해. 맥주는 마시면 마실수록 '더 많이 마시게 되어 있어.' 쓰레기통에서 사는 그 남자는 지금 스스로 정상이라고 느끼려고 맥주를 마시는 단계일 거야. 정말 슬픈 일이야."

"그런데 텔레비전에서는 맥주가 왜 이렇게 맛있어 보일까?"

로치가 한숨을 내쉰다. "텔레비전에서는 모든 것이 좋아 보이잖아. 설명하기 복잡하지만."

"설명해 봐. 아니, 설명해 줘."

로치가 잠시 뜸을 들이더니 자리를 고쳐 앉으며 나를 똑바로 쳐다본다.

"좋아. 네가 나한테 뭔가 팔고 싶은 게 있다고 상상해 봐."

"축구화 같은 것?"

"그래, 축구화 같은 것. 네가 팔려는 축구화가 최고로 좋은 거라고, 그래서 그걸 신으면 내가 월드컵에서 우승할 거라고 하면 나는 그 신발을 갖고 싶을 거야. 게다가 키어런 웨이크필드 같은 선수가 그 신발을 신고 있는 모습을 보면 나는 더욱더 갖고 싶을 거야. 바로 그런 이유로 축구선수들이 특정 신발을 신고 경기에 나오면 돈을 많이 받는 거야. 그러면 수많은 사람들이 그 신발을 사고 싶어 하니까."

"그러니까 뇌물 같은 거구나?"

"응. 뇌물 같은 거야. 텔레비전에 나오는 사람들은 모두 다른 사람들한테 뭔가를 갖고 싶게 만들고 그 대가로 뇌물을 받는 거지. 이제 알았지?"

나도 모르게 얼굴이 찌푸려진다. 어둠 속에서 바퀴벌레가 기어 나오는가 싶더니 다시 어둠 속으로 쪼르르 사라진다. "그래, 그런 것 같아."

로치가 자기 다리를 내려다보더니 무릎에 난 상처에서 작은 딱지를 잡아 뜯는다.

"그걸 알았다면 이제 너는 많은 것을 아는 거야." 로치가 텔레비전을 향해 다시 몸을 돌린다.

축구경기 방송이 다시 시작되자, 텔레비전 앞 방바닥이 초록빛으로 물든다. 경기가 시작되기 전 선수들이 줄 서 있는데, 로치네 누나들이 집에 온다. 사실 한참 전부터 밖에서 두 누나의 슬리퍼 소리가 들렸다. 나는 고개를 돌려 인사를 건네고, 누나들은 들고 있던 자루를 내려놓은 뒤 끙 하고 앓는 소리를 낸다. 로치네 누나들은 자기들이 점점 더 자기 엄마를 닮아가고 있다는 걸 알까. 누나들이 슬리퍼를 벗고 방을 가로질러 가더니 엄마 옆에 풀썩 쓰러진다. 나는 로치를 살펴본다. 로치는 누나들이 온 걸 모르는 것 같다.

축구경기를 재미있게 보고 싶지만, 화면에 누군가의 축구화가 클로즈업될 때마다 드래곤의 요구가 떠오른다. 선수가 누구이든, 어떤 축구화이든 상관없이 내가 해야 하는 일만 계속 생각난다. 키어런 웨이크필드가 헤딩 골로 득점하는 걸 보면서도 기뻐하고 싶은 마음조차 안 들다니 뭔가가 정말로 잘못된 것 같다.

후반전을 치르는 중에 정전이 되자 반가운 마음마저 든다. 전기가 다시 들어오는지 기다려볼 마음도 없다. 나는 곧바로 일어서서 주머니를 까뒤집고 로치네 집을 나선다.

우리 집에 도착하자마자 내 방으로 들어가 침대에 쓰러진다. 천장을 똑바로 올려다본다. 천장에 새로 생긴 금을 발견하고 나서 시간이 한참 흐른 것 같다.

옆으로 몸을 굴려 침대 아래쪽으로 손을 뻗어서 포스터를 집어 든다. 달빛이 훤해서 포스터 모서리에 있는 웨이크필드의 자필 사인이 보인다. 나는 몇 번이고 손끝으로 사인을 따라 그려본다.

눈이 감기기 시작하자 포스터를 말아서 다시 침대 밑에 감춰놓는다.

물론 내가 만든 신발을 신고 있는 그 발에 입을 맞춘 다음에.

믿어야만 한다

이튿날은 일요일이라 공장이 문을 닫기 때문에 모두가 일을 쉰다. 나는 뱃속이 부글거리는 느낌에 일찍 잠에서 깬다. 아직 어둑어둑하지만 몸을 얼마나 이리저리 뒤척였는지 다시 잠이 오지 않는다. 그래서 그냥 일어나기로 마음먹고 아파트 건물 뒤에 있는 변소로 향한다.

대개는 아침에 변소를 쓰려면 줄을 서야 하지만, 일요일 아침에는 일찍 일어나면 곧바로 변소를 쓸 수 있다. 나는 안에서 문을 잠그고 반바지를 내린 다음 구멍 위에 쪼그려 앉는다. 작은 헛간처럼 생긴 변소 안은 늘 찜통 같다. 아침 일찍 가도 그렇다. 냄새가 코를 찔러 숨쉬기도 힘들다. 머리 위에 달린 희미한 전구 주위에는 아주 작은 날벌레들이 달라붙어 있다. 그렇지만 아주 조용해서 거기에 쪼그리고 앉아 있으면 뭐든 생각할 시간이 충분하다.

로치가 경고했지만 아무리 생각해 봐도 내게는 신발을 훔치는 것 말고는 달리 선택의 여지가 없다. 문제는 어떻게 훔치느냐 하는 것뿐이다.

전에 로치네 집에서 〈도둑들〉이라는 영화를 본 적이 있다. 은행을 털려는 도둑들 이야기를 담은 영화였다. 그 도둑들이 맨 처음 한 일은, 은행 건물의 도면을 그려서 그곳의 약점을 찾아 표시하는 것이었다. 사실 그들은 변소 안 흙바닥이 아니라 컴퓨터에 도면을 그렸다. 그러나 나는 도면이 그려지는 컴퓨터를 가진 사람을 아무도 모른다. 아니, 무슨 컴퓨터든 갖고 있는 사람을 아무도 모른다.

나는 문틀에서 떨어진 나무토막을 주워서 내 두 발 사이 흙바닥에 공장의 윤곽을 그린다. 공장에 달린 문들은 십자 모양으로 표시하고, 줄줄이 늘어선 작업대는 긴 선으로 표시한다. 그런 다음 공장장 사무실에는 화난 얼굴에 막대 모양 몸통을 그린다.

다 만든 신발은, 상자에 포장하고 나면 운반차에 차곡차곡 실어 공장 뒤에 있는, 천장이 높고 칙칙한 화물창고로 옮겨간다. 거기서 대기하고 있다가 컨테이너 트럭에 실리는 것이다. 화물창고는 목재 팔레트와 높이 쌓인 신발 상자를 단단히 싸맨 비닐 랩으로 꽉 차 있다. 숨어들기에 딱 좋은 곳이다. 문제는 탈출할 방법이 있어야 하는데, 유일한 탈출구는 큰 셔터문을 통과하는 것이다. 그 셔터문은 두 사람이 양쪽에 달린 쇠사슬을 당겨서 열게 되어 있다. 더욱이 셔터문 밖으로 나온다 하더라도 공장 구내를 에워싸고 있는 철조망이 늘 잠겨 있다.

내가 선택할 수 있는 유일한 방법은, 신발을 훔친 다음 공장 작업장을 가로질러서 직원들이 드나드는 출입문으로 나오는 것이다. 물론 그러면 의심을 살 것이다. 〈도둑들〉 영화에서 배운 것이 있다면(지도를 그리는 법과, 탈출 방법을 세워 놓아야 한다는 것 외에) 의심을 사지 말아야 한다는 것이다. 영화에서 의심을 산 도둑들은 대부분 끝내 죽었다. 나는 그 같은 실수는 하고 싶지 않다.

내게 남은 유일한 희망은, 하루 일과가 끝나고 모두 공장에서 빠져나가느라 분주한 시간에 화물창고로 몰래 들어가는 것이다. 그리고 신발을 챙겨서 공장장이 자기 사무실에 있는 동안 살짝 빠져나오는 것이다.

나는 마지막으로 지도를 내려다본 다음 발로 문질러 증거를 없애고 집으로 향한다. 현관문을 들어서는데 할머니의 기침소리가 작게 들린다. 하지만 너무 어두워서 할머니가 아직 자고 있는지 아닌지 모르겠다. 할머니 머리가 가슴 쪽으로 고꾸라져 있다. 할머니 팔을 잡아 살짝 흔들자 할머니가 고개를 번쩍 들면서 소리를 작게 지른다.

"누구냐? 거기 누구야?"

내가 소곤거리는 목소리로 대답한다. "괜찮아요, 할머니. 저예요, 부디. 괜찮으세요?"

"오, 그래, 애야. 너 때문에 살짝 놀란 것뿐이란다. 무슨 일이냐?"

"잠이 안 와서요." 나는 할머니 발 옆 바닥깔개에 앉는다. 어둠 속에서 할머니가 무릎 위에 있는 뭔가를 뒤적이는 소리가 들린다. 잠시 후 성냥불이 켜지고 모든 것이 하얘진다. 할머니가 입에 문 담배에 성냥불을 붙이고, 그 불을 흔들어 끈 다음 의자 팔걸이에 있는 재떨이에 던져 넣는다. 담배 끝부분이 어둠 속에서 빨갛게 타오른다. 담배를 한 모금 빨자, 할머니 얼굴이 주황색으로 나타났다가 다시 사라진다.

"할머니, 이야기 하나 들려주실래요?"

"들려주다마다." 할머니가 나직이 말한다. "어떤 이야기가 듣고 싶냐?"

"음…… 누군가 곤경에 빠졌다가 나중에 거기서 빠져나온 이야기 있어요?"

할머니의 주황색 얼굴이 다시 나타났다. 할머니가 이상하다는 눈빛으로 나를 쳐다본다.

"그럼, 딱 그런 이야기가 있지. 편하게 앉았니?"

"네."

"그럼 시작하마. 옛날에 인도네시아의 그 많은 섬 가운데 하나에 어떤 남자아이가 살았지. 그 섬은 그렇고 그런 작은 섬이었지만, 인도네시아에서 가장 큰 야자나무가 자라고 있었단다. 어떤 이유에선지 그 나무는 계속 자라서 다른 어떤 나무보다 키가 커졌어. 그래서 잎사귀들도 다른 나무들보다 수십 미터

더 위에 달렸지. 어부들은 배를 타고 바다에 나가 그 야자나무를 보고서 그 큰 키에 대해 말하곤 했단다."

할머니가 잠시 말을 멈추고, 곧이어 담배 불빛에 할머니 얼굴이 나타난다. 할머니가 내쉬는 숨에서 연기 냄새가 풍긴다.

"사람들은 아주 오랜 옛날에 그 섬에서 거인이 살았다고 믿었단다. 그 거인이 그 큰 야자나무의 열매를 따 먹었다고 믿었지. 그래서 그 나무의 꼭대기에 올라가 코코넛을 따는 사람은 엄청나게 힘이 세지고 건강해질 거라 여겼어. 다만 저절로 떨어진 코코넛에는 그런 힘이 없다고 봤어. 코코넛이 떨어져 모래바닥에 부딪히면 그런 힘이 다 사라진다고 생각한 거야.

자, 그 섬에 사는 아이들이 그 전설을 얼마나 좋아했을지 너도 상상이 갈 거다. 게다가 그 아이들은 야자나무에 곧잘 올랐어. 야자나무 줄기 아래쪽을 천으로 휘감은 다음 그 위에 두 다리를 걸치고 어깨와 허리를 움직여서 나무 꼭대기까지 단숨에 오르곤 했지. 그렇지만 그 섬의 역사를 통틀어 그 엄청나게 큰 나무 꼭대기에 올라간 사람은 아무도 없었어. 사람들은 대부분 정말로 불가능한 일이라고 여겼어. 당연히 많은 사람들이 시도는 했지. 하지만 다른 나무의 꼭대기를 지나쳐서 올라간 순간 겁을 먹고는 그대로 내려오곤 했어. 그렇게 높은 곳에서 떨어지면 누구라도 죽는다는 걸 너무도 잘 알았으니까. 이 대목에서 내가 처음에 말한 그 남자아이가 등장한단다."

다시 담배를 한 모금 빨자, 할머니의 얼굴이 나타났다 사라진다. 나는 할머니 얼굴이 사라지고 남은 어둠을 물끄러미 바라본다.

"어부들이 모두 바다에 나간 날, 남자아이는 그 나무에 올라가 보기로 했지. 아침 내내 친구들이 부추긴 탓에 남자아이는 결국 친구들 뜻에 따르기로 한 거야. 처음에 친구들은 엄청 환호하며 응원했지만 남자아이가 점점 높이 올라가는 걸 보고는 놀라서 아무 소리도 내지 않았어. 그때 남자아이는 완전히 겁을 먹었어. 다른 나무들의 키를 넘긴 높이까지 올라가자, 그 큰 야자나무의 줄기가 아슬아슬하게 흔들리기 시작했거든. 하지만 남자아이는 두려움에 맞서면서 계속 올라가 마침내 나무 꼭대기에 닿았지. 친구들이 모두 박수를 치며 기뻐했어. 그리고 이제 그만 내려오라고 소리쳤지. 그러나 남자아이는 너무 무서워서 옴짝달싹할 수 없었어.

그쯤 되자 마을 사람들도 아이들 소리를 듣고 나와 바로 그 광경을 보게 되었어. 하지만 아무도 남자아이를 내려오게 할 방법을 생각해 내지 못했지. 그 나무를 타고 올라가 남자아이를 데려올 사람이 없었으니까. 남자아이가 뛰어내리면 추락해서 죽을 것이고, 그렇다고 그 웅장한 나무를 베어 쓰러뜨리는 일은 상상할 수도 없었지. 끝내 누군가가 어부들을 불러오자고 했어. 어부들에게 고기잡이 그물을 이용해 그 나무줄기에 안전그물을 치게 하자고 했지.

그래서 어부들이 그렇게 했단다. 마을 사람들이 안전그물을 바다 쪽으로 펼쳐 놓았어. 남자아이가 안전그물에 떨어졌다가 튕겨나가면 안전하게 물속으로 들어가도록 말이야.

그렇지만 남자아이는 여전히 나무줄기에서 떨어지려 하지 않았어. 해가 지기 시작하자, 마을 사람들은 남자아이가 나무 꼭대기에서 밤을 지새울까 걱정되었어. 남자아이가 기운이 다 빠지면 결국 나무에서 떨어지고 안전그물 밖으로 벗어날 수도 있으니까.

그때 남자아이의 가장 친한 친구에게 아주 좋은 생각이 떠올랐단다. 그래서 마을 사람들에게 조용히 하라고 한 뒤 나무꼭대기를 올려다보며 남자아이에게 소리쳤지."

할머니가 마지막으로 담배를 한 모금 빨고 옆에 있는 재떨이에 비벼 끈다.

"친구가 뭐라고 말했어요?"

"이렇게 말했지. '코코넛을 하나 따서 나무줄기에 두들겨 깨기만 해. 코코넛 물이 너한테 특별한 힘을 줄 거야. 네가 그물 밖으로 떨어져도 다치지 않을 거야.' 그 말을 듣고 남자아이가 나무줄기에 두 다리를 단단히 붙이고서 한 팔을 쭉 뻗어 코코넛을 땄지. 그리고 코코넛을 나무줄기에 대고 두들기기 시작했어. 그 바람에 코코넛들이 비 오듯 떨어지기 시작했고, 아래에 있는 마을 사람들은 부리나케 몸을 피했어. 그렇게 높은 데서 떨어지는 코코넛은 아주 위험하거든. 가장 친한 친구 혼자서만 그 자리에 남아 있었는데, 그물 밑에 서 있는데도 사방으로 떨어지는 코코넛에 전혀 맞지 않았대.

마침내 남자아이가 가까스로 코코넛을 쪼갰어. 그리고 얼굴 위로 코코넛을 들어 거기 든 물을 자기 입안으로 떨어뜨렸지. 그런데 그거 아니? 남자아이는 그렇게 맛있는 코코넛 물은 난생처음 먹어봤대. 달콤하고 맛있고 시원했대. 마지막 한 방울까지 다 마시고 나자 남자아이는 거인처럼 강해지고 용감해진 것 같았어. 저 밑에서 가장 친한 친구가 외치는 소리가 들렸어. '너는 할 수 있어! 너는 날 수 있어!'"

"그런데요, 할머니, 그건 그냥 미신이잖아요. 그 코코넛에 정말로 특별한 힘이 있는 건 아니잖아요, 그렇죠?"

"음, 그건 이 이야기를 끝까지 듣고 나서 네가 판단하려무나. 남자아이는 나무꼭대기에서 아래를 내려다보았지. 그물 밑에서 자신을 기다리고 있는 친구가 보였어. 문득 그물이 별로 멀지 않은 곳에 있는 것 같았어. 남자아이는 코코넛을 꼭 쥔 채 나뭇잎 사이에 몸을 웅크리고 앉았어. 그리고 사실 처음으로 주위를 둘러보았고, 눈앞에 펼쳐진 풍경에 깜짝 놀랐지. 저 멀리에는 한 번도 들어본 적 없는 섬들이 있고, 엄청나게 넓은 바다가 사방으로 뻗어 있었거든. 모든 것이 아주 조용해진 것 같았어. 머릿속 생각이 매우 분명해졌지. 이윽고 남자아이는 숨을 깊이 들이쉬고 공중으로 뛰어들었지."

할머니가 이야기를 중단한다. 어둠 속에서 할머니의 느릿느릿한 숨소리가 들린다.

"그 다음은 어떻게 됐어요?" 나는 애써 목소리를 낮춘다.

"남자아이는 밑으로 곤두박질쳐서 그물 한가운데에 떨어졌단다. 그러고는 바닷가 쪽으로 튕겨나가 모래밭 너머 따뜻한 물속으로 들어갔지. 잠시 뒤 물 위로 떠오른 남자아이가 제 머리 위로 높이 코코넛을 들어 올렸어. 마을 사람들 모두 바닷가로 달려가 소리를 지르며 기뻐했지. 자 봐라, 가장 친한 그 친구의 말이 맞았잖니. 남자아이는 날 수 있었어."

"할머니, 그건 난 게 아니잖아요. 나무에서 그냥 떨어져서 운 좋게 물속으로 튕겨나간 거잖아요."

"정말 그럴까, 부디. 틀림없이 코코넛이 그 아이에게 특별한 힘을 줬단다. 믿음이라는 특별한 힘이었지. 믿음이 없었으면 아이는 결코 뛰어내리지 못했을 거야. 뭔가를 잘 해내기 전에는 그것을 할 수 있다는 믿음이 있어야 하는 법이란다."

할머니가 낮은 소리로 그르렁거리듯 기침을 한다. 나는 물을 가지러 가려고 자리에서 일어나 더듬거리며 주방으로 간다.

"고맙다, 얘야." 할머니가 물을 한 모금 마시고 다시 말을 잇는다. "자, 이야기 재미있었니?"

나는 바닥깔개에 달린 술을 손가락에 감고 빙빙 돌리며 그 이야기를 생각한다.

"네, 할머니. 하지만 이제부터 저는 어떤 나무에도 안 올라갈 거예요."

"아니, 너는 나무에 올라가야 해. 높으면 높을수록 더 좋지.

아무도 위험을 무릅쓰지 않으면 모든 사람이 영원히 똑같이 살아갈 거야. 그러면 얼마나 지루하겠니. 더군다나 그 남자아이는 꼭대기까지 올라갔다가 안전하게 내려왔잖니."

"하지만 오직 친구 덕분에 그런 거잖아요."

"맞았어! 가끔은 힘든 상황에서 벗어나려면 네가 사랑하는 사람들에게 의지도 해야 해. 가장 친한 그 친구가 없었다면 남자아이는 지금까지도 죽어라 하고 나무에 매달려 있을지도 모르지."

"그래도 제가 나무에 올라가 하루 종일 꼼짝 않고 있는 걸 엄마가 보면 별로 안 좋아할 것 같은데요."

"그거야 그렇지." 할머니가 웃음이 섞인 기침을 한다. "엄마가 걱정하겠지. 하지만 실수를 두려워해선 안 돼. 실수하는 건 좋은 거야. 그 아이가 나무꼭대기에 올라가 오도 가도 못하는 상황에 빠지지 않았다면 자기가 사는 섬 밖에 다른 섬들이 있다는 걸 결코 몰랐을 거야. 나무에 오르는 일은, 너무도 겁났지만 주변 세상에 대해 눈을 뜨게 해 주었지. 그때 그 아이는 자기가 사는 섬이 군도에 속해 있고, 그 군도 역시 훨씬 더 큰 지역의 일부일 수 있다는 걸 깨달은 거야. 군도란, 모여 있는 여러 개의 섬을 부르는 말이지. 한데, 있지, 그 아이 생각이 맞았어. 우리 인도네시아는 수많은 섬으로 이루어져 있단다. 섬의 개수가 무려 17,000개나 된다고 하더라. 그런데도 그 아이는 나무에 올라가기 전에는 자기가 사는 섬밖에는 몰랐지. 나중에 그 아이가 커서 뭘 했을 것 같니?"

"모르겠어요, 할머니. 뭘 했는데요?"

"폭풍우에 망가진 낡은 어선을 하나 고쳐서 가장 친한 그 친구와 함께 다른 섬들을 찾아 떠났단다. 크기가 아주 작고 사람이 아무도 살지 않는 섬에도 가보았어. 너무 작아서 단 몇 분 만에 바닷가를 한 바퀴 돌아볼 정도였지. 그보다 훨씬 큰 섬에도 가보았는데, 거기에는 처음 보는 식물과 동물들이 살고 있었어. 또 자신들이 사는 섬과 아주 비슷한 섬에도 가보았지. 하지만 어느 섬에 가보아도 자기가 어렸을 때 올라간 나무처럼 그렇게 큰 나무는 없었어.

그 아이는 가끔 고향으로 돌아와 자신들이 본 것들을 말해주었어. 이미 영웅이나 다름없으므로 고향에 돌아올 때면 마을 사람들이 반가워하며 잔치를 열고 춤을 추었지. 이 모든 것은, 예전에 그 아이가 겁에 질려 옴짝달싹할 수 없었기 때문에 가능한 일이었단다."

할머니와 나는 잠시 어둠 속에서 침묵을 지킨다. 밖에서 고양이 울음소리가 들린다.

"할머니, 이거 실제 있었던 일이에요?"

"물론이지. 내가 이런 이야기를 즉석에서 지어냈을 것 같냐? 너도 알다시피 나는 오래 살았어. 그동안 굉장한 이야기를 많이 들었지. 이 이야기는 전혀 별스러운 게 아니란다."

"다른 이야기 하나 더 해주실래요?"

"아침에 할까. 아직 밤이잖니. 나는 잠을 더 자야겠다. 너도 잘 자라, 부디."

"네, 안녕히 주무세요, 할머니."

할머니 뺨에 입을 맞추고 내 방으로 간다. 피곤하지 않지만 다음 순간 눈을 떠보니 방이 훤하고, 엄마가 아침을 먹으라고 나를 부르고 있다.

머릿속에서 떠나질 않아

월요일 아침 변소에서 너무 오래 지체하자, 밖에서 사람들이 문을 두들기면서 안 나오면 문을 부숴버리겠다고 위협한다. 여기 계속 숨어 있고 싶지만 남은 평생을 숨어 지낼 수는 없다. 게다가 지금 밖에 있는 사람들이 내가 숨어 있는 걸 알고 있다. 나는 재빨리 바지를 올리고 지퍼를 잠그고 부리나케 나온다. 밖에 있던 사람들이 볼일이 너무 급해서 나를 쫓아오지 못하기를 바랐지만, 어느 아주머니가 옆으로 지나가는 내 뒤통수를 후려갈기는 데 성공한다.

공장까지 가는 길이 너무 짧다. 오늘 아침은 더욱 후텁지근해서 땀에 푹 젖은 채 공장에 도착한다. 내 작업대 옆으로 가보니 로치 옆자리에 이미 다른 사람이 앉아 있다.

작업장 위 통로에서 공장장이 "부디!" 하고 부른다. 그리고 회초리로 저쪽 끝에 있는 작업대를 가리킨다. "포장 작업!"

줄줄이 늘어선 재봉틀 옆으로 걸어가는데 몸이 천근만근 무거워진 것 같아 발을 질질 끌며 걷는다. 포장 작업을 할 때 가장 싫은 점은, 아무것도 생각하지 않아도 되므로 머릿속에 떠오른 한 가지 생각이 계속 빙글빙글 맴돈다는 것이다.

신발 상자를 조립하기 시작하며 머릿속으로는 계획대로 할 수 있을지 계속 생각한다. 신발 속에 종이를 쑤셔 넣고, 종이로 신발을 감싸면서도 똑같은 것을 생각한다. 신발을 상자에 넣고, 그 상자를 운반차에 차곡차곡 쌓으면서도 똑같은 것을 생각한다. 그리고 가끔 화물창고의 문을 흘끔거리는 나 자신을 발견한다. 그 문 안쪽에서 나는 삼촌 같은 도둑이 될 것이다. 도둑질이 집안 내력인지 모르겠다.

삼촌에 대해서는 잘 모른다. 오래 전에 삼촌이 나쁜 짓을 해서 지금까지 누사 캄방간 섬에 갇혀 있다는 건 안다. 하지만 우리 집에서는 삼촌 이야기를 절대 안 한다. 이미 한참 전에 감방에서 끌려나와 서 있을 것인지 아니면 무릎을 꿇을 것인지 둘 중 하나를 선택했을 수도 있지만, 그건 알 수 없는 일이다. 내가 보기에는 식구들이 부끄러워서 그러는 것 같다. 나 자신이 우리 식구들에게서 의절을 당할 수 있다고 생각하니 몸속에서 조금 출혈이 생긴 것 같다.

하루 일과가 끝났음을 알리는 신호음이 울리고, 나는 눈을 깜박여 눈물을 감춘다.

그때 공장장이 말한다. "자자, 부디, 그 신발 얼른 화물창고로 옮겨. 내일은 다시 재봉틀을 잡아라. 새로 온 여자애가 느려서 안 되겠다."

"네, 어르신."

사람들이 모두 느릿느릿 출입문으로 향하고, 나는 마지막 운반차를 밀면서 화물창고로 들어간다. 어깨 너머로 힐끔 뒤돌아본 뒤 나 혼자 있음을 확인하고는 그 사이즈의 신발을 찾기 시작한다. 화물창고 안에는 신발 상자가 너무 많고, 상자마다 숫자가 너무 많이 적혀 있어 처음에는 뭐가 뭔지 알 수 없다. 잠시 뒤 딱 맞는 사이즈의 신발 상자를 찾는다. 그 상자를 열어보니 징이 박힌 신발이 들어 있다. 또 다른 상자가 눈에 띄지만 켜켜이 쌓인 더미의 맨 아래쪽에 있다. 지금 여기서 상자를 쓰러뜨려 사람들의 시선을 끌면 절대로 안 된다. 마침내 상자 더미 꼭대기 쪽에서 맞는 사이즈의 상자가 보인다. 손을 뻗어 그 상자를 끄집어 내린다. 상자 뚜껑을 열어젖힌다. 고무창이 달린 연두색 신발이 들어 있다. 키어런 웨이크필드가 신는 종류는 아니지만 그래도 멋지다. 신발 한 짝을 꺼내 들고서 정말로 이 일을 할지 말지 나 자신에게 물어본다.

"부디, 뭐하니?"

내 심장 박동이 멎는다. 한순간 컴컴한 감방과 파렴치범들, 한밤중에 잠자는 나를 끌어내는 거친 손들이 번개처럼 머리를 스친다.

엄마 아빠가 뭐라고 할까?

할머니는 어떻게 생각할까?

심장 박동이 평소보다 세 배나 빠르게 뛴다.

머리가 핑 돈다.

토할 것 같다.

몸을 돌린다.

화물창고의 여닫이문 앞에 로치가 두 팔을 옆구리에 붙이고 서 있다.

"그거 제자리에 올려놓는 게 좋겠어." 로치가 침착하게 말한다.

나는 고개를 끄덕이고 신발을 상자 안에 넣어 상자 더미 위에 올려둔다.

"누가 보기 전에 얼른 나가자."

로치가 통로 아래 그늘 밑으로 가자, 나도 그 뒤를 쫓아간다. 안도감과 동시에 실망감이 든다. 도둑질을 한 죄로 감옥에 안 갈지는 모르지만 어차피 머지않아 드래곤이 나를 그리로 보낼 것이다. 드래곤의 형제에게 줄 신발을 구할 기회가 한 번 있었다. 딱 한 번. 그런데 그 기회를 날렸다. 내일 아침, 아니, 어쩌면 오늘밤에 드래곤 일당은 내가 자신들을 저버린 걸 알아챌지 모른다. 그리고 내게 그 대가를 요구할 것이다.

로치가 출입문 가까이에서 멈춰 선다. 그리고 몸을 돌리더니 제 입술에 손가락을 갖다 댄다. 위에서 사무실 문이 쾅 하고 닫힌다. 위층 통로에 서 있는 사람의 무게 때문에 삐걱거리는 소리가 난다. 자물쇠를 잠그는 사이에 열쇠들에서 짤랑거리는 소리가 난다. 곧이어 공장장이 계단 쪽으로 걸어오는 발소리가 텅 빈 작업장 안에 울려 퍼진다.

로치가 소곤거린다. "빨리. 이 밑으로!"

우리는 허둥지둥 달려서 가장 가까이 있는 작업대 밑으로 기어 들어간다. 나는 숨을 가다듬으려고 손으로 입을 틀어막는다. 공장장이 계단을 다 내려와 전등 스위치를 톡톡 누르기 시작한다.

로치가 속삭이듯 말한다. "마지막 전등이 꺼지면 문까지 죽어라 뛰어야 해, 알았지?"

나는 고개를 끄덕이고 출입문을 쳐다본다. 살짝 열려 있는 문틈으로 길거리에서 온갖 소리가 새어 들어오고 있다.

로치가 말한다. "너 먼저 가. 내가 뒤따라갈게."

천장에서 전등이 한 줄씩 꺼지고 작업장 안이 점점 어두워진다. 마지막 스위치가 내려가자, 나는 작업대 밑에서 허둥지둥 기어 나온다. 그 순간 공장장이 뭐라고 욕을 내뱉더니 전깃불이 깜박거리며 다시 켜진다.

나는 잽싸게 옆에 있는 작업대 밑으로 들어간다. 공장장이 나를 봤는지는 정확히 모른다. 전깃불이 깜박거리던 게 멈추자, 새로 숨어든 자리에서 공장장의 모습이 보인다. 얼굴은 보이지 않고 가슴 아래쪽으로만 보인다. 공장장이 전기 스위치 위에 손을 댄 채 잠시 가만히 서 있는다. 그러고는 내 쪽으로 성큼성큼 걸어온다. 2초 만에 공장장의 허리띠 아래쪽으로만 보인다. 공장장의 두 무릎이 구부러진다. 나는 뒷걸음질로 작업대 밑 가장 깊숙한 곳으로 들어간다. 이제 공장장의 신발만 보인다. 금방이라도 기름때 묻은 손이 작업대 밑으로 들어와 나를 와락 움켜쥘 것 같다. 다음 순간 내가 숨어 있는 작업대 위에 열쇠 꾸러미가 떨어지고, 공장장이 방향을 돌려 화장실 쪽으로 간다.

화장실 문이 닫히자마자, 로치가 소곤거리는 목소리로 다급하게 말한다.

"가!"

나는 작업대 밑에서 기어 나와 단숨에 출구 쪽으로 달려간다. 길거리로 뛰쳐나온 다음에는 멈춰 서거나 뒤돌아보지도 않고 사람들 사이를 이리저리 비집고 달린다. 마침내 큰 길을 건너 골목길로 들어선다.

"정말 아슬아슬했어."

로치가 바로 뒤에 있을 줄 알고 뒤를 돌아본다. 하지만 로치는 어디에서도 보이지 않는다. 길거리의 사람들과 차량들 위쪽은 공기가 뿌예서 공장 출입문이 흐릿하게 보인다. 로치가 다른 길로 갔는지 보려고 눈으로 길거리를 샅샅이 훑는다. 하지만 어디에서도 로치의 흔적이 보이지 않는다.

"얼른 와, 로치. 어디 있는 거야?"

나는 공장 출입문이 더 잘 보이도록 목을 길게 뺀다.

"얼른……."

그 순간 로치가 입은 맨체스터 유나이티드 셔츠의 칙칙한 분홍색이 언뜻 눈에 띈다. 공장에서 이제 막 나오고 있다. 로치가 길거리 사람들과 차량 사이를 지그재그로 뚫고 달린다. 내가 숨어 있은 곳을 알려주려고 로치를 향해 손을 흔든다. 로치가 간신히 안전한 곳에 이르자, 공장장이 밖으로 나와 공장 문을 잠근다.

"어떻게 된 거야?"

"그건 상관 마! 너는 도대체 무슨 생각을 한 거야? 내가 너한테 신발 가져가지 말라고 말했잖아! 너 때문에 다 망할 뻔했다고!"

로치를 보자 눈물이 솟구치는 걸 참을 수 없다. 몸속에서도 피가 흐르는 게 느껴진다. 로치가 보는 앞에서 우는 건 싫다. 그래서 로치가 알아채지 못하게 바닥을 내려다본다.

"미안. 내가 그 신발을 훔칠 생각이었는지 아니었는지 모르겠어. 내가 뭘 하려고 했는지 모르겠어."

로치가 한숨을 내쉰다. "그만 집에 가는 게 좋겠다. 네가 생각하는 것만큼 나쁘지 않을 거야."

골목길 흙바닥에 눈물이 두 방울 떨어진다. 나는 고개도 들지 않고 대답한다. "그래. 내일 아침에 봐."

나는 로치와 다른 길로 접어들어 모퉁이를 돌아서자마자 냅다 뛰기 시작해 한 번도 쉬지 않는다. 빨리 달리면 달릴수록 흐르는 눈물이 더 멀리 날아가고 몸속의 상처가 더 빨리 나을 것 같아서.

집으로 들어선 순간 때마침 집에서 나오려는 남자와 부딪칠 뻔한다.

"부디!" 그 남자 뒤에서 엄마가 돌아 나와 내 어깨를 붙잡는다. "앞을 보고 다녀야지. 죄송합니다, 의사 선생님. 얘는 우리 아들이에요."

의사는 손에 검정 서류가방을 들고 있고, 번쩍거리는 손목시계를 차고 있다. 나를 흘낏 쳐다보는데, 뱃속이 불편한 사람처럼 좀 짜증스러운 웃음을 짓는다. 의사가 안경을 고쳐 쓰고 재빨리 손목시계를 들여다본다.

"사과까지는 필요 없습니다. 그럼 이만 가보겠습니다."

"그러셔야죠. 급하게 부탁드렸는데 이렇게 금세 와주셔서 고맙습니다." 엄마가 의사에게 말하면서 내 어깨를 쓰다듬는다.

의사가 고개를 끄덕이고 현관문 밖으로 발걸음을 옮긴다. 엄마가 한숨을 내쉬고 내 어깨에서 손을 떼더니 당신 얼굴을 매만진다.

"솔직히 말해 의사를 왜 불렀는지 모르겠다. 나는 괜찮다니까." 할머니 목소리이다.

고개를 돌려보니 할머니가 담뱃갑을 만지작거리고 있다. 할머니가 담배를 꺼내 입에 물자, 나는 성냥불을 켜서 붙여준다.

"고맙구나, 부디." 할머니가 담배를 한 모금 빤다.

"할머니, 아파요?"

"아니, 전혀 안 아프다. 완전 쌩쌩해."

"어머니가 잘못되는 줄……." 엄마가 초조한지 두 손을 꽉 움켜쥔다. "기침이 안 멈췄잖아요!"

"단순한 기침 발작이었어. 내가 늘 달고 사는 거 아니냐."

"평소에는 그렇게 심하지 않잖아요. 어머니, 숨도 못 쉬었다고요."

"지금은 괜찮아졌잖아, 그렇지? 그러니 그만 잊어라. 부디가 걱정한다."

엄마가 두 손을 옆구리에 얹고 고개를 설레설레 젓는다. 할머니가 담배연기를 자욱이 내뿜는다.

"의사선생님 말이 어머니 담배 끊어야 한대요."

"의사들이 늘 하는 말이지 뭐."

"게다가 더 강력한 약을 써야 한대요. 그 약값은 어떻게 감당할지 모르겠어요."

"어떻게든 헤쳐 나갈 거야." 할머니가 재떨이 가장자리에 대고 담배를 톡톡 두들긴다. "늘 그렇게 해 오지 않았냐."

그때 아빠가 집으로 들어오고, 엄마가 무슨 일이 있었는지 정확히 설명한다. 그 사이에 할머니는 담배를 한 대 더 피우면서 내내 고개를 가로젓는다.

엄마가 이야기를 마치자 드디어 할머니가 입을 연다. "어미가 너무 부풀려 말했어. 실은 그렇게 심각하지 않았다."

아빠 얼굴에는 근심이 가득했지만 저녁 먹는 동안에는 다른 이야기를 하자고 한다. 아무도 다른 이야기를 꺼내지 않아서 우리는 말 없이 밥만 먹는다. 분위기가 처참하다. 식구들이 나한테 벌어지고 있는 일을 다 아는 것 같고, 나를 부끄러워하는 것만 같다. 할머니가 어떻게 말해도 엄마가 정말로 걱정하고 있는 게 보인다. 걱정을 줄여주려고 할머니한테는 뱀독에도 면역이 있다는 걸 말하려다 그만둔다.

엄마가 차를 끓이려고 일어선다. 아빠는 내게 월급이 오르면 모든 것이 나아질 거라고 말한다. 필요한 건 뭐든 살 수 있을 거라고 한다. 음식이며 옷이며 약이며.

"저는 여윳돈이 생기면 베르나베우에 갈 생각이었어요. 하지만 할머니한테 약이 더 필요하면 그 돈을 약값에 쓰세요."

엄마가 한숨을 내쉬고 고개를 저으면서 찻잔에 차를 따른다.

할머니가 말한다. "정말 고맙구나. 하지만 그럴 일은 분명히 없을 거다."

엄마가 식탁 위에 찻잔을 내려놓는다.

"나가서 너랑 놀고 싶어하는 친구들이 있는지 찾아보지 그러니?"

엄마는 정말로 논다는 뜻으로 한 말이 아니다. 훈련한다는 뜻으로 한 말이다. 다만 그 차이를 모를 뿐이다.

문득 우스톤이 나를 배신한 일과, 로치를 제외한 나머지 아이들이 나를 드래곤 일당에게 넘긴 일이 생각난다.

"우리 깨졌어요."

아빠가 차를 홀짝이며 말한다. "걱정 마라, 아들. 분명히 금세 다시 친해질걸."

내가 감옥섬의 지하 감옥에 갇혀 쇠사슬로 묶여 있으면 누구와도 친해지지 않을 것 같다.

아빠가 차를 한 모금 더 마시고 찻잔에서 올라오는 김 너머로 나를 건너다보다가 엄마를 쳐다본다. 엄마가 내 쪽으로 몸을 돌린다.

"부디, 아빠가 월급이 오르면 너를 다시 학교에 보낼 형편이 될 수 있을 것 같은데. 학교에 다시 다니는 게 어떻겠니?"

"축구 학교 말하는 거예요?"

아빠가 말한다. "아니, 그냥 보통 학교."

나는 생각할 시간을 더 벌어보려고 찻잔을 입에 갖다 대고 천천히 차를 홀짝인다. 나를 체포하러 오는 경찰차 따위 없다고 상상해 본다. 학교에 다시 다니는 게 어떻겠냐고? 너무 오래 전에 다녀서 학교 생활이 어땠는지 기억도 안 난다.

"로치도 다닐 수 있어요?"

아빠가 고개를 젓는다. "로치는 못 다닐 거야. 부디, 하지만 로치는 저녁에 계속 만날 수 있지. 더군다나 너한테는 새 친구들이 많이 생길 거고."

희미한 기억이 되살아난다. 책상에 앉아 귀 기울여 듣는 수많은 아이들, 아이들에게 뭔가를 가르치는 엄한 어른. 사실 공장의 그 공장장과 약간 닮았다. 숨을 내쉴 때 더 좋은 냄새가 난다는 점만 빼면. 불현듯 수업시간에 일어나서 질문을 받은 일이 떠오른다. 나는 뭐라고 대답해야 할지 몰랐다. 아이들이 킥킥대며 웃기 시작했고, 결국 선생님은 내게 교실 한구석에서 벽을 보고 서 있으라고 했다. 선생님이 아이들에게 그만 웃으라고 말했지만, 나는 아이들이 모두 나를 쳐다보고 있다는 걸 알았다.

그때 일을 떠올리자 목구멍에 얼음이 한 덩어리 걸린 것 같다. 그 얼음을 밀어 넣으려고 차를 한 모금 더 꿀꺽 삼킨다.

"잘 모르겠어요. 학교가 싫으면 어떡해요?"

"싫을 게 뭐 있어?" 아빠가 묻는다.

"음, 제가 아는 게 없잖아요. 다른 아이들이 저를 바보로 여길 거예요."

"아니, 그렇지 않을 거야." 엄마가 말하며 내 팔을 쓰다듬는다. "그리고 아는 게 없어도 상관없어. 그래서 학교에 가는 거니까. 배우려고 말이야."

"학교에는 아는 사람도 없잖아요." 점점 후텁지근하게 느껴진다.

"아무튼 저는 공장에서 일하는 게 좋아요."

부모님에게도 거짓말을 해야 할 때가 있다.

"그렇지만 교육을 받으면 무엇이든 하고 싶은 일을 할 수 있잖니. 기회가 아주 많아지는 거야. 변호사가 될 수도 있겠지."

"변호사요?"

"그래, 네가 원한다면 말이야."

"하지만 제가 원하는 건 아니네요. 저는 축구선수가 되고 싶어요. 그리고 축구선수가 되기 위해서는 학교에 안 가도 돼요. 로치 말로는, 축구선수들은 대부분 아주 멍청하대요."

아빠가 한숨을 쉬고서 남은 차를 다 마신다. "음, 우리 집 형편이 풀리면 너는 학교에 다니게 될 거야. 그리고 언젠가 너는 이 일을 고마워할 거다."

나는 얼굴을 찡그렸지만 말싸움을 할 만큼 어리석지는 않다. 그 대신 할머니를 건너다본다. 할머니는 벌써 안락의자에 앉아 꾸벅꾸벅 졸고 있다.

"할머니는 괜찮아요?"

엄마가 말한다. "물론이지. 오늘 조금 놀라게 한 것뿐이야. 그게 다야."

나는 잠시 찻잔을 들여다보고 있다가 남은 차를 다 마신다.

"이만 자러 갈게요. 저녁 잘 먹었어요, 엄마."

엄마와 아빠가 웃어 보이지만 두 분 모두 피곤해 보인다. 처음으로 엄마 아빠가 나이가 꽤 들었다는 생각이 든다.

잠이 들기까지 몇 시간이 걸린 것 같다. 밖에서 나는 발전기 소리가 평소보다 더 크게 들린다. 한참 뒤 발전기 소리가 꺼질 때에도 정신이 말짱하다. 누군가가 스쿠터를 타고 길 모퉁이를 돌아간다. 스쿠터 소리에 두 마리의 개가 짖어댄다.

그 두 마리의 개가 나를 잡으러 오는 경찰견일 것 같은 생각이 든다. 할머니가 깨어 있으면 좋겠다. 할머니한테서 이야기를 듣고 싶은 마음이 너무도 간절하다.

옆방에서는 엄마 아빠가 늦게까지 이야기를 나눈다. 무슨 말을 하는지는 알 수 없지만 할머니 이야기인 것만은 분명하다.

눈물이 한 줄기 흘러내려 귓속으로 들어간다. 축축하고 불편하다.

할머니가 정말로 잠들었으면 좋겠다. 그저 잠든 척하고 있는 게 아니었으면 좋겠다.

미심쩍은 생각

침대에서 눈을 뜨고 보니 다른 데, 그러니까 감방에서 눈을 뜨는 것보다 더 끔찍하다. 지금쯤 드래곤과 그의 형제들은 내가 거래를 깬 걸 알아챘을 것이다. 이제 나한테 누명을 씌우는 건 시간문제일 것이다. 언제쯤 나를 덮치러 올까. 누가 나를 잡으러 올까. 경찰일까? 먼저 공장장한테 알려서 나를 벌줄까? 드래곤이 직접 벌줄까? 내 방 천장에 생긴 금들을 올려다본다. 볼 때마다 금들이 더 멀리까지 뻗어 있는 것 같다.

집 밖으로 나오자 날이 너무도 덥다. 그늘진 뒷골목도 바람 한 점 없이 덥기만 하다. 곧 비가 올 것이다. 코코넛을 파는 노점 앞을 지나가다가 코코넛 과즙을 사려고 멈춰 선다. 그 코코넛이 할머니가 들려준 이야기 속 그 머나먼 섬에 있는 거대한 나무에서 땄을 거라 상상한다. 코코넛 물을 한 모금씩 삼킬 때마다 힘이 점점 세지는 것 같다.

그러나 모퉁이를 돌아 공장 건물이 눈에 띈 순간 뭔가가 완전히 잘못되었다는 생각이 든다. 공장 밖에 사람들이 모여 있는데, 더 가까이 가서 보니 공장 문이 잠겨 있다.

아침 이 시간에 공장 문이 닫힌 적은 한 번도 없었다.

거기 모인 사람들 앞에는 공장장이 플라스틱 상자를 엎어놓고 그 위에 올라 서 있다. 방금 전에 마신 코코넛 물이 상하기라도 한 것처럼 뱃속이 뒤틀린다. 도로를 꽉 메운 스쿠터와 자동차 사이를 느릿느릿 뚫고 지나가 사람들 뒤에 가서 선다.

공장장은 입에 담배를 문 채 담배 연기 너머로 우리를 내려다본다. 그 사이에도 점점 더 많은 노동자들이 몰려든다. 문득 로치의 맨체스터 유나이티드 셔츠 등에 적힌 벨몬테라는 글자가 눈에 띄어 그쪽으로 다가간다. 로치는 두 발로 이리저리 돌멩이를 굴리는 데 열중하느라 내가 다가가는 줄도 모른다.

"안녕, 로치. 별일 없지?"

고개를 든 로치가 몹시 피곤해 보인다.

"어, 없어."

"지금 이건 무슨 상황이야?"

로치가 고개를 가로젓는다. "모르겠어. 무슨 일인지 모르지만 공장에 아무도 못 들어가게 하고 있어."

공장장이 앞으로 할 발표가 상상이 간다. 지금 공장 안에 누군가가 있는데, 그 사람이 공장에서 도둑질한 사람을 알고 있다는 것이다. 공장장의 말에 모두가 서로를 돌아보면서 혀를 끌끌 차고 고개를 설레설레 젓는다. 그런 다음 공장장이 공장 안에서 사람을 불러내 도둑을 지목하라고 한다. 드래곤이 나온다. 나는 숨어보려 하지만 드래곤이 어떻게든 나를 지목한다. 나는 앞으로 끌려나가 모두가 보는 앞에서 망신을 당한다.

이런 상상을 지우고 뭔가 다른 걸 생각해 내려 애쓴다. 로치가 다시 고개를 숙이고 돌멩이를 굴리고 있다.

"어젯밤에 무슨 특별한 일 있었니?" 내가 묻는다.

"어? 아니. 너는?"

"별일 없었어." 무슨 이유에서인지 할머니 이야기는 하고 싶지 않다. "아빠 월급이 오르면 나를 학교에 보내고 싶대."

"잘됐다."

로치는 계속 제 발만 내려다보고 있다. 이제 우리 뒤쪽으로도 많은 노동자들이 모여 있다. 여기서 도망치려면 사람들 벽을 뚫고 지나가야 할 것이다. 사방에서 땀과 흙과 기름 냄새가 풍긴다. 앞에 선 사람의 어깨 너머로 공장장 얼굴이 보인다. 공장장이 마지막으로 우리를 훑어보고 나서 물고 있던 담배를 길바닥에 뱉는다.

"모두 조용! 잘 들어!"

모두가 입을 다물었지만 지나다니는 차량 때문에 공장장은 계속 소리를 지른다.

"대부분의 사람들은 왜 오늘 아침에 모두 공장 밖에 서 있는지 모를 것이다. 하지만 최소한 한 사람은 그 이유를 알 것이다!"

공장장이 잠시 말을 멈추더니 실눈을 뜨고 사람들을 살핀다. 일 초 일 초 지날 때마다 햇볕이 점점 따가워지고, 두피에서 땀이 솟는 게 느껴진다. 로치는 눈으로는 공장장을 보면서도 발로는 여전히 돌멩이를 이리저리 차고 있다.

"몹시 기분이 나쁘지만 우리 가운데 도둑이 있다는 걸 말해야겠다!"

한순간 뱃속의 코코넛 물이 목구멍으로 치밀어 오를 것 같다. 입을 앙다물고 최선을 다해 삼킨다. 주위에서 노동자들이 수군대기 시작하고, 그들의 몸이 점점 나를 짓눌러온다.

"조용! 지난밤에 누군가가 공장에 침입해서 신발을 한 켤레 훔쳤다! 경찰에 신고했지만 범인이 지금 앞으로 나와 실토하는 게 훨씬 좋을 거다!"

사람들이 몸을 이리저리 움직여서 서로를 살핀다. 로치는 제 발밑에 있는 돌멩이를 찬찬히 살핀다. 흙바닥에 깊은 구덩이가 있어서 돌멩이가 그 안에서 이리저리 구르고 있다. 틀림없이 드래곤이 사람을 보내서 신발을 훔쳤을 것이다. 이 말은 이제 곧 내가 유력한 용의자가 될 거라는 뜻이다. 사람들이 점점 더 빽빽해진다. 그래서 저마다 자기 자리를 마련하느라 몸을 움직이는 사이에 땀에 젖어 미끈거리는 누군가의 털북숭이 팔이 내 목덜미에 스친다.

"내가 알기로 이것은 내부자 소행이다. 범인을 알고도 숨기는 사람이 있다면 도둑과 똑같이 혹독한 벌을 받을 것이다. 결과적으로 그동안 모두 고통을 당할 것이다! 뭔가 말하고 싶은 사람이 있나?"

공장장이 사람들을 빤히 쳐다보던 중에 잠시 나와 눈이 마주친다. 그러고는 플라스틱 상자에서 내려가더니 공장 쪽으로 몸을 돌린다.

"좋아. 하지만 내가 분명히 경고했다!"

공장장이 벌로 모든 노동자들에게 그동안 해보지 않은 작업을 하게 한다. 로치와 나에게는 포장 작업을 시킨다. 이따금 나는 신발을 포장하는 일을 평생 동안 해온 기분이 든다.

공장장이 포장 작업대 사이를 오가며 목소리를 높인다. "도둑을 찾을 때까지 너희는 계속 포장 작업을 할 것이다. 그리고 저녁까지 오늘 작업량을 채우지 못하면 원래 작업조로 돌아가 주문량을 채울 때까지 계속 일할 것이다. 정말로 무슨 일이 있었는지 아무것도 모른단 말이야? 말하고 싶은 게 있다면 내 사무실 문이 항상 열려 있다는 걸 기억해 두라고. 당분간 급여 지급을 미룰 계획이다. 그러면 뭔가를 기억해낼 수도 있을 테니 말이야."

좋지 않은 소식이다. 급여 지급을 미룬다는 것은, 우리가 앞으로 급여를 받지 못할 수도 있다는 뜻이니까. 그러면 인상된 급여도 받지 못할 것이고, 나는 할머니 약값을 대지 못하고, 베르나베우에 갈 돈을 결코 모으지 못할 것이다.

한 시간쯤 작업장을 여기저기 돌아다니던 공장장이 자기 사무실로 올라가더니 문을 닫는다.

나는 소곤거리는 목소리로 로치를 부른다. "로치, 드래곤이 누군가한테 신발을 훔치라고 시켰을까?"

로치가 얼굴을 찡그리고 고개를 가로젓는다. "모르겠어." 로치가 신발을 종이로 감싸서 상자에 넣는다. "그랬을지 모르지." 또 한 켤레를 상자에 넣는다. "그런데 우리 이야기하면 안 돼." 또 한 켤레. "공장장이 진짜 화났어." 또 한 켤레. "지금 뭐든 사람들을 쫓아낼 핑곗거리를 찾고 있어." 또 한 켤레. "그러니까 말 걸지 마."

공장장이 통로에 다시 나와 한 손으로 난간을 짚는다. 그리고 다른 손에 쥔 돈다발을 들어 보인다.

"모두, 잘 들어! 도둑에 대한 정보를 제공하는 사람한테는 보상금을 주겠다. 한 번에 현금으로 주겠다!" 공장장이 돈을 흔든다. "혹시 공범자로 취급당할까 봐 걱정할 필요 없어. 정보를 숨겨온 사실은 기꺼이 눈감아줄 테니까. 원하면 언제든 나를 찾아와. 자, 다시 일해!"

공장에 있는 사람들이 모두 한꺼번에 소곤거리는 것 같다. 하지만 로치는 정신이 딴 데 팔려있는 것 같다.

"야! 저 말 들었어? 한 번에 현금으로 준대. 복권 같아. 아까 공장장이 들고 있던 돈이 얼마나 될까?"

"모르지. 그게 무슨 상관이야?"

"음, 우리가 신발을 훔친 사람을 알면 그 돈은 우리 것이 되잖아."

"그렇지만 우리는 누가 신발을 훔쳤는지 모르잖아."

"그렇긴 하지만 우리가 알아낼 수도 있잖아. 드래곤이 누군가한테 시켰을 거라는 걸 알고 있으니까 우리가 남들보다 더 유리해. 그리고 드래곤이 누구한테 시켰는지 알아내면 나는 함정에서 빠져나올 수도 있고. 그리고 저 많은 상금이라면 우리 할머니 약값도 대고 마드리드까지 가는 여행 경비로도 쓸 수 있잖아."

로치가 뭔가 말하려는 듯하다가 짜증이 나는지 숨을 씩씩거리기만 하고 곧바로 신발을 다시 포장하기 시작한다.

"우리 둘이 하면 재미있을 거야. 탐정처럼 말이야. 텔레비전에서 봤던 거 생각나? 네가 내 조수 하면 되겠다."

"아니, 부디……."

"그래, 알았어. 내가 조수 할게. 그래도 총은 내가 가질 거고 차도 내가 운전할 거야. 먼저, 단서부터 찾아야 해. 또 목격자가 있는지 알아봐야 하고……."

"잊어버려, 부디. 드래곤은 단서를 남길 만큼 멍청하지 않아. 바보 같은 생각은 하지도 마. 그냥 잊어버려."

나는 신발을 상자에 홱 쑤셔 넣고 운반차 위에 대충 던진다.

"왜 그렇게 고집을 부려? 왜 나를 안 도와주는데?"

로치는 내 말을 못 들은 체한다. 나는 또다시 신발을 상자에 쑤셔 넣는다.

점심시간에 구내식당에 앉아 밥과 '오늘의 소스'를 먹으면서도 그 비밀을 풀 방법을 생각한다. 옆자리에서 여자 둘이 작은 목소리로 말다툼을 하는 바람에 생각에 집중하기 힘들다. 고맙게도 여자들이 금세 자리에서 일어나지만, 그때쯤 도둑을 잡는 게 생각보다 더 어려울 것 같다는 생각이 든다.

텔레비전에서는 이런 문제를 훨씬 쉽게 해결하던데.

신호음을 듣고 구내식당에서 나온다. 포장 작업대로 가고 있는데, 공장장이 사무실에서 나오더니 통로 난간을 회초리로 내리친다.

"원래 맡은 작업대로 돌아가! 도둑을 찾았어!"

그러고는 공장장이 사무실로 도로 들어가더니 문을 쾅 닫는다.

노동자들이 모두 원래 자기들 작업대로 돌아가느라 공장 안이 엄청 시끄럽고 혼란스럽다. 그 많은 사람들에 비해 통로가 너무 비좁다. 실수로 넘어진 여자아이 하나가 다른 사람들한테 짓밟힌 바람에 비명을 빽 지른다. 마침내 내 재봉틀 앞에 앉고 보니 로치는 이미 열심히 바느질을 하고 있다.

"우리 저 상금 못 받게 생겼다."

로치는 아무 말도 하지 않는다.

나를 쳐다보지도 않는다.

내가 점심을 먹는 동안 로치가 공장장에게 가서 말했으면 어떡하지? 내가 한 짓을 봤다고 말했으면 어떡하지?

아니, 로치는 그런 일을 할 사람이 결코 아니다.

나도 바느질을 시작하지만 몇 초마다 한 번씩 고개를 돌려 지금 자리에 없는 사람이 누구인지 찾아본다. 공장장에게 이른 사람이 누구인지 기필코 알아내고 싶다. 어쩌면 이 순간 공장장의 사무실에 드래곤이 앉아 있는지도 모른다.

마침내 공장장이 다시 나와 통로를 따라 성큼성큼 걷는다. 쳐다보지 않으려 애쓰지만 공장장이 계단을 따라 내려와 작업장 안을 가로질러오므로 쳐다보지 않을 수 없다.

공장장은 여전히 회초리를 손에 들고 있다.

공장장이 정면을 똑바로 쳐다보면서 회초리로 자기 다리를 톡톡 내리친다. 가까이 왔을 때 보니 입으로 휘파람을 불고 있다. 공장장은 내가 있는 줄의 끝에 가서 멈춰 선다.

멈춰진 발걸음. 멈춰진 휘파람 소리. 멈춰진 회초리.

잠시 뒤 공장장이 방향을 돌려 내 쪽으로 걸어온다.

로치, 너무하잖아.

나는 재봉틀을 내려다본다. 바늘이 내려와 직물을 뚫고 바늘땀을 만든다. 공장장이 내 옆을 지나가는 순간 따뜻한 공기가 훅 끼친다. 공장장을 살피려 곁눈질을 하는데, 땀을 뚝뚝 흘리고 있는 로치가 눈에 띈다.

공장장이 난데없이 로치 옆에 앉아 있는 여자아이에게 달려든다. 여자아이가 자리에서 끌려나오며 비명을 지른다. 공장장이 한 손으로는 여자아이의 팔을 움켜쥐고, 다른 한 손으로는 회초리로 여자아이의 허벅지를 후려치며 출입문 쪽으로 끌고 간다. 그제야 정신을 차려보니 공장 안이 쥐죽은 듯 조용하다.

여자아이의 비명소리와 공장장의 화난 목소리만 울려 퍼진다.

그리고 쌩, 하고 날아와 찰싹 때리는 회초리 소리.

"이제 네가 일하는 공장에서 도둑질을 하면 어떻게 되는지 알겠지!" 공장장이 고래고래 소리치는데 화난 얼굴이 거의 자줏빛으로 변해 있다. "다시는 일을 못할 줄 알아! 너는 끝났어!"

"저는 아니에요." 여자아이가 흐느껴 울면서 공장장한테 붙들리지 않은 한 손으로 회초리를 막아보려 애쓴다.

"그렇게 말할 줄 알았어! 도둑들은 다 거짓말쟁이니까. 거짓말이 몸에 뱄지! 네 입으로 직접 네가 한 일을 떠들고 다녔다면서. 몇 번이고 도둑질할 수 있다고 큰소리 땅땅 쳤다면서! 그나마 쓸 만한 년이라면 채찍질을 해서라도 경찰서로 끌고 가겠지! 하지만 너는 아니야! 길거리에서 구걸이나 해서 먹고 살아, 쥐새끼 같은 년!"

여자아이가 뭔가 말하려 하지만 벌어진 입에서 나오는 소리는 작은 흐느낌뿐이다. 전깃불 아래 서 있는 여자아이의 얼굴은 빛이 반사해 하얗지만 딱 벌린 입 안은 시커매 보인다.

"뭐야!" 공장장이 여자아이의 팔을 잡아채며 멈춰 선다. "변명을 해보겠다고? 그럼 해 봐. 한 번 들어보자! 모두 듣고 있으니까 해 봐!"

여자아이가 헉헉거리며 힘들게 숨을 가다듬는다. 마침내 우물거리는 목소리로 말한다. "우리 식구들은 어떡해요?"

공장장이 웃음을 터뜨린다. "너희 식구들은 어떡하냐고?" 공장장이 갑자기 다시 버럭 한다. "식구들을 어떡해?" 공장장이 팔을 세게 움켜쥐자 여자아이가 날카롭게 울부짖는다. "여기서 도둑질하기 전에 먼저 너희 식구들 생각을 했어야지! 앞으로도 계속 도둑질해서 식구들을 먹여 살리면 되겠구먼! 당장 내 눈앞에서 꺼져!"

공장장이 마지막으로 회초리를 휘두른 다음 출입문을 열고 여자아이를 밀쳐낸다. 그리고 출입문을 쾅 소리가 나게 닫고 몸을 휙 돌린다.

"모두 뭘 보고 있어?" 공장장이 자기 입가에 묻은 침을 닦는다. "다시 일 시작해. 안 그러면 저 쓰레기처럼 길거리로 던져 버릴 줄 알아!"

순식간에 평소의 공장 소리가 한 번에 되살아온다. 기계가 윙윙 돌아가는 소리, 종이가 바스락거리는 소리, 의자가 삐걱거리는 소리. 하지만 그 모든 소리보다 더 크게 밖에서 여자아이가 울부짖으며 공장 문을 탕탕 두들긴다.

공장장이 작업장을 가로질러와 계단으로 해서 자기 사무실로 올라간다. 그리고 사무실 밖에 회초리를 세워 놓고 조용히 문을 닫는다.

나는 심장이 하도 세게 뛰어 온몸이 흔들리는 것 같다. 로치는 얼굴이 창백하고, 땀에 흠뻑 젖은 머리카락이 삐죽삐죽 솟아 있다. 이럴 때는 아무 말도 하지 않는 편이 낫다. 우리는 말없이 일하면서 길거리에서 들려오는 여자아이의 울부짖음에 귀를 기울인다.

그날 집에 돌아와서도 공장에서 있었던 일은 입 밖에 내지 않는다.

빈민가

축구공을 올려 차는 기술을 연습하러 나왔는데도 머릿속에서 신발을 훔친 여자아이 생각이 떠나지 않는다. 공기를 가르던 회초리 소리가 아직도 귀에 쟁쟁하다. 회초리에 맞아 다리에 시뻘건 줄이 생길 때 여자아이가 내지르던 비명소리도. 틀림없이 드래곤이 그 여자아이한테 돈을 주고서 신발을 훔치라고 했을 것이다. 하지만 뭔가 앞뒤가 안 맞는 것 같다. 그렇다고 이 일이 드래곤과 상관없다고 하기에는 너무 심한 우연의 일치이고.

축구공 올려 차는 연습도 앞뒤가 안 맞는다. 공이 땅바닥에 떨어지는 바람에 풀썩 흙먼지가 인다. 나는 얼굴에 흐르는 땀을 닦아낸다. 도무지 집중이 안 된다. 축구는 혼자 하면 외롭다. 이제 우스톤은 철천지원수가 되었고, 위도도와 파크리도 별반 다르지 않다. 하지만 로치와는 깨질 수 없다.

로치네 집에 가보는 게 나을 것 같다. 로치가 훈련을 하고 싶어 할 경우를 대비해 축구공을 챙긴다. 할머니가 로치와 나눠 먹으라고 호박씨를 한 봉지 내준다. 로치네 집까지 가는 내내 사람들과 쓰레기 더미 사이로 공을 빠르게 몰고 간다. 한번은 엎어져 있는 쓰레기통 너머로 공을 차올려야 했다. 바닥에 쓰레기가 흩어져 있고, 고양이 몇 마리랑 어린아이들이 빈 깡통과 포장봉지를 뒤지고 있다. 내가 옆으로 달려가는데 아이들은 고개도 들지 않는다.

로치네 집에 도착한 나는 호박씨 봉지를 등 뒤에 감추고 문을 두들긴다. 몇 초쯤 지나 집 안에서 누군가가 발을 질질 끄는 소리가 들린다. 그러다가 곧 조용해진다. 다시 문을 두들기려는 순간 문이 벌컥 열리고 로치네 엄마가 찡그린 얼굴로 나를 내려다본다. 로치네 엄마는 기름기 흐르는 머리를 치렁치렁 늘어뜨리고, 얼굴이 헌 종잇장처럼 쭈글쭈글하고 누랬다.

"뭐야? 무슨 일로 왔니?"

로치네 엄마의 입에서 역겨운 냄새가 난다.

"저예요, 부디. 로치 친구예요. 전에 왔었어요."

로치네 엄마가 내 발밑에 있는 축구공을 내려다보고 고개를 가로젓는다.

"로치는 축구 같은 유치한 놀이를 하기에는 나이가 너무 많아. 지금 이 집의 가장 아니니. 로치 말고 다른 친구는 없니?"

나는 어깨를 으쓱한다. 축구는 유치한 놀이가 아니다. 문득 호박씨가 생각나서 봉지를 열어서 내민다.

"아주머니, 호박씨 드실래요?"

로치네 엄마가 봉지 안을 들여다보더니 잽싸게 내 손에서 봉지를 집어 든다. 그리고 호박씨를 이로 쪼갠 다음 껍질을 바닥에 뱉어내기 시작한다.

"들어가서 로치한테 네가 왔다고 말해 줄게."

내가 봉지를 돌려달라는 뜻으로 손을 내밀었지만, 어느새 로치네 엄마가 어두컴컴한 집 안으로 들어가 시야에서 사라진다. 열린 문틈으로 안을 들여다보니 집안 꼴이 엉망이다. 방 한가운데에 쓰레기통을 엎질러 놓은 것 같다. 1분쯤 지나 로치네 엄마가 팔꿈치를 긁으며 다시 나온다. 호박씨 봉지는 어디에서도 보이지 않는다.

"로치가 안에 없네. 그럼 쓰레기 하치장에 가 있을걸."

그러고는 문을 닫는다.

나는 쓰레기 하치장 쪽으로 공을 몰기 시작한다. 이번에는 공을 가까이 발에 붙이면서 간다. 쓰레기 하치장 주위로는 빈민가가 에워싸고 있는데, 이곳 사람들은 조금 다른 규칙을 따르면서 산다. 로치 말로는, 여기서는 뭔가를 찾아내면 세 가지 질문을 던진다. "먹을 수 있는 것인가? 팔 수 있는 것인가? 태울 수 있는 것인가?" 옆으로 늘어선 집들 앞에 웅크리고 앉아 있는 검은 그림자 같은 이들은 아마 내 축구공을 보자마자 이 세 가지 질문에 모두 "그렇다"라고 답할 것이다. 쓰레기 하치장에 가까이 갈수록 집들이 점점 오그라들다가 나중에는 양철 조각과 비닐을 대충 얽어 만든 칙칙한 오두막으로 변한다. 어느 길가에 벌거벗은 갓난아기가 종이박스에 앉아 울고 있는데 주위에는 아기를 달래는 사람이 아무도 없다. 쓰레기 하치장에서 시작하여 빈민가로 흐르는 더러운 개울에 이르러서는 악취 때문에 코를 꽉 쥐지 않을 수 없다. 그런 개울인데도 노인들은 그 옆에 옹기종기 모여앉아 있고, 한 아이는 물속에 들어가 무게를 달아 파는 플라스틱 병을 쫓아 휘청휘청 걷고 있다. 나는 축구공이 개울에 처박힐까 봐 아예 손에 집어 들고서 천천히 뛰기 시작한다.

쓰레기 하치장은 도시에서 나오는 온갖 쓰레기를 쌓아 두는 곳이다. 그래서 냄새가 아까 그 개울보다 훨씬 더 심하다. 다행히도 쓰레기 하치장 입구에서 로치를 만난 덕분에 안쪽까지 들어갈 필요가 없어졌다.

"여기는 웬일이야?"

로치가 나를 보고 진짜 놀란 것 같다.

"너희 엄마가 가보라고 했어. 축구 연습을 할지 물어보려고 너희 집에 갔더니 네가 여기 있을 거라고 하더라." 그때 로치의 손에 들린 검은색 쓰레기봉투가 눈에 띈다. "그건 왜 들고 있어?"

로치가 지저분한 손으로 쥐고 있는 불룩한 비닐봉지를 내려다본다. 봉지 바닥에 구멍이 났는지 몇 초마다 한 번씩 뭔가가 뚝뚝 떨어져 흙바닥에 짙은 얼룩이 생긴다.

"하치장 사람들이 이걸 못 버리게 하잖아. 몇 주 만에 왔는데, 나더러 너무 자주 온다는 거야. 나를 다른 사람이랑 헷갈렸나 봐."

"여기 입구에 두고 가면 안 돼?"

로치가 주위를 둘러본다. "응, 그렇게 하면 안 될 것 같아. 집에 가져갔다가 내일 다시 와야지 뭐."

우리는 로치네 집으로 향한다. 개울 옆을 지날 때 나는 다시 코를 꼭 쥔다. 하지만 로치는 쓰레기봉투를 들지 않은 빈손을 그대로 옆구리에 붙이고 간다. 이제 날이 더 어두워져서 길바닥에 피워 놓은 모닥불 옆을 지날 때만 로치의 얼굴이 보인다. 모닥불이 없는 곳에서는 로치의 다리에 쓰레기봉투가 부딪치는 소리 외에는 아무것도 보이지 않는다.

"로치, 어떻게 된 일일까? 왠지 모두가 적으로 변해가고 있는 것 같아. 어쩐지 너도 좀 달라 보이고. 이게 무슨 일일까?"

누군가가 모닥불에 기름을 끼얹었는지 확 타오른 불빛에 로치의 지친 얼굴이 보인다.

내가 다시 묻는다. "바르셀로나가 순위에서 우리보다 앞서고 있어서 그런 거야? 만일 그런 거라면 걱정하지 마. 이번 리그에서는 우리가 이길 수 있어. 시즌이 끝나려면 아직 멀었잖아."

로치가 무슨 소리를 냈지만 쓰레기봉투가 부스럭거리는 소리인지, 아니면 한숨소리인지 모르겠다. "아니야, 부디, 축구는 아무 상관 없어."

"그럼 뭔데?"

"그냥 지겨워서 그래."

"뭐가 지겨워?"

"다 지겨워. 공장에서 일하는 것, 엄마와 누나들과 한 방을 쓰는 것. 절대로 일어나지 않을 일을 내가 계속 기다리고 있는 것 같아."

"이만하기 다행 아냐? 일자리가 없다면 어떨 것 같아? 도둑질하다 걸린 그 여자아이처럼 일자리를 잃으면 어떨 것 같아? 그러면 정말로 살기 힘들어지잖아."

드디어 로치네 집 앞까지 왔고, 로치가 아파트 건물 벽 옆에 쓰레기봉투를 내려놓는다.

"있지…… 지금은 집에 들어가기 싫은데."

우리는 모퉁이를 돌아서 자그마한 뒷마당으로 향한다. 입구에 갈색 문이 있고 그 위에 달린 백열전구에 불이 들어와 있다. 로치에게 공을 패스하자, 로치가 공을 떨어뜨리지 않고 올려 차는 연습을 시작한다. 나는 로치가 두 발로 공을 번갈아 차는 모습을 지켜본다.

"정말로 그 여자아이가 신발을 훔쳤다고 생각해?" 로치가 축구공에 정신을 모으고서 묻는다.

"물론이지. 그 여자아이가 도둑질한 걸 자랑하고 다녔다고 공장장이 그랬잖아, 내가 보기에는 정말 바보 같은 짓이지만. 더군다나 드래곤이 내가 못 하면 다른 사람한테 돈을 주고 시킬 거라고 했거든. 말이 되잖아."

"그런데 이거 그냥 우연의 일치일까? 그 여자아이가 유독 예뻐서 다른 사람들한테 시샘을 받았잖아. 몇몇 여자들과는 별로 사이도 안 좋았고."

"그게 무슨 말이야?"

"많은 사람들이 그 여자아이를 없애고 싶어했을 수 있다는 뜻이야."

"그러니까 네가 보기에는 그 여자아이가 도둑질을 안 했다는 거지?"

로치가 공을 떨어뜨리려다가 간신히 발로 차올린다.

"그래, 맞아. 그 여자아이가 안 했어."

"그걸 어떻게 알아?"

"그냥 알아."

로치가 공을 높이 차올리자, 내가 가슴으로 공을 받는다.

"십 년 뒤에 너는 뭘 하고 있을 것 같아?" 로치가 묻는다.

"레알 마드리드에서 뛰고 있겠지. 분명해. 주장이 됐을지도 모르고."

로치가 웃음을 터뜨린다. "나한테 시즌 티켓을 사줄 수 있어?"

"물론이지. 너랑 엄마 아빠랑 할머니한테 시즌 티켓을 보내줄 거야. 우리 모두 스페인으로 이사 갈 거야."

"그거 멋진데. 너는 몇 번을 달게 될까?"

"11번. 키어런 웨이크필드가 팀에 없으면 말이야. 물론 그때도 있을 테지만. 그럴 경우에는 다른 번호를 골라야겠지. 아마도 101번."

내가 잘못 차서 공이 흙바닥에 떨어진다. 갈색 문 위에 달린 백열전구가 윙윙 소리내며 깜박거린다.

"로치, 너는 어때? 지금부터 10년 뒤에 너는 뭘 하고 있을까?"

로치가 콘크리트 벽에다 공을 찔러 넣은 다음 오른발과 왼발로 번갈아 찬다.

"모르겠어." 로치가 뭔가 말하려는 듯 미소를 지으면서도 똑같은 말만 되풀이한다. "모르겠어."

우리는 다시 공을 떨어뜨리지 않고 올려 차는 연습을 시작하지만 몇 분 뒤 백열전등이 완전히 꺼지는 바람에 연습을 그만둔다.

로치가 말한다. "집에 가야겠다. 내가 어디에 숨어 있었는지 엄마가 궁금해할 거야."

우리는 다시 로치네 집으로 간다. 로치가 현관문을 열고 들어가기 전에 나를 돌아본다.

"부디, 찾아와 줘서 고마워. 네 말이 맞았어. 상황이 훨씬 더 안 좋았을 수도 있었어."

로치가 미소를 짓고 안으로 사라진다. 나는 발길을 돌리다가 로치네 현관문 앞까지 바닥에 줄줄이 이어져 있는 검은 얼룩을

본다. 그 쓰레기봉투가 사라지고 없었다.

길거리는 인적이 끊겨 조용하다. 나는 주머니를 까뒤집어서 훔쳐갈 것이 없다는 걸 보여준다. 가끔 누군가가 스쿠터를 타고 가는 소리, 어느 집에서 사람들이 다투는 소리가 들린다. 그런 소리가 아니라면 그 도시에 나 혼자 있는 느낌이 들 것 같다.

우리 집이 가까워지자, 길가에 그런대로 불빛이 비치고 있어서 공을 몰아 본다. 도로를 따라 달리면서 상상 속의 수비수들을 이리저리 제친다. 부디 선수가 수비수를 한 명…… 그리고 또 한 명 제칩니다! 골문을 향해 돌진합니다! 팬들이 자리에서 일어섭니다! 틀림없이 득점할 것 같습니다! 나는 모퉁이를 돌면서 360도 회전을 한 다음 한곳에 모여 있는 사람들을 향해 곧장 달려간다. 그러다 바닥에 고꾸라지고 나서 몸을 일으키려 버둥거린다.

"어이, 꼬맹이, 앞을 보고 다녀야지."

내가 누워 있는 바닥으로 시뻘건 침이 한 줄기 떨어진다. 침에서 분홍색의 작은 거품이 부글거리다 터진다.

"꼬마 라자로!" 귀에 익은 목소리이다.

보석으로 치장한 큼직한 손이 내려와 내 티셔츠를 움켜쥐더니 나를 일으켜 세운다. 나는 능글맞게 웃는 드래곤의 얼굴부터 그 뒤에 서 있는 세 형제의 얼굴을 차례차례 훑어본다. 그중 두 사람은 드래곤의 집에서 봤다. 세 번째 남자는 제복으로 판단하건대 경감이 틀림없다.

드래곤이 움켜쥐고 있던 내 셔츠를 놓고 경감 쪽으로 몸을 돌린다.

"내가 말한 그 꼬맹이야. 지금 공장에서 일하지만 언젠가 유명한 축구선수가 될 놈이지."

모두 요란하게 웃어대면서 벌겋게 물든 작은 이빨을 드러내 보인다. 그중 한 사람은 내 축구공에 발을 올리고 있다.

나는 마른침을 꿀꺽 삼킨다. 이제 나한테 신발을 훔치지 못한 대가를 요구할 것이다.

"혼자 여기서 뭘 하고 있냐? 다시는 못된 짓 하지 마라."

경감이 히죽거리며 말하고는 잎담배를 씹는다. 그러고는 내 발에 침을 뱉는다.

드래곤이 말한다. "이봐, 보아즈, 그 공 나한테 패스해."

남자들이 내 주위로 퍼지더니 엉성한 킥으로 공을 패스한다.

"자, 꼬맹이 라자로, 우리한테서 공을 뺏어 봐!"

드래곤 일당은 축구 실력이 진짜 끔찍하다. 공이 가까이 올 때마다 툴툴거린다. 얼마 안 있어 누군가가 공을 내 쪽으로 너무 가까이 패스한다. 나는 다리를 뻗어 공을 잡아채 손으로 집어 든다.

바유가 소리친다. "그건 핸들링이잖아! 반칙이라구."

바유가 내 쪽으로 달려들려 하자, 드래곤이 손을 들어 올린다.

"놔둬. 꼬맹이 라자로한테 잘해줘. 어쨌든 좋은 놈 아냐."

드래곤이 손을 뻗어 내 턱을 쥐고 미소를 짓는다. 그리고 내 뺨을 가볍게 두들긴다.

"자, 가자."

드래곤의 형제들이 내 주위를 한 바퀴 돌아서 저쪽으로 걸어간다. 바유는 내 손에서 축구공을 잡아채더니 다시 멀리 차 버린다. 내가 공을 쫓아 달려가자, 드래곤의 형제들이 웃음을 터뜨린다.

그때 보아즈가 외친다. "야, 꼬맹이 라자로! 우리 아들이 신발을 아주 좋아하더라! 크면 꼭 너처럼 축구선수가 되겠대!"

그들의 모습이 시야에서 사라진 뒤에도 웃음소리가 건물들 사이로 길게 울려 퍼진다. 나는 길가 배수로에서 축구공을 집어 들고서 방금 전에 보아즈가 한 말을 되새긴다. 그렇게 한참 동안 가만히 서서 생각에 잠긴다.

드디어 그 여자아이가 도둑이 아니라는 걸 로치가 어떻게 알았는지 나도 알았다.

스페인에 못 가봤지만

어제 어느 공장이 무너졌다는 소문이 돌고 있다. 듣자 하니 그 공장 맨 위층에 새 기계를 들였는데, 그 때문에 건물 전체가 무너져 내렸다고 한다. 그 사고로 꽤 여러 사람이 목숨을 잃었다. 지난번에 비슷한 사고가 생겼을 때 옷을 잘 차려입은 백인들이 몇 명 찾아와 사망자 가족에게 입막음용으로 돈을 얼마씩 주었다. 남은 가족들은 마을에서 가장 큰 부자가 되었고, 그 소문이 멀리 퍼진 모양이다. 친구들과 이웃들이 계속 찾아와 돈을 나눠 달라고 조른 걸 보면.

그 공장이 다시 지어지기 전까지는 아무것도 만들지 못하기 때문에 이번 붕괴사고를 두고 정말 말이 많다. 듣자 하니 파크리와 우스톤, 위도도가 일하는 공장에서 밀린 주문에 맞추느라 계속 밤샘 작업을 하고 있다고 한다. 누군가가 축구선수들에게 당분간 새 신발을 받지 못할 테니까 이번 주에는 신발을 버리지 말라고 말해 주면 좋으련만. 너무 늦게 말하면 교체선수들한테서 신발을 빌려야 할지도 모른다. 축구화가 없어서 경기가 취소되는 일이 생긴다면, 그건 대참사이다. 아무튼, 키어런 웨이크필드는 경기에서 뛸 수 있다. 내가 웨이크필드의 신발을 만들고 있으니까.

나는 로치에게 공장이 새로 지어지기 전까지 왜 다른 선수들이 우리 신발을 신으면 안 되는지 묻는다.

로치가 나를 보며 얼굴을 일그러뜨린다. "그럴 수는 없어!"

"왜?"

"왜냐고! 축구선수가 절대로 해서는 안 되는 일이니까! 어떤 축구선수가 엉뚱한 상표가 새겨진 축구화를 신고 있다가 사람들 눈에 띄면, 그 선수는 엄청나게 곤란해져! 웨이크필드가 바르셀로나 셔츠를 입고 있다가 눈에 띄는 거나 마찬가지야!"

공장 안의 열기에도 불구하고 그 생각을 하자 몸이 바르르 떨린다. 그런데 사실 내가 보기에 그 상표 문제는 조금 우습다. 축구선수가 절대로 해서는 안 되는 일은, 파울을 얻어내려고 일부러 넘어지거나, 심판을 때려서 곧바로 레드카드를 받거나, 아니면 우승컵이 걸린 결승전에서 페널티킥을 실축하는 것이다. 최고 경쟁상대의 셔츠를 입는 건 분명 끔찍하지만 상표와는 아무 상관 없는 것 아닌가.

내가 도무지 이해가 안 간다는 표정을 지었나 보다. 로치가 이렇게 묻는다. "지난번에 뇌물에 대해 이야기한 것 기억 안 나?"

나는 기억하고 있다고 말한다. 물론 아직 완전히 납득이 안 가지만. 로치가 자신의 재봉틀을 살피며 잔뜩 인상을 쓰는 걸 보니 더 말하기 싫은 모양이다. 나는 아직 로치에게 내 대신 신발을 훔친 일에 대해 말하지 않았다. 뭐라고 말해야 할지 몰라서이기도 하고, 내가 사실을 알아챈 걸 모르게 하는 게 좋겠다는 생각이 점점 강해져서이기도 하다.

위층 공장장의 사무실 앞에는 회초리가 벽에 기대어 세워져 있다. 어제 그 여자아이한테 휘두른 뒤로는 아직 손대지 않았다.

나는 이마에서 땀을 닦은 다음 바느질하고 있는 신발 갑피에 집중한다. 만들어진 신발이 없어서 모두 우리 신발을 신어도 좋다는 결정이 날 경우를 대비해 신발을 최대한 많이 만들어야겠다. 분명히 경기를 모두 취소하기보다는 엉뚱한 신발이라도 신고 경기를 하는 게 더 나을 것이다. 축구경기를 모두 취소하는 건 악몽과도 같다. 나라면 1백 번이나 열리는 축구경기 일정을 다시 조정하는 일은 맡고 싶지 않을 것이다.

그때 문득 선수들이 신고 버린 축구화를 모두 보관하고 있다는 축구화 박물관이 떠오른다. 선수들이 거기 있는 신발을 신으면 될 것이다. 나는 마음이 놓여 아주 빠르게 움직이던 손을 내려놓는다. 기계에서 나는 소리 때문에 머리가 지끈거리고, 땀에 젖은 셔츠가 등에 달라붙어 끕끕하다. 점심시간을 알리는 신호음이 울리자 시원한 바람을 쐬려고 밖으로 나간다.

햇볕이 쨍쨍 내리쬐는데 바깥에는 그늘 하나 없다. 너무 덥고 후텁지근해서 입맛이 당기지 않는다. 마침 로치도 함께 쉬게 되어 잠시 축구를 하자고 말한다.

"공이 없잖아." 로치가 맨체스터 유나이티드 티셔츠로 얼굴을 닦는다.

집에 가서 공을 가져오기에는 시간이 부족해서 공을 대신할 것을 찾아보려 주위를 둘러본다.

"이걸로 하자." 로치 쪽으로 플라스틱 병을 찬다.

"너무 더워."

"해보자, 로치. 네가 골문을 맡아. 저기에 서 있기만 하면 돼."

로치가 어깨를 한 번 들먹이고 우리는 공장 옆으로 돌아간다. 축구는, 발로 공을 차면서 하는 경기라 축구라는 이름으로 부른다. 축구공을 쓰는 것이 맞지만 빈 병이나 나무막대기, 돌을 쓸 수도 있다. 발로 찼을 때 움직이는 것이면 무엇이든 괜찮다.

측면이 둥근 플라스틱 병만 한 것이 없어서 그걸 쓰기로 했다. 로치가 큼직한 쓰레기통 앞에 서고, 내가 로치를 향해 페널티킥을 찬다. 나는 로치가 막는 공을 차는 걸 좋아한다. 로치가 파크리보다 키가 더 커서 슈팅을 하기가 훨씬 어려우니까.

모두 27개의 페널티킥을 차서 그중 15개의 골을 넣었다. 그리 많은 득점은 아닌 것 같지만, 플라스틱 병에 적응하느라 5

개를 날린 데다 사실 골대로 쓴 쓰레기통은 로치가 양팔을 벌리고 선 너비보다 조금 더 컸다. 로치가 막아낸 공은 4개뿐이고, 나머지는 골대를 빗나간 공으로 그리 많이 빗나가지도 않았다.

플라스틱 병이 15번째로 쓰레기통을 텅 하고 맞힐 때 신호음이 울린다. 나는 손끝으로 하트 모양을 만들어 레알 마드리드 배지가 있어야 할 가슴에 대고 톡톡 두들긴다. 로치는 바닥에서 플라스틱 병을 집어서 쓰레기통에 넣으려고 몸을 돌린다.

"야, 부디, 이리 와 봐."

로치 옆으로 가서 쓰레기통 속을 들여다보려고 발뒤꿈치를 세운다.

쓰레기통 안은 잘못 재단한 신발 갑피 조각들과 부러진 신발 밑창, 올이 풀린 색색가지 신발끈이 쌓여 크고 화려한 산더미를 이루고 있다. 그 산더미 속에 회색 누더기가 한 뭉텅이 있다. 그리고 그 회색 누더기 속에 사람이 있다. 그 사람이 팔꿈치 안쪽에 빈 유리병을 끼우고 있는데, 유리병을 갓난아기처럼 안고 있는 것 같다. 쓰레기통에서 플라스틱과 술 냄새가 훅 끼쳐서 고개를 돌리지 않을 수 없다.

나는 눈앞에서 보고도 믿기지 않는다는 듯이 로치를 쳐다본다.

"페널티킥을 그렇게 많이 찼는데 그 와중에 어떻게 잠을 잘 수 있지?"

로치가 다시 쓰레기통 속을 가만히 들여다본다.

"술에 취해서 그래. 저기요, 어르신. 괜찮으세요?"

노숙인은 꿈쩍도 하지 않는다. 로치가 옆으로 비켜서서 노숙인 얼굴에 햇빛이 내리비치도록 한다. 그래도 노숙인은 움직이지 않는다.

나는 로치에게 조금 더 가까이 간다. "이 사람…… 안 죽었지, 그치?"

로치가 허리를 숙이고 노숙인의 어깨를 잡고 흔든다. 노숙인이 몸을 움찔하면서 두 손으로 빈 유리병을 꽉 움켜쥔다.

"저리 가!" 그 남자가 소리를 지르는데 발음이 하도 불분명해서 뭔가 더 많은 말을 한 것처럼 들린다.

내가 로치에게 말한다. "이러다 늦겠어. 이 아저씨 이제 깨어났고, 괜찮은 것도 알았잖아. 얼른 가자."

"어르신, 쓰레기통에서 나오셔야 해요." 로치가 내 말을 못 들은 체하고 쓰레기통 속으로 손을 뻗는다. 노숙인은 여전히 빈 병을 끌어안은 채 몸을 움츠린다. 햇빛 아래서 충혈된 눈으로 초점을 맞추려 애쓰는 것 같다.

"우기다아아아아." 노숙인이 이렇게 말하며 빈 병을 입에 갖다 댄다.

로치가 답한다. "아직 우기 아니에요. 어르신, 여기서 나오셔야 해요. 그렇지 않으면 사람들이 쓰레기를 치우러 올 때 어르신 몸이 으스러져요. 아니, 그전에 햇볕에 구워지겠는걸요. 자,

어서 나오세요."

이제야 노숙인도 품에 끼고 있던 병이 텅 빈 걸 알아챈다. 두 번 다시 쳐다보지 않고 병을 버린다. 노숙인이 팔다리를 다 써 가며 간신히 구르듯 기어 나오자, 로치와 내가 노숙인을 끌어당긴다. 노숙인이 길바닥에 주저앉는 사이에 기름기 흐르는 긴 머리가 내 얼굴을 훑고 지나간다.

"안 좋아 보여." 로치가 말한다.

나도 같은 생각이다. 노숙인이 금방이라도 토하거나 기절할 것 같다.

로치가 말을 잇는다. "아무튼 쓰레기통에서는 나왔으니까. 이제 우리 진짜 들어가야겠다."

"잠깐만." 갑자기 뭔가가 떠올랐다. 나는 주머니를 뒤져 돈을 찾아낸다. "금방 올게."

"어디 가는데?" 로치가 내 등 뒤에서 외친다.

나는 공장 옆으로 돌아나가 처음 보이는 노점상으로 간다. 내가 돈을 보여주며 주문을 하자, 노점상 주인이 뜨거운 냄비 아래쪽에 둔 얼음통에서 생수를 한 병 꺼낸다. 나는 돈을 건네고 서둘러 로치가 기다리는 곳으로 달려간다. 그새 노숙인의 미끄덩거리는 토사물이 로치의 다리를 뒤덮고 있다. 로치가 구역질을 하지 않으려 안간힘을 쓰고 있다.

"여기요." 노숙인에게 물을 건넨다.

노숙인이 처음으로 내 눈을 똑바로 쳐다본다.

"고맙다." 노숙인이 물병을 받아들고서 단 세 모금에 물을 반 병이나 비운다.

"몸조심하세요." 내가 말을 끝내기 무섭게 로치가 나를 잡아끈다. 조금 늦었지만 눈에 띄지 않고 그냥 넘어가기를 바라며 부리나케 달려 각자 작업대로 돌아온다. 그러나 공장장은 신 같다. 모르는 것이 없다.

"너희 둘, 이 게으른 돼지들아!" 공장장이 내 뒤통수를 갈긴다. "너희는 뭔데 5분을 더 쉬는 거야. 한 번만 더 이런 짓을 하면 영원히 쉬게 해주지, 알았어?"

"네, 어르신."

"좋아, 이제 일해!"

나는 새로 바느질할 신발 갑피를 집어 들려다 회초리가 공중을 가르는 소리에 그대로 멈춰 선다. 곧이어 소름 끼치는 충격이 찾아온다. 엄청나게 높은 곳에서 툭 떨어진 듯한 충격. 그 다음에 통증이 찾아온다. 바늘 구덩이에 떨어진 듯한 통증.

공장장이 소리친다. "로치! 내일은 그 셔츠 입고 오지 마. 현장 점검 있다! 위에서 그 셔츠 보면 안 좋아한다. 그 대가를 치르는 건 나니까!"

그리고 또다시 회초리가 덮친다.

"네, 어르신." 로치가 아파서 인상을 쓰며 답한다.

공장장은 오후 내내 위층 통로에 서서 로치와 나를 쏘아본다. 저녁때 일이 끝나자 얼마나 반갑던지.

집으로 오는 길에 나는 로치에게 갑자기 현장 점검을 하는 이유가 무엇일지 묻는다.

"어제 그 공장처럼 우리 공장이 무너질까 봐 그러는 걸까?"

내 물음에 로치가 고개를 설레설레 젓는다. "위에서 그런 걸 걱정하는 건 한 번도 못 봤어. 지난번에 점검을 받을 때 보니까 생산 라인이 얼마나 빠른지에만 관심이 있던걸. 그때 너무 느리다는 이유로 사람들을 많이 해고했잖아. 기억 안 나?"

당연히 기억난다. 남자처럼 옷을 차려입은 백인 여자가 손에 클립보드를 들고 공장장과 함께 돌아다녔다. 그 여자는 자기 마음에 안 드는 뭔가, 또는 누군가를 발견하면 손에 든 펜으로 가리키고는 클립보드에 뭐라고 적었다. 현장 점검이 있을 때면 공장장은 끊임없이 허리 숙여 인사하고 미소를 짓는다. 그리고 우리한테도 자기처럼 똑같이 하라고 한다.

문득 내일 로치에게 왜 그 맨체스터 유나이티드 셔츠를 못 입게 하는지 궁금했다.

"점검 나오는 조사관이 맨체스터 시티 팬인가? 아니면 리버풀? 아니면 아스널?"

맨체스터 유나이티드에게는 최고의 경쟁상대가 많다.

"아니야, 상표 때문일 거야. 그 상표가 마음에 안 들 테니까."

로치가 뇌물을 받은 걸까.

"그렇지만 너는 축구선수가 아니니까 문제될 게 없잖아."

로치가 어깨를 으쓱한다. 그 일 때문에 진짜 기운이 빠진 것 같다. 어쨌든 로치가 가장 좋아하는 셔츠이니까.

"걱정 마. 내일만 지나면 다시 입을 수 있잖아."

그 순간 로치를 기분 좋게 해줄 진짜 좋은 생각이 떠올랐다.

"사람들이 이야기하는 임금 인상에 대해 들었지?"

"응."

"입을 꾹 닫고 있으려고 했는데, 그때 여윳돈이 생기면 돈을 가능한 한 많이 모아서 키어런 웨이크필드가 뛰는 베르나베우에 갈 계획이야. 내가 돈을 충분히 모으면 너도 같이 가자. 거기 가면 벨몬테 이름이 적힌 레알 마드리드 셔츠를 새로 사줄게."

보아 하니 내 생각이 별로 안 좋은 모양이다. 로치가 아까보다 더 풀죽은 표정이다.

"부디, 너는 그만한 돈을 절대 못 모아."

"열심히 모으면 돼. 임금이 인상되면 우리가 한 주에 280,000 루피아쯤 받게 되잖아. 키어런 웨이크필드는 360,000유로밖에 안 받아."

로치가 걸음을 멈춘다. 그리고 나를 보고 얼굴을 일그러뜨린다.

"부디, 유로는 루피아보다 가치가 훨씬 커. 달러나 파운드처럼."

나도 얼굴을 일그러뜨린다. "그게 무슨 말이야?"

"자. 나랑 같이 가. 보여줄게."

우리는 말없이 로치네 집으로 간다. 로치네 집에는 생전에 아빠가 영업사원으로 일할 때 쓰던 전자계산기가 있다. 버튼이 몇 개 빠지긴 했어도 아직 멀쩡하다.

로치가 찬장 안을 한참 뒤지더니 계산기를 찾아낸다. 나는 계산을 잘하는 로치가 알아서 하도록 기다리고만 있다. 로치 말로는, 1유로는 16,500루피아와 똑같은 가치가 있다고 한다.

"키어런 웨이크필드가 한 주에 360,000유로를 번다면 말이야……."

로치가 계산기 화면을 내게 보여준다. 화면에 나온 숫자를 읽지 못하지만 이렇게 생겼다.

5,940,000,000

"59억 4천만 루피아야." 로치가 말한다.

"한 주에?"

로치가 고개를 끄덕인다.

엄청난 돈이다. 축구선수가 부자라는 건 내내 알았지만 '그렇게' 부자인 줄은 몰랐다. 언젠가 로치가 10억이라는 수에 대해 말한 적이 있는데, 하늘에 떠 있는 별의 수를 설명할 때였다. 10억은 엄청 크다.

로치가 말없이 계산기의 버튼을 여러 번 누르더니 자기 머리를 긁는다.

"확실하지 않지만, 우리가 한 달 동안 버는 돈을, 키어런 웨이크필드는 백 초만에 버는 것 같아."

우리는 그 계산기가 고장이 났을 거라고 결론을 내린다.

100초만에 할 수 있는 일 11

1. 잠자리에서 빠져나와 옷 입기
2. 아침식사
3. 집에서 공장까지 뛰어가기
4. 신발 한 짝의 갑피를 바느질하기
5. 두 켤레의 운동화에 끈을 꿰기
6. 공장에서 화장실 가기
7. 열 켤레의 신발에 안창 넣기
8. 열다섯 켤레의 신발을 상자에 넣어 포장하기
9. 공장에서 집까지 뛰어가기
10. 저녁식사
11. 옷 갈아입고 잠잘 준비하기

꿈꿀 수 있다면

공장장이 정장을 차려입었다. 너무 큰 재킷이 어깨 아래로 축 늘어져 있어서인지 마치 어른 흉내를 내는 아이처럼 보인다. 몇 분마다 한 번씩 얼룩진 손수건으로 얼굴에서 땀을 닦아낸다. 줄줄이 늘어선 작업대 사이를 누비고 다니면서 트집 잡을 사람을 계속 찾아내고, 잠시라도 일감에서 눈을 떼는 사람한테는 고함을 질러댄다.

보통은 조사관이 약속 시간보다 늦게 온다. 또는 아예 안 나타나거나. 한 번은 조사관이 올 거라는 기대를 포기하지 못하고 공장장이 2주 내내 정장 차림으로 출근한 적이 있다.

그런데 오늘은 어쩐 일인지 조사관이 일찍 왔다. 철제로 된 출입문을 두들기는 소리가 크게 울리자, 공장장이 마지막으로 우리를 쏘아본 다음 문을 연다.

보통은 공장장이 아주 좋아하는 사람을 마중하듯이 황급히 달려나가 조사관을 맞이한다. 그리고 악수를 청하며 허리 숙여 인사하고, 조사관을 공장 안으로 안내한다.

그런데 오늘은 어쩐 일인지 공장장이 문 앞에 말없이 서 있다. 공장장이 저 혼자서 넘어질 뻔하다가 옆으로 비켜서고 나서야 우리는 그 이유를 안다.

한 사람이 아닌 한 무리, 그러니까 열 사람이 공장 안으로 들어서더니 벽을 따라 늘어선다. 딱 봐도 조사관이 아니다. 백인이 아닌 인도네시아 인이고, 정장 대신 군복을 입고 있으니까.

마지막 군인이 들어오고 나자, 베레모를 쓰고 콧수염을 기른 사람이 문을 닫고 군인들을 향해 구령을 외친다. 그 사람이 분명 지휘관일 것이다. 군인들 여덟 명이 동시에 방향을 돌리더니 소총을 어깨에 올리고 작업장 가장자리를 따라 행진하듯 걸어간다. 군인 두 명은 총을 가슴께에 올리고 문 옆에 서 있다. 그런 광경을 보느라 많은 노동자들이 일을 중단한 탓에 군인들이 군홧발로 콘크리트 바닥을 쿵쿵거리며 걷는 소리가 내 귀에도 들린다.

군인들이 작업장 안을 행진하고 나더니 공장장 사무실로 이어지는 계단을 타고 올라간다. 지휘관은 군인들 뒤에서 천천히 걸어가며 공장장에게 손짓으로 따라오라는 신호를 보낸다. 군인들이 위층 통로에 올라서서 발을 구르고, 공장장이 종종거리는 걸음으로 그 옆을 지나가 자기 사무실의 문을 연다. 지휘관이 작업장을 한 번 내려다보더니 통로에 군인들 다섯을 남기고 남은 세 명은 사무실 안으로 데리고 들어간다. 모든 노동자들이 무슨 일이 있는 걸까 궁금해서 험악한 표정의 군인들을 올려다본다.

천천히 우리는 다시 일을 시작한다.

몇 분 뒤 사무실 문이 열리고, 군인 한 명이 종잇조각을 든 채 성큼성큼 위층 통로로 나온다. 모두 일손을 멈추자, 그 군인이 누군가의 이름을 큰 소리로 부른다. 공장 안이 쥐죽은 듯 조용해진다.

기계 돌아가는 소리도 들리지 않고.

종이 부스럭거리는 소리도 들리지 않고.

작업을 지시하는 소리도 들리지 않고.

그때 의자가 바닥에 긁히는 소리가 나더니 저쪽 끝에서 누군가가 일어나 이쪽으로 걸어와 군인들이 있는 위층을 향해 계단을 올라간다. 여자는 완전히 겁에 질린 모습이다. 그 여자가 사무실 거의 앞까지 갔을 때 공장장이 나와 소리를 빽 지른다.

"일 계속해!"

모두 맡은 일을 하려 바삐 움직이지만 실은 아무도 일에 집중하지 않는 게 보인다.

공장장이 겁에 질린 여자를 뒤따라 사무실 안으로 들어간다. 우리 모두 위층을 올려다보느라 차츰 재봉틀의 바늘이 멈춘다. 군인들이 소총을 만지작거리며 내 귀에는 들리지 않게 농담을 주고받는다. 그중 한 명이 총을 겨누고 작업장을 향해 총알을 퍼붓는 시늉을 한다. 나머지 군인들이 웃음을 터뜨린다.

일 분도 안 되어 사무실 문이 열리더니 그 여자가 빠르게 내려와 자기 작업대로 돌아간다. 모두 다시 일하는 척하느라 갑자기 재봉틀 돌아가는 소리가 커진다. 군인 하나가 또 다른 이름을 부르자, 나머지 군인들이 진지한 표정으로 자세를 똑바로 한다. 이번에는 자그마한 노인이 일어나 느릿느릿 사무실 쪽으로 걸어간다. 평생토록 재봉틀 앞에서 등을 구부리고 앉아 있었을 것 같은 모습이다.

노인이 들어가고 사무실 문이 닫히자마자 안에서 다투는 소리가 들려온 바람에 다시 재봉틀 소리가 잠잠해진다. 사무실 안에서 한꺼번에 떠들어대는지 목소리가 점점 커진다. 곧이어 비명소리와 쿵 하는 소리가 들린다. 그리고 사무실 문이 열리고 군인 둘이 노인을 부축하고 나타난다. 노인은 입가에 피가 흥건하고, 머리가 축 늘어져 이리저리 흔들린다. 군인들이 양쪽에서 붙잡고 내려오는데 노인의 정강이가 계단에 계속 부딪친다. 노인이 가냘픈 신음소리를 낸다.

재단기 옆에서 일하는 할리임이라는 덩치 큰 남자가 이 일에 끼어들려고 앞으로 나온다. 위층 통로에서 군인들이 소총을 치켜들고 할리임에게 쏘겠다며 위협한다.

"그래, 죽여 봐, 이 겁쟁이들아!" 할리임이 두 팔을 벌리며 소리친다.

작업장 여기저기서 웅성거리기 시작한다. 그리고 또 다른 사람이 나서서 지금 무슨 일이 벌어지고 있는지 말해 달라고 요구한다. 잠시 후 지휘관이 사무실에서 나와 공중으로 권총을 치켜들고 나서야 혼란이 가라앉는다. 더 이상 문제를 일으키지 않도록 누군가가 할리임을 잡아당긴다.

노인을 부축한 군인 둘이 공장 출구로 가더니 문을 열고 노인을 밖으로 던져버린다. 그리고 문을 닫은 뒤 다시 위층 사무실로 올라간다. 공장장이 우리에게 계속 일하라고 소리친다.

그러고는 또다시 똑같은 일이 벌어진다. 이름을 부른다. 누군가가 천천히 계단을 올라간다. 일 분 뒤 사무실에서 사람이 나온다. 또 다른 이름을 부른다.

새로 이름이 불릴 때마다 누군가가 내 몸속에 난 상처를 금방이라도 건드릴 것 같다.

마지막에 보니 딱 한 사람이 더 길거리에 던져졌다. 할리임. 할리임을 진압하기 위해 군인들 넷이 달려들었다. 할리임이 몸부림을 치자, 군인들 넷이 끌다시피 해서 출구까지 데려갔다. 그동안 군인 하나는 소총 개머리로 할리임을 계속 찔러댔다.

틀림없이 스무 명의 이름이 불리고 난 다음 군인이 내가 아는 이름을 부른다.

내 이름이다.

로치를 쳐다보니 방금 불린 게 자기 이름이라도 되는 표정으로 나를 보고 있다.

"빨리 와!" 군인이 소리친다.

나는 비틀거리는 걸음으로 계단을 올라간다. 모두 나를 지켜보고 있는 게 느껴진다. 속이 울렁거린다. 승부차기를 하려고 중앙선에서부터 걸어가는 기분이 틀림없이 이와 같을 것이다. 위층 통로에 서 있는 군인들 옆을 지나가는데, 그중 한 명이 나를 보고 얼굴을 찡그린다. 얼른 눈을 내리깔고 내 발을 내려다본다. 사무실 안으로 들어가자, 등 뒤에서 문이 닫히는 소리가 들린다.

공장장의 사무실에 들어와 보는 건 이번이 처음이다. 이제 보니 왜 공장장이 늘 아래층 작업장에서 어슬렁거리고 다녔는지 알겠다. 나 역시 여기에 오래 있기 싫을 것 같다. 사무실 한 구석에는 죽은 식물이 있고, 다른 한구석에는 쓰레기가 넘쳐흐르는 쓰레기통이 있고, 한가운데에 책상이 있다. 공장장이 이상한 표정으로 책상 앞에 앉아 있다. 군인 셋은 책상 뒤쪽 벽에 등을 기대고 서 있고, 지휘관은 두툼한 엽궐련을 물고 책상 옆에 서 있다.

공장장이 손으로 맞은편 자리를 가리킨다. 바닥에는 핏자국이 조금 보인다.

"앉아라, 부디."

공장장이 이렇게 친절하게 말한 것은 난생 처음이다. 나는 자리에 앉는다.

"이 서류에 네 이름을 적기만 하면 돼."

코 옆으로 땀이 흘러서 그러는지 공장장이 눈을 씰룩거린다. 땀에 젖은 얼굴이 형광등 불빛을 받아 번들거린다. 할머니가 보면 공장장이 엘비스처럼 땀을 흘린다고 할 것이다. 듣자 하니 엘비스는 무대에서 노래를 부를 때 정말로 더위를 많이 탔던 것 같다. 할머니가 스크랩해둔 잡지를 보여준 적이 있어서 안다. 그렇게 땀을 많이 흘리는 사람이 그만큼 인기가 많을 수 있다니. 나는 책상 위에 놓인 서류를 내려다본다.

"뭐라고 쓰여 있는데요?"

공장장의 표정이 바뀐다. 입술이 살짝 벌어지고, 눈썹이 하나로 이어진다.

"부디, 서명만 하면 돌아가서 일할 수 있어."

나는 서명이 없어서 머뭇거린다. 이제껏 서명을 해야 할 일이 한 번도 없었다. 그때 책상 위에 놓여 있는 사진이 눈길을 끈다. 아주머니와 어린아이 둘이 들어 있는 사진이다. 동물원에서 찍은 것 같다. 세 사람 뒤에 동물 우리가 있고 그 안에 뭔가 있는 것 같아 가까이 몸을 숙이는데, 그 순간 누군가가 주먹으로 책상을 쾅 내리친 바람에 사진이 앞으로 넘어진다. 눈으로 그 주먹을 따라가 보니 군복 소매가 나오고, 내 머리 위로 몸을 숙이고 있는 콧수염 달린 둥그런 얼굴이 나온다. 지휘관이 입에서 엽궐련을 빼더니 내 얼굴에다 담배연기를 내뿜는다.

지휘관이 나직이 말한다. "내 말 믿어라. 너는 그 서류에 서명을 하고 싶을 거야."

내가 기침을 한 번 한다. 공장장이 지휘관을 쳐다보며 손을 든다.

"서류에 서명할 겁니다. 괜찮을 겁니다." 그러고는 공장장이 나를 쳐다본다. "서명해라, 부디. 서류에는 네가 임금 인상을 바라지 않는다고만 쓰여 있어."

"하지만 저는 임금 인상을 바라는데요. 월급이 오르면 그 돈을 스페인에 가는 데 쓸 거거든요. 레알 마드리드가 베르나베우에서 경기하는 걸 보러 가려고요."

지휘관이 손가락 두 개로 엽궐련을 쥐고서 벽에 기대어 서 있는 군인들을 향해 고개를 돌린다. 지휘관이 미소를 짓자, 군인들이 웃음을 터뜨린다. 처음에는 슬쩍슬쩍 조용히 웃다가 곧 이어 터져 나오는 웃음을 주체하지 못한다. 공장장도 웃었지만 별로 재미있어 하지는 않는 것 같다. 나도 농담으로 한 말이 아니다. 마침내 군인들이 웃음을 그치고, 지휘관은 손등으로 눈가를 문지른다.

지휘관이 말한다. "재미있는 꼬마구나. 그거 좋은 생각이다."

공장장이 책상 위로 몸을 숙이더니 펜을 집어 든다.

"부디, 그냥 서명해. 부탁이다."

그 순간 내가 깨달은 건, 공장장이 내가 서류에 서명하기를 바라는 게 아니라는 것이다. 공장장은 내가 서류에 서명해야 한다고 여기고 있다. 나는 처음으로 공장장 위에 또 다른 공장장이 있다는 걸 알았다. 공장장의 회초리만큼이나 매서운 회초리를 지닌 또 다른 공장장. 나는 책상에 넘어져 있는 사진을 보면서, 지금 공장장은 자신이 해야 할 일을 하고 있을 뿐이라는 사실을 깨닫는다. 다른 사람들과 마찬가지로 버티면서 살아가고 있는 것이다. 공장장은 군인들의 명령을 따르고, 군인들은 지휘관의 명령을 따르고, 지휘관은 장군의 명령을 따른다. 그리고 그들 모두의 밑에서 그들 모두의 명령을 따르는 사람은 바로 나이다.

"부탁하마. 그냥 서명해라." 공장장이 말한다.

내게는 서명이 없다고 말하려는 순간 드디어 내가 한 말이 얼마나 우스꽝스러운지 알 것 같다. 그 계산기가 맞았다. 그리고 그때 내 가슴속 깊은 곳 어딘가에 새로 난 상처에서 처음으로 피가 흐르는 것을 느낀다. 그 피가 영원히 그치지 않으리라는 것을 이미 느낀다. 그 피가 결코 그치지 않으면서도 나를 죽게 하지는 않을 만큼만 흐르리라는 것을.

나는 손에 펜을 쥐고서 상상에 잠긴다. 그 군인들은 광팬들로부터 나를 보호하려고 여기에 와 있는 거라고. 그 서류는 내가 레알 마드리드에서 뛰는 조건으로 한 주에 360,000유로를 받기로 하는 계약서라고.

천천히, 조심스럽게, 키어런 웨이크필드의 서명을 떠올리며 서류에 그대로 그려본다.

내가 사무실에서 나오자 군인들이 다시 웃음을 터뜨린다. 나는 못 들은 체한다. 총을 갖고 있으면 그렇게 자기들 마음대로 아무나 비웃을 수 있겠지.

내 자리로 돌아오자, 로치가 무슨 일이 있었는지 묻는다. 우리가 인상된 월급을 받지 못할 거라고 말해 준다. 로치는 고개를 끄덕이고 하던 일을 계속한다.

내가 프로 선수로 성공할 수 있을 것 같은지 로치에게 물어본다.

"잘 모르겠는걸."

* * *

집에 와보니 엄마와 아빠가 다투고 있다. 아빠가 뒤돌아 앉아 식탁 위에 있는 뭔가를 가리키고 있는데, 그것이 무엇인지는 보이지 않는다. 엄마는 선 채로 허리에 양손을 짚고 고개를 가로젓고 있다. 울고 있는 것도 같다. 할머니는 안락의자에 푹 파묻혀 나달나달해진 바닥깔개를 멍하니 내려다보고만 있다. 내가 바로 앞에 있는데도 모르는 것 같다.

엄마가 소리를 지른다. "엘비스, 난 모르겠어! 우리한테 어쩌라는 건지 도무지 모르겠다고!"

"나쁜 소식이야. 틀림없어. 당신도 알겠지만 그자들이 이리로 올 거야."

엄마가 고개를 홱 돌린다. "그런 말 마!"

"하지만 사실이야!"

"우리가 할 수 있는 일은 없어? 드래곤을 찾아가 봤으면 어땠을까?"

"안 된다." 할머니의 목소리이다. 어떤 고함소리보다 더 큰 충격을 주는 아주 조용한 목소리. 할머니는 여전히 방바닥을 빤히 내려다보고 있다. 바닥깔개 무늬에 홀리기라도 한 것 같다. "우리는 아무데도 안 간다. 그자들이 이리 와야 한다면 오라고 해라."

엄마 아빠가 할머니 쪽으로 고개를 돌린 순간 문 옆에 서 있는 나를 발견하고는 눈이 휘둥그레진다. 아빠는 식탁 위에 있는 뭔가를 감추느라 서두르고, 엄마는 눈가를 훔치며 억지로 웃음을 짓는다.

"부디, 언제부터 거기 서 있었니?"

나는 엄마가 묻는 말은 못 들은 체한다. "무슨 일 있어요?"

아빠가 어깨 너머로 나를 뒤돌아본다, "일은 무슨 일, 아무 일 없다. 밖에 나가서 잠깐 놀다 와라. 지금 어른들끼리 할 이야기가 있거든."

나는 어리다는 이유로 따돌림을 당하는 게 정말 싫다. 오늘 벌써 어른들만의 대화에 끼었다는 사실을 세 식구가 알면 좋으련만. 나는 가슴에서 치밀어 오르는 화를 참느라 두 주먹을 불끈 쥔다. 공장에서 있었던 일을 말하고 싶지만 꾹꾹 억누른다.

이를 앙다문 채 말한다. "그건 놀이가 아니에요. 훈련이라고요."

"이런 이야기할 시간 없어!" 아빠가 소리를 버럭 지르며 주먹으로 식탁을 쾅 내리친다. 아빠가 자리에서 일어서는 틈에 나한테 감추려고 한 뭔가를 얼핏 보고 만다. 접혀 있는 신문이다. 다만 아빠가 왜 그걸 감추려 하는지는 모르겠지만.

"저도 무슨 일이 있는지 알고 싶다고요!" 나도 아빠한테 소리치듯 말한다.

"그런 식으로 말대꾸하지 마라! 이건 가족 문제야! 네가 상관할 일이 아니라고! 이제 내 말대로 해!"

나는 입이 딱 벌어진다.

어떻게 가족 문제가 내가 상관할 일이 아니라는 거지?

아빠가 그렇게 말해놓고 벌써 후회하고 있다는 걸 알지만, 나는 아빠의 사과를 듣는 대신 집에서 뛰쳐나가 미로 같은 골목길로 달려간다. 아무도 나를 찾지 못하게 이리저리 방향을 바꾸며 달린다. 분노와 울음으로 머리가 무지근해져서 지금 어디로 가고 있는지도 모르겠다. 내가 아는 건, 도망치고 싶다는 것뿐이다. 분노가 가라앉지 않아 달리기를 멈출 수 없다. 하지만 아무리 멀리 도망쳐도 아빠가 한 말이 처음 들었을 때처럼 귀에 쟁쟁 울린다.

복잡하던 뒷골목이 차츰 넓어지고, 도로 양쪽의 건물들이 차츰 높아진다. 건물 창문들에는 유리가 끼워져 있다. 건물 벽은 새로 칠해져 있다. 건물에 들어찬 방마다 전깃불이 훤하게 켜져 있다. 그리고 저 앞쪽 부자 동네에 있는 고층빌딩들이 컴컴해진 하늘을 배경으로 눈부시게 반짝이고 있다. 멀리까지 도망쳐 온 것이 분명하다.

큰길을 따라 끝까지 가보니 건물들이 사라지고 대신 조명이 훤히 밝혀진 널찍하고 네모난 공간이 나온다.

곧바로 내 발이 나를 어디로 데려왔는지 알아챘다.

축구 학교.

더 가까이 가보니 고함소리가 들린다. 누군가가 응원의 박수를 치고, 축구공이 바닥에 쿵 하고 사뿐히 떨어지자 환호성이 뒤따른다. 나는 경기장을 둘러싸고 있는 철조망에 손가락을 걸고 머리를 기댄다.

조명이 켜진 경기장 바닥은 잔디가 무성하고 예쁘고 평평하고 번드르르하다. 지난 몇 달 동안 비가 오지 않았는데, 잔디가 어쩌면 이렇게 촉촉할까. 잔디의 물기 때문에 반짝거리는 축구공이 이쪽 신발에서 저쪽 신발로 미끄러지듯 굴러간다. 신발에서도 윤기가 나는데, 내가 공장에서 만든 샛노란 색과 연두색과 밝은 주황색이 섞인 운동화가 한눈에 들어온다.

잔디밭에서 축구를 하면 어떤 느낌일까.

선수들은 로치와 나이가 비슷한 것 같다. 열네 살이나 열다섯 살. 하지만 어른들만큼이나 덩치가 크고 튼튼해 보인다. 윙어 중 한 명이 저쪽에서 달려가자 미드필더가 쫓아간다. 윙어가 바닥에 넘어지는 소리가 내가 있는 곳까지 들린다. 설마 발목을 움켜쥐고 바닥을 뒹구는 건 아니겠지. 윙어는 일 초도 안 되어 일어나서 다시 공을 쫓아간다.

터치라인에서는 호루라기를 목에 두른 남자가 메모장에 뭔가를 쓰고 있다. 그 남자도 뇌물을 받은 게 틀림없다. 신발이며 운동복이며 야구모자까지 모두 똑같은 상표로 뒤덮여 있는 걸 보면.

나머지 선수들보다 몸집이 훨씬 작은 선수 하나가 수비수들을 향해 질주한다. 축구공을 자기 발 가까이 붙인 채 이리저리 방향을 바꾸면서 수비수들을 차례차례 제친다. 그 선수가 페널티 박스 안으로 달려들자, 골키퍼가 마크하려고 달려 나온다. 그 선수와 같은 팀의 한 선수가 비어 있는 대각선 방향으로 공을 패스하라고 재촉한다. 그러나 그 작은 선수는 슛을 날리고 골키퍼가 막아낸다.

"얘, 아가, 뭐 하고 있냐?" 누군가의 목소리가 들린다.

철조망을 따라 눈을 돌리니 이쪽으로 오고 있는 노인이 보인다. 지저분한 작업복을 입고, 한 손에는 자루를 들고, 다른 한 손에는 기다란 관을 들고 있다. 몇 걸음마다 한 번씩 멈추고 기다란 관을 흔들어서 바닥에 뭔가를 뿌린다. 놀랍게도 노인은 새로 나온 축구화를, 그것도 정품으로 신고 있다. 축구를 하기에는 나이가 너무 많아 보이는데.

노인이 몇 걸음 떨어진 곳에 멈춰 선다. "뭘 하고 있는지 물었을 텐데."

"그냥 경기를 보고 있어요."

노인이 나를 노려보다가 금세 경기장으로 고개를 돌린다. 아까 그 작은 선수가 자기 팀 페널티 구역에서 밖으로 공을 몰아가고 있다.

"저 아이는 언젠가 유명해질 거야." 노인이 말하는 사이에 작은 선수가, 다른 선수가 뻗은 다리 위로 뛰어 넘어간다. 노인이 작은 선수를 보며 고개를 끄덕인다. "최고 선수 중 하나이지. 빅터, 저 아이 이름이란다. 기억해 두렴."

나는 고개를 가로젓는다. "저 선수는 공을 패스하는 법을 배우지 않으면 절대로 최고가 못될 거예요."

노인이 눈썹을 치켜올린다. "그러니까 네가 축구 전문가라 이거구나, 엉?"

나는 어깨를 으쓱한다. "전문가가 아니라도 알아요. 축구는 단체 경기잖아요. 협력을 잘하는 선수라야 되는 거예요."

빅터가 덩치 큰 수비수 두 명한테 밀려 공을 놓치고 바닥에 넘어진다. 그리고 어깨를 움켜쥐고 데굴데굴 구른다. 하지만 아무도 자신에게 관심을 보이지 않자 자리에서 일어나 천천히 중앙선 쪽으로 달려간다.

"그런데요, 어르신은 여기서 뭘 하세요? 그리고 그 신발은 어디서 났어요?"

노인이 웃음을 터뜨린다. "내가 여기 경기장 관리인이다. 그리고 이 신발은 나를 고용한 주인한테서 받았지. 경기장을 보호하려면 이 신발을 신어야 한단다. 이런 것들도 마찬가지야." 노인이 자루와 기다란 관을 들어 보인다. "내가 잘 가꿔놓은 잔디를 좋아하는 해충들이 많거든. 쥐들은 굴을 파서 집을 짓고 싶어 하지. 고양이들은 사방에 구멍을 파서 똥을 누고 싶어 하고. 그래서 지금 경기장 둘레에 독약을 놓는 중이다."

"그 자루는 뭐예요?"

노인이 자루의 불룩한 아래쪽을 톡톡 친다.

"그건 네가 직접 알아봐라."

경기장 바닥에서는 빅터가 또다시 데굴데굴 구르고 있다. 이번에는 정강이를 움켜잡고 있다.

"어떻게 하면 잔디가 저렇게 되는 거예요?"

"물 덕분이지. 많은 물. 그리고 인내심. 보기 좋지, 그렇지?"

나는 고개를 끄덕인다. "축구하기에는 훨씬 더 좋을 것 같네요."

경기장 관리인이 미소를 짓는다. "네 실력이 여기 아이들과 겨뤄볼 만하냐?"

"모르겠어요." 나는 철조망을 더 세게 움켜쥔다. "하지만 상관없어요. 저한테는 꿈도 못 꿀 일이거든요."

"네 실력이 충분하다면 돈은 하나도 안 들어. 여기 아이들 중 몇 명은 빈민가 출신인걸. 후원을 받아서 여기서 훈련을 받는 거지."

"하지만 저는 일을 해서 가족을 도와야 해요. 우리 할머니가 약이 많이 필요하거든요."

경기장 관리인이 하품을 한다. "얘야, 잘 들어봐라. 나는 여기서 일한 지 오래됐어. 그래서 축구 학교를 거쳐 간 아이들을 많이 봤지. 그중 일부는 프로 선수가 됐어. 일부는 못 됐고. 그런데 성공한 아이들한테는 한 가지 공통점이 있더구나."

노인이 말을 멈춘다. 그 공통점이 뭔지 내가 맞혀보기를 바라는 것 같다.

"진짜 재능을 타고난 아이들이었어요?"

"아니었다. 마음가짐이 좋은 아이들이었단다. 네가 빅터를 두고 한 말이 맞을지 모르겠다." 노인이 여전히 바닥에서 뒹굴고 있는 작은 아이를 건너다본다. "빅터는 실력이 뛰어나서 충분히 성공할 거야. 하지만 좋은 마음가짐을 익히지 못하면 승산이 없어."

"하지만 우리 집은…… 누군가 후원해 주기 전까지 여기 다닐 돈이 있다면……."

"얘야, 그런 말은 수없이 들었어. 분명히 너희 집에서는 네가 돈을 벌어야 한다고 할 테지. 하지만 언제나 길이 있는 법이란다. 아까 말했듯이 나는 오랫동안 이 경기장 둘레에 독약을 놓았어. 그런데 이 잔디밭에서 쥐가 파놓은 구덩이를 몇 개나 찾았는지 아냐? 고양이 똥을 몇 개나 집어냈는지 알아? 하나도 없었다. 모두 첫 번째 장애물 앞에서 쓰러지더구나. 그래서 결국은 모두 이 자루 속으로 들어오지. 쥐는 왜 경기장 밖에서부터 굴을 파 들어오지 않는 걸까. 고양이는 왜 독약 놓은 데를 뛰어넘지 못하는 걸까. 그건 바로 쥐나 고양이가 자기들이 바라는 게 뭔지는 알지만, 자신들 앞을 가로막는 게 뭔지는 모르기 때문이지.

"네가 능력을 발휘하려는 순간 네 앞을 가로막는 건 늘 있을 거다. 어떤 일이 생길 수도 있고, 누군가가 네 앞길을 막을 수도 있어. 축구장에 철조망을 손보는 사람이 늘 있고, 골문에 골키퍼가 늘 있듯이 말이다. 네가 할 일은, 그 골키퍼 너머를 쳐다보는 거란다."

경기장 관리인이 숨을 크게 내쉬며 자루를 어깨에 둘러멘다. 그리고 발밑 잔디에 작은 알갱이를 뿌린다.

"꿈꾸는 사람이라면 가끔 악몽에 시달리게 되어 있어. 다만 꿈에서 깨어나고 싶을 정도로 겁을 먹지는 말아야지."

노인이 미소를 띤다. "자, 이만 가거라. 이 자루에 들어가지 않으려면."

나는 집을 향해 발걸음을 옮긴다. 얼마 안 가 도로가 좁아지더니 양쪽으로 허물어져 가는 건물들이 몰려온다. 축구 학교의 환한 불빛은 희미한 길거리 모닥불로 바뀌었다. 쓰레기 타는 냄새 때문에 코가 맵긴 하지만 숨을 깊이 들이쉬자 기분이 한결 나아진다.

집까지 그리 멀지 않은 어느 건물 입구에서 남자아이 하나가 몸을 웅크리고 누워 엄지손가락을 빨고 있다. 그 옆을 지나는데 뭔가가 내 시선을 잡아끄는 바람에 걸음을 멈춘다. 한 남자아이가 신문지를 깔개 삼아 자고 있는데, 내뻗은 손 밑에 내가 아는 사람의 사진이 실려 있다.

아빠다.

하지만 내가 이제껏 봐 온 아빠 모습이 아니다. 사진 속의 아빠는 좀 못돼 보이고, 신문 1면에 실린 두 눈은 속이 텅 빈 시커먼 구멍 같다.

아주 약한 바람이 불어 신문지가 바스락거리자 사진 속 얼굴이 살아나는 것 같아 온몸이 오싹해진다. 펄럭거리는 신문지 위에서 남자아이가 몸을 뒤척거리고, 나는 후닥닥 뛰기 시작한다. 뒤도 돌아보지 않고.

모퉁이를 돌아선 순간 아빠와 충돌할 뻔했다. 심장이 튀어나오는 줄 알았다.

"부디, 여기 있었구나!" 아빠가 나를 꽉 끌어안는다. "미안하다, 아들. 너무 흥분해서 마음에도 없는 말을 했어." 아빠가 끌어안은 팔을 풀고 내 얼굴을 빤히 들여다본다. "어디 갔었니? 안색이 창백하구나. 너, 괜찮아?"

어둠 속에서 보니 아빠의 두 눈이 꼭 속이 텅 빈 시커먼 구멍 같다.

나는 가까스로 고개를 끄덕인다. "괜찮아요. 피곤해서 그래요."

"어서, 집에 가자."

엄마와 할머니가 나를 보고 안도의 숨을 내쉰다. 두 사람에게 차례로 안기고 나서 잠자리에 든다.

침대에 풀썩 누운 나는 그 모든 상황을 파악해 보려 머리를 짜낸다. 왜 아빠가 신문에 나왔을까? 사진이 신문에 실릴 때는 그 주인공이 진짜 좋은 일을 했을 때뿐이다.

아니면, 진짜 나쁜 일을 했을 때이거나.

그렇다면, 아빠가 진짜 좋은 일을 했다면 왜 그렇게 못돼 보이는 사진을 실었을까? 문득 아빠가 최근 저녁마다 잔업을 한 일이 떠오른다. 정말로 아빠는 늦게까지 일을 한 걸까? 아니면 뭔가 다른 일을 한 걸까? 뭔가 불법적인 일을 한 걸까? 많은 사람이 부수입을 올리려고 안 좋은 일들을 하긴 하지만, 우리 아빠가 그럴 수 있다는 생각은 한 번도 해보지 않았다.

눈을 감는다. 잠이 온다. 꿈을 꾼다.

바로 그 악몽이다.

불행은 한 번에 찾아온다

깜깜하다. 내 방에 사람들이 있다. 남자들. 소리를 지르고 있다. 남자들이 손을 뻗어 누워 있는 나를 잡아채더니 고함소리와 울부짖음이 더 크게 울리는 방으로 끌고 간다. 손전등이 벽 여기저기를 비춘다. 침을 질질 흘리며 제 몸을 묶은 줄을 물어뜯는 개의 주둥이. 방 안을 구불구불 돌아다니는 검은 그림자들. 내 두 손이 등 뒤로 잡아당겨진다. 묵직한 신발이 내 무릎을 짓누르는 바람에 나는 바닥에 고꾸라진다.

"쏘지 마세요!" 하고 애원해 보려는데 아무 말도 나오지 않는다. 아니, 남자들과 개들이 질러대는 소리에 묻혀 들리지 않는다. 밖에서는 누군가 자동차에 시동을 걸고 출발하는 소리가 들린다.

이렇게 한다는 거구나. 한밤중에 찾아와 침대에서 끌어내고는 선택하게 한다고 했지. 무릎 꿇을래, 서 있을래?

"서 있을래요. 서 있고 싶어요." 내가 말한다.

"저 멍청한 새끼 입 뻥긋 못 하게 해." 누군가가 으르렁거리듯 말하자, 장갑 낀 손이 내 얼굴을 후려친다.

그러고 나서 나는 입을 꾹 다문다. 앞으로 고꾸라진 머리를 들지 않은 채 울음소리를 내지 않으려 안간힘을 쓴다. 어두워서 안 보이지만 지금 울고 있는 사람이 엄마인 건 알겠다. 할머니는 절대 울지 않으니까.

"여기도 입 뻥긋 못 하게 해." 이렇게 말하는 목소리를 어디선가 들어본 것 같다.

곧이어 장갑 낀 손이 엄마의 얼굴을 때리는 소리가 들린다.

내가 몸을 일으키려는데 누군가가 힘센 팔로 나를 뒤로 잡아당긴다.

"다 통제됐어?"

"네, 그렇습니다."

"불은 왜 안 들어와?"

"발전기가 죽은 것 같습니다."

"이거 참, 그럼 차에서 비상등 꺼내 와! 이 동네에서는 아무것도 믿어서는 안 된다니까. 그리고 그 개도 입 좀 막아. 안 그러면 순식간에 이웃사람들이 몰려들 거니까."

개에게 입마개가 씌워지고, 그 순간 방 안에는 나직이 흐느끼는 소리밖에 들리지 않는다. 잠시 후 현관문으로 뭔가가 끌려 들어오고 눈부시도록 환한 불빛이 방에 가득 찬다. 손을 들어 눈을 가리려는데, 뭔가가 손목을 찌르는 바람에 멈칫한다.

천천히, 눈부신 빛에 눈이 적응한다. 남자들 여섯 명이 방 안에 서 있는데, 그중 가운데 있는 남자에게 눈길이 간다. 허리에 양손을 짚은 남자는 그 경감이다. 배가 꽉 낀 제복을 입은 경감이 나부터 엄마, 할머니를 차례차례 훑어본다. 엄마는 저쪽 맞은편 식탁 옆에서 무릎을 꿇고 앉아 있다. 할머니는 안락의자에 앉아 있는데, 무릎 위에 놓인 두 손이 케이블타이로 묶여 있다. 할머니가 경감을 싸늘하게 노려본다.

"아빠는요?" 내 물음에 바로 옆에 있던 경찰관이 어떤 명령을 받을지 예상하고서 나를 내리치려고 손을 치켜든다. 그러나 경감이 손을 저어서 말린다.

"네 아버지는 심문을 받고 유치장에 갇혀 있다."

"왜요?"

이번에는 경감이 고개를 끄덕인다. 내 옆에 있는 경찰관이 손등으로 내 얼굴을 내리친다. 금세 뺨이 얼얼해진다.

엄마가 말한다. "괜찮아, 부디. 아무 일 없을 거야."

경감이 능글맞게 웃는다. "그건 두고 봐야 알지."

그때 문 밖 어둠 속에서 누군가가 나타난다. 나머지 경찰관들이 차렷 자세로 선다. 경감은 의자에 앉아 식탁 위에 발을 올린다. 식탁에서 끽끽거리는 소리가 난다.

경감이 여전히 능글맞게 웃으며 말한다. "들어와요, 형님, 쑥스러워 말고."

드래곤이 현관문을 들어선다. 드래곤의 금목걸이와 두 손에 두른 보석이 눈부신 불빛을 받아 번쩍거린다. 경찰견 옆을 지나쳐오던 드래곤이 잠시 서서 경찰견의 머리를 쓰다듬는다.

"묶은 것 풀어라." 드래곤이 고개도 들지 않고 말한다. 그 즉시 경찰관들이 서둘러 우리 손목에서 케이블타이를 잘라낸다. 나는 벌떡 일어나 쏜살같이 달려가 엄마와 할머니를 얼싸안는다. 분노와 안도감이 밀려든다.

"너희 둘은 차 안에서 기다려." 경감이 경찰관들에게 말한다. "나머지는 가도 좋아."

경찰관들이 줄줄이 밖으로 나가자, 드래곤이 자기 형제를 마주보고 식탁 앞에 앉는다. 모두 입을 다물고 있는 사이에 드래곤이 주머니에서 잎담배를 꺼내 씹기 시작한다. 경감은 자기 손톱 밑에서 뭔가를 파낸다. 두 사람이 엄마와 할머니 앞에서 도둑맞은 축구화 이야기를 꺼낼 거라 생각하니 뱃속이 뒤틀리는 것 같다.

마침내 할머니가 침묵을 깬다.

"지금 뭘 하는 거냐? 여기 와서 내 아들을 끌고 가다니 이게 무슨 일이냐?"

두 형제가 눈빛을 주고받더니 드래곤이 경감에게 대답하라고 손짓을 한다.

경감이 여전히 손톱을 만지작거리며 말한다. "아주머니가 잘 알다시피 아주머니한테는 아들이 둘 있잖아요."

내가 우연히 삼촌 이야기를 꺼낼 때처럼 할머니의 표정이 바꿜 줄 알았다. 하지만 할머니는 조금 전과 똑같이 두 사람을 빤히 노려보고만 있다.

경감이 말을 잇는다. "또한 아주머니가 잘 알다시피 두 아들 중 하나가 최근에 누사 캄방간 섬에서 도망을 쳤잖아요."

그 순간 신문에 실린 사진이 이해되었다. 아빠가 나쁜 일을 했을 거라 의심하다니, 내 몸속 상처를 칼날이 찌르는 것 같다.

할머니가 눈을 가늘게 뜨고 경감을 쳐다본다.

"그렇다면 자네가 잘 알다시피 엘비스는 완전히 결백하네. 그런데 왜 잡아두는 거야?"

"저기요, 죄수가 도망치면……." 경감의 말에 할머니가 몸을 살짝 떤다. "가족들한테 연락하는 게 아주 흔한 일이거든요. 대개 탈주범들은 부모가 자는 침대 밑이나, 자기 집 변소에 숨어 있다 붙잡힌단 말입니다. 오랫동안 갇혀 살다 보니 밖에 나가면 어떻게 해야 하는지 몰라서 그렇게 되는 겁니다. 그저 탈출 계획 세우는 데 상상력을 다 써버린 거예요. 그러니까 수감되기 전에 같이 생활하던 가족들한테 도움을 받는 거죠."

"아론한테서는 아무 소식 없었어." 할머니의 말에 나는 어리둥절해졌다. 그리고 잠시 후 아론이 삼촌 이름이라는 걸 알아챘다. 이걸 곧바로 몰라보다니 말도 안 된다. 엘비스 아론 프레슬리. (흔히 엘비스 프레슬리로 불리지만 이 유명한 스타에게는 '아론'이라는 중간이름이 있다. 부디의 할머니는 두 아들의 이름을 '엘비스'와 '아론'으로 지은 것이다_옮긴이)

"우리가 바로 그걸 수사하고 있잖아요." 경감이 미소를 짓는다. "아주머니가 분명히 협조할 거라 믿겠습니다."

엄마가 묻는다. "우리한테 바라는 게 뭐예요?"

"일이 어떻게 굴러갈지 말해 드리지." 드래곤이 앉은 자리에서 몸을 앞으로 내밀고 방바닥에 시뻘건 침을 뱉는다. "때가 되면 아론이 연락을 해올 거요. 달리 방법이 없거든. 주위에 아무도 없으니까. 아론이 연락하자마자 바로 우리한테 알리시오. 엘비스가 누사 캄방간 섬에 갇히는 걸 보기 싫다면 말이지."

할머니가 소리 내어 웃는다. 짧은 쓴웃음이다.

"아들 하나를 살리려면 다른 아들 하나를 갖다 바치라는 건데, 어떤 어미가 그렇게 할까."

드래곤이 말한다. "하고 말고 할 문제가 아닙니다요. 엘비스가 감옥에 가면 곧 집세를 못 내게 될 거고, 그러면 빈민굴로 가 밥벌어 먹고 살아야 할 처지인데 뭘."

할머니가 포개어 잡고 있는 손을 내려다본다.

"그런데, 내 아들을 넘기는 일이 자네한테 왜 그렇게 중요한가?"

경감이 끼어들어 말한다. "아이 참, 위험한 범죄자를 다시 체포하면……."

"위험하지 않네." 할머니가 카랑카랑한 목소리로 말한다. "범죄자일지는 몰라도 위험한 아이는 아니란 말이야."

경감이 히죽거리며 말을 잇는다. "그 말 명심합죠. 그러니까

…… 악명 높은 범죄자를 다시 체포하면 내가 승진하는 데 도움이 많이 되거든요. 그 같은 전리품을 이력서에 새기게 되면 머잖아 부자 동네로 자리를 옮길 수도 있단 말입니다."

"그럼 너는 정치인들과 은행가들을 등쳐먹을 수 있겠네?" 엄마가 드래곤을 노려보며 묻는다.

드래곤은 엄마가 무슨 말을 하는지 모르겠다는 듯 어깨를 으쓱하지만 목에 걸린 금목걸이가 대신 답하기라도 하듯 반짝 빛난다.

드래곤이 입을 연다. "한데, 지금 내가 준비 중인 작은 수출 사업에 아론이 협력한다면 영원히 감방에 안 가게 해줄 수도 있고…… 그렇지, 동생?"

경감이 못마땅한 얼굴로 쏘아보다가 결국 동조의 뜻으로 고개를 끄덕인다. "그렇게 하죠, 뭐."

"자, 그러니까," 드래곤이 말을 하다 말고 또다시 시뻘건 침을 뱉는다. "아론한테서 연락이 오면 그 즉시 우리한테 알리는 게 상책이란 말이오."

엄마와 할머니는 아무 말도 하지 않는다. 드래곤과 경감이 서로 눈빛을 교환하더니 자리에서 일어선다.

"나를 찾으려면 어디로 와야 하는지 알지?" 드래곤이 문 쪽으로 가다 말고 내 뺨을 두들긴다.

경감이 경찰관을 두 명 불러들여 비상등을 치우라고 한다. 비상등을 싣고 차가 떠나자, 마침내 우리 식구만 남았다. 동이 트고 있는지 새벽 어스름이 집 안으로 스며든다. 엄마가 서둘러 식탁 쪽으로 가더니 바닥에 묻은 침을 북북 문지른다. 나는 할머니 발 옆에 앉아 바닥깔개에 달린 술을 만지작거린다. 손가락에 술을 돌돌 감는데 너무 세게 감았는지 공장에서 바늘에 찢겨서 생긴 상처 세 곳이 다시 벌어진다. 피가 새어나와 술로 스며드는데, 통증은 전혀 느껴지지 않는다.

엄마가 여전히 바닥을 문지르며 말한다. "우리 이제 어떻게 해요?"

할머니가 고개를 가로젓는다. "모르겠다. 아들 하나를 어떻게 고르란 말이냐."

엄마가 바닥을 닦던 손길을 멈추고 눈앞으로 흘러내린 머리카락을 입으로 후 분다.

"도무지 믿을 수가 있어야죠, 그렇죠? 자기들이 말하면 아론 삼촌이 교도소에 안 들어간다고요?"

"나도 모르겠다. 허나 그걸 알아내려면 아론을 넘겨줘야 한다는 거 아니냐."

고개를 들어보니 할머니 눈에 눈물이 고여 있다. 곧이어 전혀 생각지도 못한 말을 할머니가 꺼낸다.

"부디, 이야기 하나 들어볼래?"

"좋아요."

엄마는 침 자국을 다 닦지 못했지만 문지르던 손길을 멈춘 채 무릎을 꿇고 앉아 할머니 이야기에 귀를 기울인다.

"옛날에 한 병사가 있었단다. 이등병이던 그 병사는 부대 지휘관인 대위에게 더할 나위 없는 부하였지. 강인하고 충직하면서도 믿음직했거든. 대위는 그 병사를 완전히 믿고서 어느 날 아주 귀중한 무언가를 맡겼어. 예상대로 병사는 그 임무를 충실히 따랐고, 귀중품은 안전하게 보관되었지.

그런데 어느 날 밤 모든 부대원들이 잠을 자고 있다가 기습 공격을 받고 깨어났어. 그 병사도 공포에 휩싸여 잠이 덜 깬 상태로 침상에서 나와 대피소로 향했어. 하지만 너무 서두르느라 그만 귀중품은 까맣게 잊고 말았지. 병사는 부대 건물 밖으로 나와 대위를 마주했을 때에야 자신의 실수를 깨달았어. 다시 부대 건물로 들어가려 했지만 이미 적군이 들이닥친 뒤였어. 안으로 들어갈 방법이 전혀 없었지. 잃어버린 귀중품 때문에 무릎을 꿇고 앉아 울고 있는데, 어디선가 다른 병사 한 명이 그 귀중품을 지니고 나타났단다. 그 또한 대위에게는 소중한 전우이자 부하 중 하나였지. 대위는 귀중품을 다시 찾고는 무척 기뻐했어. 그러나 귀중품을 찾아온 그 병사는 중상을 입은 나머지 얼마 안 가서 그만 죽고 말았단다."

할머니는 뺨 위로 눈물이 주르르 흘러내리는데도 모르는 것 같다.

"깊은 슬픔에 빠진 대위는 홧김에 부당한 말들을 쏟아내기 시작했단다. 그 이등병 때문에 아끼던 병사가 죽었다고 책임을 떠넘겼지. 울고 있는 병사를 겁쟁이라고 손가락질했어. 또 병사에게 차라리 죽어버리라는 말까지 했지. 대위는 크나큰 슬픔에 빠져서 누구나 인정할 만큼 충직하고 착실했던 병사의 행동을 잊고 만 거야. 믿고 따랐던 대위가 이렇게 자신을 내치자, 병사는 결국 멀리 도망쳐버리고 말았단다."

할머니 턱까지 흘러내린 눈물이 무릎을 덮고 있는 담요에 뚝뚝 떨어진다. 그런데도 여전히 눈물을 닦지 않고 있다.

"얼마 뒤 화가 가라앉자, 대위는 무분별하게 뱉어냈던 말들을 후회하며 병사를 찾아보았단다. 그러나 병사는 대위 앞에 모습을 보이기 싫었어. 마음에 입은 상처가 너무 크고 깊어서 어둠 속으로 점점 더 깊이 빠져들고 있었거든. 그때부터 병사는 불량배들과 어울렸고 목숨을 부지하느라 법을 어기기도 했지. 어떻게든 병사를 다시 보고 싶어 했던 대위는, 결국 모든 희망을 버리고 말았단다."

"그리고 이제 여기까지 왔구나……."

할머니가 나직한 목소리로 이야기를 끝낸다.

어느새 내 얼굴이 눈물로 젖어 있다. 식탁 옆에서는 엄마가 말없이 울고 있다.

문득 오래된 기억이 하나 떠오른다. 내가 할머니 무릎 위에 앉아 있고, 할머니는 예전에 지진이 일어난 줄도 모르고 잠만 자던 내 이야기를 하고 있다. 그렇게 큰 지진이 났는데 그러고 있었다니 할머니와 나는 어이없다며 웃어댔다. 나는 건물들이 우르릉거리며 무너져 내리는 속에서 평화롭게 꿈꾸고 있는 내 모습을 생각하니 계속 웃음이 났다. 그런데 할머니는 입으로는 계속 웃고 있었지만 눈가에서는 이미 웃음기가 사라지고 없었다.

잇달아 또 다른 기억이 떠오른다. 할머니가 아주 진지하게 할아버지가 지진 때 돌아가신 이야기를 들려주고 있다. 할머니는, 우리 가족에게 내려진 저주가 없었다면 할아버지가 살 수 있었을 거라고 말한다. 그러나 병원마다 사람들이 꽉 찼고, 할아버지는 피를 너무 많이 흘렸다고 한다.

그리고 처음으로 나는 이 일들이 동시에 벌어졌다는 것, 그러니까 이 두 이야기는 사실 하나라는 걸 알아챘다. 아니, 그런 사실을 알았으면서도 동시에 몰랐다. 이해를 못 했다. 예전에는 돌아가신 할아버지에게 화가 났다. 할아버지가 나를 버리고 떠난 것 같았으니까. 그러나 모든 것이 산산조각 나고 있어서 내가 있는 곳으로 아무도 들어올 수 없었을 때 할아버지가 나를 안전한 곳으로 데려갔다. 그러다가 목숨을 잃은 것이다.

할아버지가 나를 구했어.

큰 소리로 말해야겠다.

"할아버지가 나를 구했어."

할머니가 눈을 깜박거리자 다시 눈물이 솟아 뺨 위로 흘러내린다. 하지만 이 눈물은 오래된 상처 때문에 나는 것이다. 할머니는 지금 속으로 피를 흘리고 있을 것이다. 물론 할머니는 우리 가족에게 내려진 그 저주 같은 병에 걸리지는 않았지만 말이다.

그 순간 집 밖에서 우기의 시작을 알리는 굵은 빗방울 소리가 들린다. 처음에는 지금 내려도 되는지 망설이기라도 하듯 한 방울 한 방울 내리는 소리가 난다. 하지만 곧이어 빗줄기가 거세게 쏟아지면서 창턱이 빗방울로 터질 것 같다.

할머니와 엄마와 나는 난생 처음 비를 보는 것처럼 창밖을 바라본다. 몇 달 만에 시원한 바람이 불어오자 할머니가 숨을 깊이 들이쉰다. 엄마도 갑자기 정신이 들었는지 바닥에 묻은 침 자국을 다시 닦기 시작한다.

"그만 너는 일하러 갈 준비해라. 그러다 지각할라."

엄마의 경고에도 나는 지각한다. 비에 흠뻑 젖은 채 공장에 도착한 나는 공장장이 회초리를 들고 내 작업대 옆에서 기다리고 있으리라 예상한다. 하지만 어떤 이유에서인지 가까이 오지 않는다. 어쩌면 감옥섬에서 탈출한 삼촌 이야기를 들었는지 모르겠다. 내가 줄줄이 늘어선 작업대 사이로 걸어가는 동안 사람들이 작게 소곤거리면서 나를 힐끗힐끗 살핀다. 뉴스가 빠르게 퍼진 게 틀림없다. 로치 말이 맞았는지 모르겠다. 나는 결국 유명해지는 걸 원치 않는지도 모르겠다.

나는 바느질을 시작하고, 로치는 그런 나를 지켜보고 있다. 하지만 내가 바느질을 마친 신발 갑피를 재봉틀 옆에 수북이 쌓아올린 다음에야 로치가 몸을 숙이고 나직이 속삭인다.

"들었어…… 너희 집 이야기. 아빠 일은 안됐다."

나는 침을 꿀꺽 삼킨다. "고마워."

로치가 기침을 한다.

"내일 밤에 엘 클라시코 보러 올래? 레알 마드리드가 바르셀로나를 쳐부수는 걸 보면 잠시나마 이런저런 일들을 잊어버릴 수 있을 거야."

"그래."

"그리고 오늘밤 시합을 하고 싶은지 다른 아이들한테 물어보자."

"그래."

로치의 제안을 거부하는 것보다는 찬성하는 쪽이 더 쉬워 그러자고 한다. 설명하는 것보다 더 쉽고. 하지만 내 머릿속에는 축축하고 컴컴한 감방에서 심문을 받고 있을 아빠 생각뿐이다. 그리고 지금 바라는 것은, 우리 집 상황이 다시 정상으로 돌아가는 것뿐이다.

하루 종일 비가 내린다. 너무 세차게 내려서 양철지붕을 둥둥둥 울리는 빗소리 때문에 재봉틀이 덜컥덜컥 돌아가는 소리가 전혀 안 들린다. 거센 비를 맞으며 로치와 나는 집으로 향한다. 중간에 로치는 파크리와 우스톤과 위도도를 부르러 가고, 나는 내 축구공을 가지러 간다.

우리는 광장에서 만난다. 이제 생각해 보니 한 주 전에 세 아이가 나를 드래곤에게 떠넘기고 가버린 뒤로 한 번도 만나지 않았다. 세 아이가 모두 와서 나한테 사과하는 걸 보면 로치가 미리 말한 게 틀림없다. 심지어 우스톤은 로치에게서 무슨 말을 들었는지 라 리가에서 레알 마드리드가 바르셀로나에 뒤져 있다는 사실을 곧바로 떠들지 않고 한참 기다렸다가 경기가 시작되고 나서야 발표한다.

바닥이 미끄럽고 여기저기 물웅덩이가 생겨서 상황이 정말 안 좋다. 우리가 골대로 쓰는 철조망 앞으로는 갈색 물이 흐르는 개울이 생겼다. 파크리는 신발이 물속에 잠기지 않도록 골라인에서 멀리 떨어져서 서야 했다. 경기를 시작할 때는 비가 너무 심하게 내려서 빗물에 젖은 티셔츠를 짜느라고 몇 분마다 한 번씩 중단해야 했다. 그러다가 결국 티셔츠를 벗고 반바지만 입고 시합을 하기로 했다.

로치와 나로서는 경기가 잘 풀리지 않는다. 물웅덩이 때문에 속도가 느려져 공을 서로에게 패스하기가 정말 힘들다. 물웅덩이 하나는 너무 깊어서 공이 완전히 멈춰 서 버린다. 물 위에 공이 둥둥 뜰 때마다 선수 둘이 공을 차지하려고 물속에서 첨벙거린다. 우스톤과 위도도가 사기꾼이란 점 역시 도움이 안 된다. 어느 순간 내가 골을 넣기 직전인데, 우스톤이 내 몸을 지탱하고 있는 발 아래쪽을 차버린다. 나는 물웅덩이에 처박히면서 모래 섞인 물이 두 눈에까지 들어간다.

"이건 반칙이잖아!" 나는 버럭 소리를 지르며 손목으로 눈을 문지른다.

그런데 우스톤이 이렇게 대꾸한다. "닥쳐! 네가 일부터 넘어졌잖아! 웨이크필드랑 똑같네!"

나는 골키퍼 겸 심판을 맡고 있는 파크리에게 반칙인지 아닌지 가려 달라고 묻는다. 파크리는 어깨를 으쓱하고는 제대로 못 봤다고 답한다.

쓰라린 눈은 문지를 때마다 더욱더 아파 온다.

"지금 우냐?" 위도도가 묻는다.

"아니야!" 뜨거운 눈물이 솟아올라 뺨 위에서 빗물과 섞이는 게 느껴지지만 나는 딱 잡아뗀다. "눈에 뭐가 들어간 것뿐이야!"

우스톤이 말한다. "화내지 마, 부디, 레알 마드리드가 아직은 라 리가 우승컵을 바르셀로나에 안 뺏겼잖아!"

로치가 말한다. "그만해! 코파 델 레이(스페인 국왕컵 축구대회로 프로와 아마추어 구분 없이 모든 클럽이 참가한다_옮긴이)에서 탈락할 팀이 왜 이렇게 우쭐대!"

우스톤이 로치를 밀치자 금방이라도 싸움이 벌어질 것 같다. 파크리가 싸움을 말리려고 골대 라인에서 벗어난 사이에 위도도가 골대를 향해 공을 날린다.

"1 대 0!" 위도도가 소리를 지르면서 손을 들어 시커먼 구름을 가리킨다. 우스톤이 로치한테서 떨어져서 위도도의 목에 팔을 두르며 득점을 축하한다.

"이건 골 아니잖아! 파크리, 골이 아니라고 말해야지! 경기가 멈춰 있었다고!"

내 항의에 파크리는 또다시 어깨를 으쓱하고는 공을 주우러 간다.

우스톤이 따지듯 묻는다. "왜 이래? 한 골 뒤진 걸 만회하지 못할까 봐 겁나?"

로치가 말한다. "네 마음대로 생각해. 자, 경기나 하자!"

나는 눈이 여전히 가렵고 따가웠지만, 우리 팀이 곧바로 한 골을 만회했다. 로치가 우스톤과 위도도 사이로 달려 들어가자, 내가 그들 머리 위로 공을 높이 차올렸다. 파크리가 공을 보며 앞으로 나왔지만, 로치가 파크리보다 먼저 달려들어서 헤딩골로 득점했다. 로치와 나는 자축하지도 않았다.

파크리가 경기를 다시 시작하는 의미로 공을 높이 찬다. 그 공을 쫓아가는데 빗줄기가 너무 거세어 얼굴이 따끔거린다.

로치가 소리친다. "우리 이제 그만해야겠어!"

"기권하고 싶으면 그렇게 해. 바르샤는 절대 기권 안 해!"

우스톤의 반대에 우리는 경기를 계속한다. 패스보다 파울이 더 많은 걸 보니 다들 기분이 별로이다. 어느 순간 로치가 진흙탕에서 미끄러지자, 위도도가 로치 밑에서 공을 빼내려다가 로치의 옆구리를 발로 찬다.

나는 화가 나서 소리친다. "이건 멍청한 짓이야!" 폭우 때문에 공터 맞은편조차 제대로 보이지 않는다. "나중에 비가 좀 적게 내릴 때 남은 경기를 하자고!"

우스톤이 여전히 반대한다. "너희가 질까 봐 겁나서 그러지!

좋아! 다음 골로 승부를 가리자!"

파크리가 공을 높이 차올리자, 로치가 헤딩으로 받아서 나한테 패스한다. 우스톤이 내 발을 향해 달려들다가 얕은 물웅덩이에서 미끄러진다. 나는 우스톤의 태클을 피해 골문 쪽으로 달려간다. 위도도가 쫓아오지만 제때 나를 잡지 못할 것이다. 파크리가 내 슛을 막아 보려고 앞으로 나온다. 나는 파크리가 죽 뻗은 다리 위쪽으로 공을 날린다.

나는 득점을 축하하려고 두 손으로 하트 모양을 만들며 앞으로 달리다가 골대 쪽을 돌아본다. 공이 철조망 앞 개천에 빠져 있는 걸 보고는 심장이 철렁 내려앉는다. 끔찍한 화면을 느린 동작으로 재생해서 보는 것 같다. 그 순간 위도도가 파크리를 향해 뛰어가더니 공을 세게 걷어차서 골문으로 넣는다. 우스톤이 몸을 일으켜 위도도를 향해 달려간다. 그리고 위도도의 등에 올라타고서 환호성을 지르며 나를 향해 주먹을 흔든다.

"너희 둘 다 사기꾼이야!"

"뭐라고?" 우스톤이 못 들은 척하며 손을 제 귀에 갖다 댄다. 위도도가 그런 우스톤을 등에 태우고 돌아다닌다.

"집에 갈래." 로치가 맨체스터 유나이티드 셔츠를 집어 들어 빗물을 짜낸다.

"안 돼, 계속 싸워서 저놈들을 이겨야 돼." 나는 이렇게 그만두기 싫다.

우스톤이 위도도의 등에서 뛰어 내리더니 거들먹대며 걸어온다. "맞아, 너는 지금 집에 안 가도 되잖아. 아직 이른 시간 아냐? 너희 누나들이 아직 일하러 가지 않았을 것 같은데."

우스톤의 말을 듣고 로치가 두 주먹을 움켜쥔다.

"우리 가족에 대해 말하지 마." 로치가 휘몰아치는 비를 향해 얼굴을 들고서 이를 바드득 간다.

우스톤이 나를 쳐다보고 웃음을 짓는다. "야, 로치, 너희 누나들이 진짜로 무슨 일을 하는지 우리 다 알고 있어. 부끄러워할 것 하나도 없어. 다 먹고살자고 하는 일이잖아. 너희 누나들이……."

"한마디만 더하면 후회할 줄 알아!" 로치가 소리를 지른다.

로치가 곧 폭발할 것 같다. 위도도가 말리려는 듯 우스톤의 어깨에 손을 얹는데, 우스톤은 꿈쩍도 하지 않는다. 그러고는 또다시 나를 쳐다보며 히죽거린다. 결국 우스톤이 단어를 하나하나 음미하듯 말한다.

"그러니까 너희 누나 둘이서……."

다음 말을 듣기도 전에 로치가 우스톤의 입을 주먹으로 내리친다. 그런데 그 주먹은 가끔 레알 마드리드와 바르셀로나 사이의 경기 중에 봤던 그런 것이 아니다. 우스톤은 제 얼굴을 움켜쥐고 물 밖으로 나온 물고기처럼 펄쩍펄쩍 나뒹굴지 않는다. 로치는 권투 선수처럼 때렸고, 우스톤은 나무처럼 쓰러졌다. 우리는 로치를 에워싸고 큰 소리로 따지지 않는다. 거칠게 밀지도 않고, 욕을 하지도 않고, 허공에 대고 주먹질을 하지도 않는다. 호루라기를 불고 머리 위로 레드카드를 치켜드는 심판도 없다. 우리는 조각상처럼 꼼짝 않고 서서 바닥에 쓰러져 옴짝달싹하지 않는 우스톤을 빤히 내려다본다.

로치가 맨체스터 유나이티드 티셔츠를 입는데, 빗물에 푹 젖은 소매에 두 팔을 어렵사리 집어넣는다. 그러고는 돌아서서 어느새 저만치 걸어간다. 티셔츠 등에 쓰여 있는 글자가 모두 펄럭거리며 벗겨지고 있다. 등 번호 숫자인 7의 윗부분도 떨어져서 로치가 한 걸음 한 걸음 걸을 때마다 펄럭거린다.

로치가 길모퉁이를 돌아가고 나서야 비로소 나는 우스톤이 하려던 말이 뭘까 깊이 생각한다. 어쩌면 로치네 누나들은 넝마주이가 아닌지도 모른다. 밤에 뭔가 다른 일을 하는지도 모른다. 어쩌면…….

"로치!" 나는 큰 소리로 부르며 로치를 쫓아가기 시작한다.

"기다려! 우스톤은 어떻게 하고?" 파크리가 휘둥그레진 눈으로 나한테 묻는다. 위도도는 여전히 자기 형을 빤히 보고만 있다.

"집으로 데려가!"

나는 셔츠를 입지 않은 맨몸에 축구공을 꼭 끌어안고 달린다. 빗줄기가 너무 거세 어깨가 따끔거리긴 하지만 이 골목 저 골목을 쫓아 달려간 끝에 로치를 따라잡는다. 로치 바로 옆에서 나란히 걸어가는데도 로치가 나한테서 도망치려는 것 같다.

"그렇게 빨리 걷지 마. 따라가질 못하겠어."

로치가 나를 힐끔 쳐다보더니 더욱 빨리 걷는다.

"집에 가고 싶다고 했을 때 나를 내버려뒀어야지. 그랬으면 아무 일도 안 일어났을 거야."

로치가 방향을 돌려 비좁은 골목길로 접어들자 나는 어쩔 수 없이 로치 뒤에서 걸어간다.

"미안해. 그렇지만 너희 누나가 무슨 일을 하든 상관없잖아……."

갑자기 로치가 몸을 빙 돌리더니 손가락으로 내 얼굴을 가리킨다. 눈빛이 사납다.

"다시 한 번 우리 누나들 이야기 꺼내면 너도 두들겨 패줄 거야, 알았어?"

내가 뭐라고 답하기도 전에 로치가 돌아서서 출발한다. 나는 로치의 등에서 벗겨져나가는 글자들에 대고 소리를 지른다.

"하지만 우리는 친구잖아, 로치! 우스톤이 뭐라고 하든 상관없어!"

로치는 아무 대답 없이 계속 걷기만 한다. 나는 로치가 이렇게 가버리는 게 싫다. 그래서 다른 말을 내질러 본다.

"너희 누나들은 거짓말쟁이야. 사람들이 그걸 알든 말든 나는 상관없어!"

이 말이 로치의 주의를 끌었다. 로치가 멈춰 선다. 뒤돌아선다. 이쪽으로 성큼성큼 걷는다. 내 쪽으로 곧장 다가올 줄 알았는데 도중에 걸음을 멈춘다. 팔을 뻗어 닿을 정도의 거리를 두고서.

"정말 맞아 볼래, 부디?"

로치의 코끝에 모인 빗물이, 우리 사이에 생긴 물웅덩이로 떨어진다. 로치가 주먹을 불끈 쥔다.

"이러지 말라는 것뿐이야. 나는 상관없다고 했잖아. 우리 다시 가서 축구하자. 너랑 나 둘이서만."

로치가 버럭 소리를 지른다. "나는 축구 따위 아무 관심 없어! 모르겠냐? 레알 마드리드가 라 리가나 챔피언스 리그에서 이기든 말든 그게 나하고 무슨 상관이야? 그런다고 내 삶이 더 나아져? 나는 여기 처박혀서 너랑 같이 공장이나 다니며 살아가겠지. 죽을 때까지."

로치가 이토록 화내는 모습은 처음 본다. 로치를 진정시키기 위해 무슨 말을 해야 할지 모르겠다. 순간 눈에 눈물이 차오른다. 하지만 로치 앞에서는 울지 않기로 마음을 단단히 먹는다.

"어렸을 때 내가 뭐가 되고 싶었는지 알아?"

나는 힘없이 어깨를 들먹인다. 어깨가 아프다. "모르겠어…… 축구선수?"

로치가 웃음을 짓지만 찡그린 것처럼 보이기도 한다.

"아니, 부디, 축구선수 아니었어. 나는 우주비행사가 되고 싶었어. 밖으로 나가서 뭔가를 발견하는 사람, 세상을 바꾸는 사람이 되고 싶었어. 학교에서 우주에 대해 다룬 책은 모두 찾아

읽었어. 선생님이 우주비행사가 되려면 수학과 물리를 잘해야 한다고 해서 여유시간에 그 과목을 따로 공부했어. 나는 우리 가족이 자랑스러워하는 사람이 되고 싶었어. 우리 가족이 더 편안하게 살 수 있도록 돈이며 멋진 것들을 보내주고 싶었어. 그런데 갑자기 아빠가 돌아가셨고, 나는 여기 공장에 와서 일해야만 했지. 이런 일이 생기리라곤 상상도 못했어."

로치의 얼굴이 일그러지더니 또다시 찡그림 비슷한 웃음을 짓는다. 로치가 골목길 위의 기다란 하늘을 올려다본다.

"웃긴 게 뭔지 알아?"

나는 고개를 젓는다. 뭐가 웃기다는 건지 아무것도 떠오르지 않는다.

"내가 여전히 우주비행사가 되고 싶다는 거야. 모험이든 돈이든 명예든 우리 가족을 더 잘 살게 하는 일이든 그런 것들에 아무 관심도 없는 지금도 말이야. 지금 내가 우주비행사가 되고 싶은 건, 이곳에서, 그러니까 이곳에 사는 너랑 또 다른 사람들한테서 가능한 한 멀리 떠나고 싶어서야."

로치가 몸을 앞으로 숙이고 거의 속삭임에 가깝게 목소리를 낮춘다. 로치가 내 몸속의 칼을 손으로 잡는다. "네가 알아들을 수 있게 천천히 말해 줄게. 나는. 축구. 따위. 관심. 없어."

로치가 허리를 똑바로 펴더니 뒤돌아서 걷기 시작한다. 나는 몸속 여기저기에서 피가 흘러 가득 찬 것 같다. 뜨거운 피가 눈으로 솟구쳐 올라 뺨을 타고 흘러내린다.

"거짓말!" 소리를 질러도 로치는 계속 걷기만 한다. "너는 분명히 관심 있어! 틀림없어!"

갑자기 화가 치민다. 로치가 나를 버리고 가버리다니 화가 치민다. 로치가 관심 없다고 하다니 화가 치민다. 내가 울고 있다니 화가 치민다. 화가 치밀어 온몸이 욱신거린다. 나는 주먹을 불끈 쥐고 로치를 쫓아 달려간다. 로치를 따라잡고 나서도 너무 화가 나서 어떻게 해야 할지 모르겠다. 그래서 로치의 등을 있는 힘껏 밀친다. 로치가 두세 걸음 더 가면서 몸을 가누고 비틀거리며 뒤돌아선다. 나는 눈을 질끈 감고 몸을 날리면서 아무렇게나 주먹을 휘두른다.

나는 땅바닥에 부딪치기 직전 눈을 뜬다. 돌멩이들이 내 벌거벗은 가슴을 할퀸다. 로치가 내 위에 있는 것 같다. 몸을 일으키려는데, 로치가 무릎으로 내 등을 꾹 누른다. 내 몸이 쓰레기가 널린 길바닥에 처박힌다. 이번에는 고개를 들려는데, 로치가 내 머리를 모래가 가득한 물웅덩이 속으로 밀어 넣는다. 로치가 나보다 몸집이 훨씬 크다는 걸 너무 늦게 생각해낸다. 폐가 눌려 제대로 숨이 쉬어지지 않는다. 갈비뼈가 곧 부러질 것 같다.

"너 왜 그래?" 로치가 소리치며 내 옆구리에 주먹질을 한다. "내 말 못 알아들어? 나는 아무 관심 없다고. 그리고 너도 마찬가지야! 네가 진짜로 키어런 웨이크필드의 신발을 만들고 있다고 생각해? 또 언젠가 베르나베우에 갈 거라고 생각해? 정신 차려, 부디!"

로치가 내 옆구리를 한 번 더 친다.

나는 피를 흘리고 있다. 나한테서 피가 흐르고 있다는 걸 안다.

"진짜로 우리가 여기서 벗어날 수 있다고 생각해? 우리는 절대 못 벗어나! 절대로!"

로치가 다시 때린다.

피가 흐른다. 피 맛이 느껴진다.

숨을 쉴 수가 없다.

"너는 결코 프로 선수가 못 돼. 내가 결코 우주비행사가 못 되는 것과 똑같아! 부디, 그만 철 좀 들어. 다른 건 없어! 이게 네 인생이야!"

로치가 마지막으로 내 옆구리를 때린 다음 등에서 내려온다.

나는 움직이지 않는다. 진흙탕 속에 그대로 엎드려 있다. 내 가슴, 뺨에 모래가 달라붙는다. 입에서 모래 맛이 난다. 로치가 내 위에 서서 숨을 헐떡이고 있다. 내 쪽으로 반 발자국 다가선다. 나는 마음의 준비를 한다. 하지만 로치는 나를 차지 않는다.

로치가 물러선다.

뒤돌아선다.

떠난다.

꼼짝 않고 엎드려 있으니 빗물에 젖은 땅에서 짭조름한 흙냄새가 난다. 갈비뼈가 아프다. 똑바로 일어서고 보니 온몸이 무지근하고 얼얼하다. 오랫동안 불편한 자세로 잠을 잔 것 같다. 몸에 묻은 모래 알갱이를 털어내고 옆구리를 문지른다. 어느새 눈물이 말랐다.

셔츠와 축구공을 찾아 들고서 발을 질질 끌고 집으로 향한다.

여기에서 우리 집까지 가는 시간에 키어런 웨이크필드는 내 1년치 봉급을 벌 것이다.

집 안으로 들어서자, 엄마가 할머니 입에 대주고 있던 물컵을 떨어뜨릴 뻔했다. 할머니의 충혈된 눈에 눈물이 글썽이는 걸 보면 또 기침 발작을 일으킨 게 분명하다. 할머니는 엄마가 들고 있는 물컵을 쏘아본다. 내가 들어온 걸 모르는 것 같다.

엄마가 눈이 휘둥그레져 묻는다. "부디! 무슨 일이야?"

나는 욱신거리는 몸을 내려다본다. 옆구리 여기저기 진흙이 묻어 있다. 앞머리에서는 빗물이 뚝뚝 떨어진다. 손에 들고 있는 셔츠가 차갑고 무겁게 느껴진다.

"너무 지저분하잖아!" 엄마가 물컵을 식탁에 내려놓고 내 쪽으로 다가온다. "축구한 거니? 도대체 무슨 생각으로 이런 거야? 어디 상처 난 데는 없어? 옷이 푹 젖었잖아. 이 신발 좀 봐! 그 신발 떨어지면 새로 살 여유가 없단 말이야."

모래가 든 신발 속에서 발이 찐득거리는 느낌이 든다. 발을 옆으로 살짝 눕히자, 신발 갑피가 밑창에서 떨어진다.

"우리 형편이 얼마나 빠듯한지 잘 알잖아. 지금 옷을 망쳐서 새 옷을 사는 일은 절대 없어야 돼. 부디, 이대로라면 축구를 계속하게 할 순 없어. 너도 이제 철이 들 때도 됐잖아."

"프로 선수들은 어떤데요?" 다시 눈물이 샘솟는다. "프로 선수들은 계속 축구를 한다고요. 제가 프로 선수가 되면 매주 새로 신발을 살 거예요."

"유치하게 굴지 마라, 부디. 그런 식으로 말대꾸하지도 말고."

그때 할머니가 입을 연다. "그만 해라. 입씨름을 해봐야 무슨 소용이냐."

엄마가 숨을 깊이 들이쉬었다가 내쉰다.

"수건으로 닦고 깨끗한 옷으로 갈아입어라. 열이 나도 약 살 돈이 없으니 병이 나을 때까진 쌀죽하고 물만 먹어야 할지 모르겠다."

젖은 옷을 벗는다. 옆구리가 정말로 아프기 시작하지만, 아무것도 부러지지 않았다는 걸 안다. 결코 아무 데도 부러뜨리지 않았으니까. 아무도 못 보는 내 몸속에서 피를 흘리고 있을 뿐이다.

오늘은 금요일이라 저녁을 먹지 않는다. 나는 침대에 누웠다. 포스터를 펼쳐 들여다보는데 아무리 봐도 새로운 것이 눈에 띄지 않는다. 이미 경기장의 풀잎 하나하나, 화려한 얼룩처럼 보이는 관중 하나하나 외워버린 게 틀림없다.

손으로 웨이크필드의 사인을 몇 번이고 반복해서 따라 그려 본다. 어느 순간 나도 모르게 우리 가족이 빈민가에 들어가지 않으려면 내 포스터를 팔아야 할 거라는 생각이 든다.

포스터 속의 화려한 얼룩 가운데 하나가 되기 위해서는 이것을 내놓아야 할 것이다.

두 배의 시련

이튿날 로치가 출근하지 않는다.

공장장이 로치가 어디 갔는지 묻자, 나는 모른다고 한다. 공장장이 로치를 해고한다며 그 소식을 전하라고 한다. 나는 그러지 말라고 말해 보지만, 공장장이 못 들은 체한다. 내가 다시 설득하자, 공장장이 회초리를 내리친다. 내가 아파서 몸을 움츠리고 있는 사이에 공장장이 작업장 저쪽에 있는 여자아이에게 손짓을 한다. 그 여자아이가 빠르게 걸어와 로치 자리에 앉는다. 그리고 바느질을 시작한다.

몇 분마다 한 번씩 로치가 달려오고 있기를 바라며 출입문을 힐끗거린다. 늦더라도 오기만 하면 된다. 회초리를 몇 대 맞고 일주일간 포장 작업을 하고 나면 다시 자기 자리로 돌아올 수 있을 것이다. 그러나 로치는 나타나지 않는다. 아무리 자주 쳐다봐도 출입문은 열리지 않는다.

마침내 새로 온 여자아이를 돌아보며 어디를 응원하는지 묻는다. 이제부터 옆자리에 앉게 되었으니 어떤 사람인지 알아야 할 것 같다.

“그게 무슨 말이야?” 여자아이가 자기 재봉틀만 빤히 들여다보며 되묻는다.

“어떤 팀을 응원하냐고? 레알 마드리드, 맨체스터 유나이티드…… 바르셀로나?”

“나는 축구 안 좋아하는데.” 여자아이는 바느질을 마친 신발 갑피를 작업대에 쌓아 올리고 새 갑피를 집어 든다.

그 말이 믿어지지 않는다. 너무도 끔찍한 말이니까. 세상에 축구를 안 좋아하는 사람이 어디 있어? 어떻게 레알 마드리드에 대해 아무것도 모르는 사람하고 나란히 앉아 일해야 하지?

문득 몹쓸 생각이 떠오른다.

“혹시 키어런 웨이크필드가 누구인지 알아?”

여자아이가 고개를 돌려 나를 쳐다본다.

“아니. 알아야 하니?”

나는 입이 딱 벌어진다. 이 아이는 다른 별에 사는 걸까?

“아니…… 그건 아니야.”

나는 출입문 쪽을 보며 마음속으로 빈다.

얼른 와, 로치. 얼른.

그래도 로치는 오지 않는다.

누가 봐도 가장 지루한 하루를 보내고 주머니에 손을 찔러 넣은 채 집으로 간다. 오늘 하루를 축구와 비교하면 무득점 무승부일 것이다. 유효 슈팅도 없었다. 0 대 0.

비는 그쳤지만 시커먼 구름이 낮게 깔려 있다. 집에 일찍 들어가기 싫어서 느릿느릿 걷는다. 아빠는 여전히 집에 없을 것이다. 엄마는 여전히 속상해하고 있을 것이다. 할머니는 여전히 말이 없을 것이다. 그리고 이번이 키어런 웨이크필드의 사인이 든 포스터가 있는 우리 집으로 가는 내 마지막 귀갓길이 될 것이다.

옆에서는 자동차와 스쿠터 들이 느리게 오가면서 매연을 뿜어낸다. 비좁은 도로를 서로 먼저 차지하려고 마구 다툰다. 아무것도 아닌 일에 경적을 울린다. 나는 차량들 틈새를 비집고 걸어가 도로에서 빠져나와 복잡한 골목길로 들어간다. 건물들 사이에 걸려 있는 빨랫줄이 텅 비어 있다. 레알 마드리드가 라리가에서 우승컵을 놓치기라도 한 것처럼. 오늘밤 경기가 어떻게 될지 궁금하기도 하지만 사실 이제는 그게 그렇게 중요해 보이지 않는다.

로치 말이 맞는지 모르겠다. 이제 정신을 차려야 할 때인지도 모르겠다.

집에 도착해 보니 엄마가 경찰서에 갈 준비를 하고 있다.

“경찰이 네 아빠를 만나게 해줄지는 모르겠어.” 엄마가 머리 위로 스카프를 두른다. “그래도 시도는 해봐야지. 저녁은 차려

놨어. 밥뿐이라서 미안. 그렇지만 아빠가 풀려나기 전에는 이렇게밖에는 못 먹어."

엄마가 몸을 숙여 내 머리에 입을 맞춘다. "오늘밤에 로치네 집에서 축구 볼 거니?"

나는 그러지 않을 게 분명하지만 고개를 끄덕인다.

"잘됐다. 그러다 보면 이런저런 일을 잊을 수도 있으니 좋지 뭐." 엄마는 현관까지 갔다가 무슨 생각인지 되돌아온다. 그리고 내 눈을 올려다볼 만큼 나직이 웅크리고 앉는다.

"다 잘 될 거야. 알았지? 우리 삶에서 조금 힘든 시기가 찾아온 것뿐이야. 그래도 헤쳐 나갈 거야. 이제껏 그래왔거든. 그렇죠, 어머니?"

할머니가 안락의자에 앉아 고개를 끄덕인다. 웃고 있지만 피곤해 보인다.

"그렇지. 모든 일은 결국에는 잘 해결되지."

엄마가 일어서더니 더 이상 아무 말 없이 집을 나선다. 식탁에는 밥이 조금씩 담긴 접시가 두 개 놓여 있다.

할머니가 말한다. "내 것까지 먹어라. 오늘은 배가 별로 안 고프구나."

"하지만 늘 식욕이 좋으시잖아요."

"그렇지." 할머니가 한숨을 내쉰다. "그런데 오늘밤은 안 좋구나. 사실 지금 간절한 건 담배인데, 몇 개비밖에 안 남아서 남겨둬야겠다."

나는 식탁에 앉았고, 천천히 먹으려고 했지만 세 입 만에 다 먹었다. 그런 다음 할머니 접시를 끌어당긴다.

"정말 안 드실 거죠, 할머니?"

"어서 먹어." 할머니가 눈을 감고서 고개를 가슴 쪽으로 떨어뜨린다. "넌 한참 자랄 때 아니냐. 네가 먹어야지."

"나눠먹으면 돼요."

그러나 나직하게 앓는 소리밖에 들리지 않는다. 그래서 내가 할머니의 저녁밥까지 먹는다.

밥을 다 먹고 나자, 할머니가 조용히 코를 골고 있다. 나는 아무에게도 들키지 않고 포스터를 들고 집을 나선다.

시장 끄트머리에 전당포가 있다. 전당포에서는 온갖 물건을 사서 그것을 다른 사람들에게 판다. 전당포 주인은 손가락 사이에 늘 현금 뭉치를 끼우고 다닌다. 그러니 뭔가 귀하고 비싼 걸 살 수 있는 사람이 있다면 다름 아닌 전당포 주인일 것이다.

시장에는 좌판들이 늘어서 있고, 그 사이사이 흙바닥에는 채소 껍질과 과일 껍질이 어질러져 있다. 높이 세워진 화분에서 꽃잎이 떨어졌는지, 희한한 모양의 꽃잎이 바닥 진흙에 마구 뒤섞여 있다. 상인들은 콩과 향신료가 든 자루들 사이에 깔개를 깔고 앉아 나직한 목소리로 물건값을 계속 외치고 있다. 머리 위로는 형형색색의 천막 지붕이 처져 있는데, 빗물이 고여 색이 칙칙해지고 묵직해져 밑으로 늘어뜨려져 있다. 좌판 사이를 지나가는데, 아주머니 둘이 고기 가격을 두고 상인과 다투는 소리가 들린다. 아주머니들은 개고기 가격이 너무 비싸다고 한다. 좌판 앞쪽에는 분홍색 살코기가 켜켜이 쌓여 있고, 좌판 둘레에 달린 고리에는 검게 그을린 몸통 부분이 매달려 있다. 근처에 퍼져 있는 매콤한 공기에 피 냄새가 가득 배어 있다.

장을 보러 온 사람들은 진흙탕 길을 느릿느릿 걸으면서 상인들이 외치는 물건값에 귀를 기울인다. 내 나이의 절반밖에 안 될 것 같은 아이들이 지저분한 차림으로 어른들 틈새를 미끄러지듯 헤치며 다니고 있다. 나는 손에 쥔 포스터를 가슴 쪽으로 가까이 끌어당긴다. 시장 끄트머리까지 가보니 건물 앞 탁자 위에 전자레인지며 장식품이며 옷가지들이 무더기로 쌓여 있다. 전당포 주인은 건물 안 어두컴컴한 곳에 놓인, 옷걸이가 담긴 상자 위에 발을 올리고 앉아 있다. 발바닥이 까맣고, 비쩍 마른 어깨에 소매 없는 러닝셔츠를 걸치고 있다.

셔터 문을 끝까지 올리지 않고 절반만 열어놓아 나는 고개를 숙이고 건물 안으로 들어간다. 건물 안은 시원하고 어둑어둑하고, 한가운데에 있는 라디오에서는 지직거리는 소리가 난다. 내가 다가가자, 전당포 주인이 뼈가 앙상한 팔을 긁으며 트림을 한다.

"갖고 온 게 뭐야?"

나는 아주 조심스럽게 포스터를 펼쳐서 그 남자가 볼 수 있도록 들어 보인다.

"꼬마야, 포스터는 안 사. 집에 가라."

"하지만 이건 사인이 든 거예요. 엄청 값어치 있는 거라고요."

"허! 그럴 리가. 그건 진짜 사인이 아니잖아."

"아니에요, 진짜 맞아요, 어르신. 맹세해요. 여기 사인 안에 11도 쓰여 있잖아요, 보이죠?"

전당포 주인이 몸을 앞으로 내밀며 가운뎃손가락에 끼우고 있는 돈뭉치를 자세히 살펴본다. "어이, 지금 네가 무슨 놀이를 하는지 모르겠다만 나는 거기 낄 시간 없다. 이런 건 수천 장씩 인쇄하는 거야. 인쇄된 종이마다 똑같은 모서리에 그 사인이 들어 있을걸."

눈물이 나려는 걸 눈을 깜박거려서 억지로 참는다.

"거짓말이죠! 모조품이라고 속여서 더 싸게 사려는 거잖아요!"

전당포 주인이 돈을 세는 것을 멈추고 자리에서 일어선다.

"꼬마야, 네 빌어먹을 포스터 안 사! 한 대 맞기 전에 당장 나가!"

전당포 주인이 옷걸이를 집으려 하자, 나는 재빨리 셔터 문 밑으로 허리를 숙이고 빠져나와 사람들 속으로 들어간다. 눈물이 샘솟는다. 이번에는 눈물이 뺨을 타고 흘러내리도록 내버려 둔다. 고개를 푹 수그린 채 옆으로 지나치는 사람들의 어깨에 떠밀려도 그대로 걷는다. 사람들과 부딪쳐 포스터가 구겨지고 찢어져도 상관하지 않는다. 전자제품을 파는 좌판 옆에서 남자들이 모여 웃고 있다. 나는 얼굴이 점점 달아오르는 것 같다.

어떻게 이렇게 멍청할 수가 있나?

나는 시장 골목에서 빠져나오려고 안간힘을 쓴다. 사람들 틈새로 억지로 파고들자, 사람들이 두 손을 들어 올리며 소리를 지른다. 순간 누군가에 떠밀려 발을 헛디디고 넘어지면서 손으로 땅을 짚는다. 누군가의 더럽고 쭈글쭈글한 발이 빠르게 이쪽으로 다가온다. 그 발에 걷어차이지 않으려면 좌판 사이로 기어가야 한다. 나는 포스터를 질질 끌고서 콩과 향신료가 든 자루 더미 뒤로 기어간다. 비로소 몸을 일으켜 보니 무릎과 손에 시커먼 진흙이 묻어 있다. 나는 그 상태로 사람들 틈을 비집고 계속 걸어간다. 골목이 나오자 뛰기 시작하는데, 어둑한 하늘이 지붕처럼 낮게 내려앉아 있다. 나는 계속 달리다가 번잡한 도로 옆 공터에 이르러서야 달리기를 멈춘다.

나는 허리를 구부리고 진흙투성이 무릎에 진흙투성이 손을 짚은 채 숨을 헐떡거린다. 숨이 차고 몸이 오싹해진다. 이제 나는 배고픈 아기처럼 제대로 운다. 온몸이 떨리는 것 같다. 눈물 때문에 눈앞이 어렴풋하고, 벌어진 입에서 침이 줄줄 떨어지는 게 느껴진다.

길을 가다 멈춰 서는 사람이 아무도 없다. 내 옆을 지나갈 때는 걸음을 더 빨리 걷는 것 같다. 나는 팔을 들어 두 눈을 닦고서 손에 쥐고 있던 망가진 포스터를 물끄러미 내려다본다. 완전히 새것 같았던 웨이크필드의 흰 운동복이 진흙으로 뒤덮여 있다. 한쪽 모서리는 뜯겨져 나갔다. 사인이 있는 곳은 여기저기 접히고 구겨져서 알아볼 수도 없다.

가짜 신발을 신고 가짜 포스터를 들고 서 있으려니 자연스레 이런 생각이 들었다. 나는 지금 가짜 세계에서 가짜 인생을 살고 있는 걸까?

손을 꽉 쥐어 포스터를 더 납작하게 우그러뜨린다. 어딘가 그 포스터를 버릴 데가 있을지 주위를 둘러본다. 그제야 내가 지금 어디에 있는지, 그 번잡한 도로가 왜 그토록 낯익어 보이는지 알아챈다.

내가 서 있는 곳은, 밤이라 문을 닫은 공장 앞이었다.

문득 로치가 죽을 때까지 공장에서 일하게 될 거라고 한 말이 떠오른다. 결코 일어나지 않을 일을 기다리고 있는 것 같다고 한 말이 떠오른다. 그리고 지금 나직이 깔린 먹구름 아래서 쇠사슬과 자물쇠로 잠겨 있는 공장문을 바라보고 있으려니 과연 여기서 벗어날 수 있을지 상상조차 하기 어렵다.

큼직한 쓰레기통이 늘어서 있는 공장 옆으로 돌아간다. 쓰레기통을 하나 골라 뚜껑을 힘들게 열고서 잠시 멈춰 서 있다가 포스터를 던져 넣는다. 뚜껑을 닫으려는데, 두꺼운 종이 위에 몸을 웅크리고 있는 노숙인이 눈에 띈다. 꿈쩍도 하지 않는 걸 보면 또 술에 취한 게 분명하다. 나는 뚜껑을 닫고 발길을 돌린다.

그러나 멈춰 선다. 긴 머리에 회색 누더기를 걸친 남자가 다른 쓰레기통 쪽으로 느릿느릿 걸어가고 있다. 그리고 쓰레기통 가까이 이르자 이쪽을 힐끗 돌아보고서 반쯤 남은 술병을 높이 쳐든다.

"우기다아아아아!" 그 남자가 하늘을 가리킨다. 그러고는 뚜껑을 들어 올리더니 쓰레기통 속으로 구르듯 들어간다.

고개를 돌려 내 앞에 있는 쓰레기통을 내려다본다. 뚜껑 가장자리를 꽉 쥐고 천천히 들어 올리는데 아무것도 안 보인다. 그새 날이 어두워져 뚜껑을 더 많이 열어 안쪽을 들여다본다. 남자가 머리를 감추려고 움직였는데 너무 느렸다. 틀림없는 그 얼굴이었다.

"사…… 삼촌?" 나도 모르게 말을 더듬는다.

남자가 손을 내리자 신문에 실린, 나를 쏘아보던 눈과 똑같이 생긴 그 까만 눈이 보인다. 하지만 차갑거나 사나운 눈빛은 아니다. 놀란 탓인지 두 눈썹이 하나로 이어져 있고, 수염에 뒤덮인 입은 무슨 말을 해야 할지 몰라 딱 벌어져 있다. 아빠가 지치고 지저분해졌을 때의 모습과 똑같다.

"아론 삼촌." 다정하게 부르려 했지만 겁에 질린 목소리처럼 들린다. "저예요, 부디."

삼촌 얼굴이 부드러워진다. 삼촌이 무릎 위에 놓인 구겨진 포스터를 내려다보고 잠시 머뭇거리더니 밖으로 나오려고 서둘러 움직인다. 이제껏 삼촌이 다부지고 힘이 셀 거라 상상했건만, 삼촌을 부축하고 보니 찢어진 죄수복에 가려진 비쩍 마른 몸이 느껴진다. 삼촌은 갑자기 몸에 힘을 주어 기운이 다 빠졌는지 한 손으로 내 어깨를 짚고 선다.

"정말로 너냐, 부디?" 삼촌이 내 눈을 뚫어져라 쳐다본다.

"네, 삼촌." 어깨가 점점 무거워진다. 지금 삼촌이 얼마나 휘청거리는지 알 것 같다. "잠깐 앉으실래요?"

삼촌이 주위를 한참 살펴본 다음 우리는 그 쓰레기통에 등을 기대어 앉는다.

"잘 알겠지만 내가 삼촌이라고 불린 지가 정말 오랜만이구나." 삼촌이 미소를 지어 보인다. "그러고 보니 아론이라는 이름도 그렇고."

"네? 그럼 삼촌을 뭐라고 불러요? 그러니까 거기……." 나는 적당한 말을 찾으려 머리를 굴려본다.

"감옥에서?" 삼촌이 되물으며 이번에는 아파 보이는 미소를 짓는다. "누사 캄방간에서?"

나는 고개를 끄덕인다. 내가 "바르셀로나"라는 말을 꺼내듯 삼촌은 "누사 캄방간"이라는 말을 꺼낸다.

"거기서는 뭐든 자기들이 부르고 싶은 대로 불렀지. 하지만 공식적으로는 9875B로 통했지."

삼촌이 눈을 감고서 코로 숨을 깊이 들이쉰다.

"정말 멋지지 않냐?" 삼촌이 눈을 떴는데, 눈에서 눈물이 글썽인다. "숨을 깊이 들이쉬고, 이보다 더 달콤한 것이 있으면 말해 줄래?"

삼촌 말대로 따라한다. 휘발유 냄새와 비에 젖은 아스팔트 냄새가 코를 찌른다. 재채기가 살짝 나온다.

"아주 멋지네요."

다시 돌아보니 삼촌이 엷은 미소를 띠고 나를 가만히 쳐다보면서 고개를 살살 젓는다.

"이렇게 많이 컸다니 믿어지지 않는다. 지금 적어도 열한 살은 됐겠지?"

"지난주에 열두 살 됐어요."

삼촌이 나직이 휘파람을 분다. "정말로 그렇게 오래됐나?" 꼭 다른 사람에게 묻는 것처럼 들린다. 우리는 잠시 말없이 앉아 더욱 짙어진 먹구름을 올려다본다. 금방 밤이 될 것이다.

"레알 마드리드 팬이 아닌가 보구나?" 삼촌이 엄지손가락으로 어깨 너머 쓰레기통을 가리킨다.

잠시 나는 영문을 모르고 있다가 잠시 후 포스터 생각이 떠오른다.

"아니에요, 팬이에요. 레알 마드리드는 세계 최고의 팀인걸요. 언젠가는 저도 그 팀에서 뛸 거예요."

이 말을 뱉어내자마자 나 자신이 바보처럼 느껴졌지만, 삼촌이 재미있다는 듯이 눈썹을 치켜올린다.

"정말이냐?"

"음, 맨 처음 할 일은 축구 학교에 들어가는 거예요. 거기에 들어갈 수만 있다면 주목을 받을지도 몰라요. 하지만 후원이

없이는 불가능해요. 게다가 제가 그 정도로 축구를 잘하는지도 모르겠어요."

삼촌이 빙그레 웃는다. "그렇게 열성 팬이라면서 그 꽃미남 포스터는 왜 버렸니?"

나는 내 신발을 내려다본다. 내 가짜 운동화.

"구겨져서요."

삼촌이 고개를 끄덕인다. 상황을 이해한 것 같다. "리오스가 아직 레알 마드리드에서 뛰고 있니? 기술이 진짜 뛰어난 선수인데."

로치가 역사상 최고의 축구선수 가운데 한 명인 리오스에 대해 다 말해 주었다. 리오스는 축구의 신이라는 뜻으로 "엘 디오스"라는 별명이 붙었다. 받을 수 있는 트로피는 다 받았고, 레알 마드리드에 수백 점의 득점을 안겼다. 아무도 리오스를 막지 못해서 시합에서 상대하는 걸 싫어했다. 그러고 보니 키어런 웨이크필드와 비슷하긴 하다.

그러나 리오스는 은퇴했다. 먼 옛날에. 내 나이 네 살 무렵에.

"아뇨. 지금은 키어런 웨이크필드가 레알 마드리드에서 최고예요."

삼촌이 고개를 젓는다. "한 번도 못 들어본 이름인걸."

"네? 분명히 들어봤을걸요! 아까 그 포스터에 나온 선수란 말이에요. 레온 발몬테는 들어봤어요?"

삼촌이 또다시 고개를 젓는다. “유감스럽게도 그 안에서 축구를 많이 못 봤거든.”

나는 금방이라도 뜯어질 것 같은 신발 밑창을 만지작거리면서 인상을 쓴다.

“삼촌, 그 안에 얼마나 계셨어요?”

“오래 있었지. 아주 아주 오래. 셀 수 없을 만큼 오래.”

삼촌이, 내가 신발을 꼭 움켜쥐는 모습을 내려다본다. 손끝에 생긴 상처 세 곳에서 피가 나와 신발끈으로 스며든다.

“언제 그런 거니?” 삼촌이 고갯짓으로 내 손끝을 가리킨다.

“일주일쯤 전에요.”

삼촌이 내 얼굴을 빤히 들여다본다. “너도 우리 가족에게 내려오는 저주에 걸렸구나.”

삼촌이 소매를 걷어 올려 팔뚝을 보여준다. 자주색 멍으로 뒤덮인 팔뚝에서 찰과상이 보인다. 그 상처에서 아직도 피가 새어 나오고 있다.

“우리는 한 주마다 코코넛 버터를 한 통씩 썼지. 엘비스 형이랑 내가 어렸을 때 말이야. 형제가 된 것이, 위험한 일이었지.”

삼촌이 고개를 돌리고 팔뚝에 난 상처를 만진다.

“돌이켜보니 꼭 딴 사람의 인생 같다.”

삼촌이 뭐라고 더 말할 것 같더니 소매를 내리고 잠시 땅바닥만 내려다본다. 비가 내리기 시작한다. 문득 아빠 생각이 나고, 드래곤이 할머니에게 한 말이 떠오른다.

"삼촌은 이제 어떻게 할 거예요? 제 말은, 삼촌을 찾으려고 쫓아다니는 사람들이 있어요. 삼촌이 신문 1면에 나왔거든요. 영원히 도망칠 수는 없잖아요."

"나도 알고 있고 계속 도망 다닐 생각도 없다. 식구들을 다시 만나서 모든 상황을 바로잡고 싶을 뿐이야. 조만간 그 섬에서 나를 살려두지 않으리란 걸 알았거든. 식구들한테 작별인사도 못 하고 죽기는 싫더라. 어머니가 아직 살아 계신지 어떤지도 모르고 살았잖니."

"할머니는 건강해요." 나는 삼촌이 하는 말에 집중하려 안간힘을 쓴다. "할머니는 불멸의 존재잖아요."

삼촌이 소리 내어 웃지만, 내 귀에는 할머니가 되풀이해서 말하는 목소리밖에 들리지 않는다.

'아들 하나를 살리려면 다른 아들 하나를 갖다 바치라는 건데, 어떤 어미가 그렇게 할까.'

삼촌이 주위에 다른 사람이 더 있는지 보려고 이리저리 살펴본다. 하지만 어두워서 아주 멀리까지 볼 수 있을지는 모르겠다.

"부디, 네가 도와줄 것 같지 않다만, 너희 부모님과 이야기를 좀 나눌 수 있게 우리를 만나게 해주면 어떨까? 그 다음에 사라지겠다고 약속할게. 영원히."

그때 내 머릿속에서 드래곤의 차분하고 끈질긴 목소리가 울린다.

'지금 내가 준비 중인 작은 수출 사업에 아론이 협력한다면 영원히 감방에 안 가게 해줄 수도 있고. 그렇지, 동생?'

문득 할머니가 두 아들 중 하나를 선택하게 해서는 안 될 것 같았다. 죽을힘을 다해 다른 방법을 생각해 보지만, 이미 머릿속에서 울리는 목소리를 외면할 수 없다.

내 목소리였다.

'결정은 네 몫이야, 부디. 네가 선택해야 해.'

"알았어요, 제가 도와드릴게요."

"정말? 나를 위해서 그렇게 해주겠다고?"

나는 내 발을 내려다본다. "네."

"고맙다!" 삼촌이 나를 끌어안는다. 삼촌이 아주 세게 끌어안는 바람에 내 눈에 눈물이 고인다. 나는 재빨리 눈물을 닦아낸다.

"하지만 삼촌은 길거리를 그냥 돌아다니면 안 돼요. 누군가가 알아볼지도 모르잖아요. 여기서 기다리면 제가 가서 삼촌을 데려갈 사람을 불러올게요."

"얼마나 걸릴까?"

"오래 안 걸려요."

삼촌이 쓰레기통 속으로 다시 들어가자, 나는 발길을 돌려 길거리를 헤매고 돌아다니다가 드디어 내가 찾고 있던 것을 찾는다. 내 말이 맞았다. 오래 걸리지 않았다. 도로 옆에 세워진 경찰차 쪽으로 가서 문을 두들긴다.

창문이 내려가고 젊은 경찰관이 머리를 내민다.

"뭐냐?"

"경감님이 있어야 해요."

"그래? 우리 경감님이 이 빗속에 부랑아 녀석을 만나러 올 이유가 뭐가 있을까?"

"제가 드래곤이 찾고 있는 걸 찾았으니까요. 드래곤을 열받게 하기 싫다면 제 말대로 하는 게 좋을걸요."

그 경찰관이, 내가 방금 수류탄에서 핀을 뽑기라도 한 것처럼 쳐다본다.

그러고는 허둥지둥 워키토키를 꺼내 누군가를 부른다.

불가능한 꿈

경감은 혼자 오지 않았다. 경찰관을 두 명 데려왔다. 세 사람이 실눈을 뜨고 빗속을 살핀다.

"어디 있어?" 경감이 묻는다.

"그전에 우리 삼촌을 다치지 않게 하겠다고 약속해 주세요."

경감이 내 뺨을 찰싹 때린다.

"그건 내 마음이지. 자, 어디 있어?"

"삼촌은 경감님이 오는 거 모르고 있어요. 그러니까 제가 먼저 말하는 게 좋겠어요."

경감이 또다시 내 뺨을 때린다.

"경고한다! 그놈이 어디 있는지 말해. 안 그러면 네 멍청한 아비랑 같은 감방에 처넣어줄 테니까."

나는 뺨을 문지른다.

"따라오세요."

우리는 공장 뒤로 돌아간다. 경찰관 둘이 권총을 꺼내 들고 앞쪽을 겨눈다. 영화에서 본 것과 똑같다. 다만, 진짜 나쁜 놈은 쓰레기통에 숨어 있는 사람이 아니다. 지금 내 뒤에 서서 내 어깨를 잡고 있는 자, 나를 인간방패로 삼고 있는 자가 진짜 나쁜 놈이다.

"이거 함정이면 네가 소리 지르기도 전에 목이 부러질 줄 알아." 경감이 내 목뼈 주위의 연한 근육을 움켜쥔다.

나는 걸음을 멈춘다.

"어느 거야?" 경감이 화난 목소리로 나직이 묻는다.

나는 오른쪽에 있는 쓰레기통을 가리킨다.

한 경찰관이 말한다. "함정일 수 있습니다, 경감님. 저 나머지 쓰레기통 속에 화력이 많이 들어 있을 수 있습니다. 지원을 요청할까요?"

경감이 내 목을 쥐지 않은 손을 들어 앞으로 가라는 손짓을 한다.

"지원은 필요 없다. 그냥 쓰레기통 열어!"

경찰관들이 몇 걸음마다 한 번씩 서로 눈빛을 교환하며 살금살금 걷는다. 쓰레기통 앞에 이르자 양쪽에 한 사람씩 서서 뚜껑에 대고 총을 겨눈다. 한 사람이 뚜껑을 붙잡고 초읽기에 들어간다.

"3…… 2…… 1……."

뚜껑을 홱 열어젖히고 경찰관들이 쓰레기통 속으로 총을 겨눈다. 그리고 빗소리에도 잘 들리도록 큰 소리로 명령을 내린다. 삼촌이 당황한 표정으로 두 손을 위로 들고 나타난다. 그리고 경감 옆에 서 있는 나를 발견하더니 낙담한 표정으로 바뀐다. 경감은 여전히 내 어깨를 잡고 있다. 힐끗 올려다보니 경감이 밉살맞은 미소를 환하게 짓고 있다.

"수갑 채워!" 경감이 소리친다.

경찰관들이 삼촌을 비에 젖은 땅바닥에 엎드리게 하고 두 손을 등 뒤로 잡아당긴다. 삼촌이 간신히 고개를 돌려 나를 쳐다본다. 그 순간 경감이 내 어깨를 톡톡 두들긴다.

"잘했어. 이쪽 세계에서 아주 성공하겠는걸."

경감의 말을 듣자, 나는 가슴이 한 대 걷어차인 것만 같다. 그것도 아주 세게. 90분이 다 지나 버리고 골대 근처에서 축구공을 걷어차듯이.

삼촌이 일으켜 세워지고 경감의 차로 끌려간다. 내 옆을 지나가면서도 나는 쳐다보지도 않는다.

"뒷자리에 태워! 이 일은 아무한테도 입도 뻥긋하지 마!"

경감이 주머니를 뒤져 지폐를 한 뭉치 꺼내더니 경찰관 둘에게 나눠준다. 두 명의 경찰관은 길가에 세워둔 다른 차를 타고 떠난다.

경감이 싱글거리며 말한다. "꼬맹이 라자로, 진짜 경찰처럼 내 옆자리에 앉아보는 건 어떠냐?"

경감이 조수석 문을 열자, 나는 조수석에 털썩 주저앉는다. 내 키가 작아서 거울에 비칠 삼촌 모습이 보이지 않는다. 이번만은 내가 작은 것이 다행이다. 나는 빗방울로 얼룩진 앞 유리만 빤히 쳐다본다. 그새 경감이 운전석에 올라타 차를 출발시킨다.

지금 나는 난생 처음으로 자동차를 타고 있다. 내 인생에서 겪은 가장 끔찍한 경험이 될 것이다.

자동차로 이동하는 시간은 단 몇 분밖에 되지 않지만 한없이 가는 것 같다. 와이퍼라는 것이 버둥거리며 좌우로 움직이지만 앞 유리는 전혀 깨끗해지지 않는다. 나는 삼촌이 무슨 말이든 하면 좋겠다. 하지만 삼촌은 입을 열지 않는다. 침묵이 너무 커져서 그 팽창감 때문에 유리창이 산산이 깨질까 봐 걱정이 든다. 나는 조수석 깊숙이 몸을 파묻는다.

드래곤의 집으로 이어진 골목이 너무 좁아서 우리는 차에서 내려 걷기 시작한다. 경감이 삼촌의 수갑을 움켜쥔 채 컴컴한 골목길로 삼촌을 데려간다. 나는 느릿느릿 뒤따라간다.

건물 계단을 타고 2층으로 올라가자, 어둠 속에 드래곤이 앉아 있다. 우리 삼촌을 본 드래곤이 미소를 짓는다. 이빨 사이의 불그스름한 침이 어둠 속이라 시커멓게 보인다. 드래곤이 목에 두른 금목걸이는 스탠드에서 비추는 노란 불빛을 받아 도금한 금색으로 보인다. 드래곤이 탁자에서 발을 내리는 사이에 지폐가 낱장으로 흩어지지만 신경도 안 쓰는 것 같다. 나는 드래곤이 자리에서 일어나 누군가에게 인사하는 모습을 한 번도 본 적이 없다. 하지만 이번에는 앉아 있던 의자에서 힘들게 일어나더니 삼촌의 양쪽 어깨를 감싸 쥔다.

드래곤이 여전히 싱글거리며 말한다. "아론, 이렇게 만나서 반갑구나." 그러고는 경감을 보며 얼굴을 찡그린다. "왜 이 영웅이 좀도둑마냥 수갑을 차고 있는 거야? 우리 손님 아냐. 어서 풀어줘!"

"나름대로 최선을 다한 거야. 알다시피 이놈 명성이 자자하잖아."

드래곤이 경감을 쏘아본다. "명성? 그래, 잘 알지. 경비가 삼엄한 교도소에서 탈출해서 얻은 명성이지! 그러니 이런 수갑이 무슨 소용이 있겠어?"

드래곤이 경감이 서 있는 쪽 바닥에 대고 침을 뱉는다. 경감이 인상을 쓰면서도 천천히 가서 삼촌의 수갑을 푼다.

"그건 그렇고 아론은 어떻게 찾았나?" 드래곤이 다시 자리에 앉는다. "그 노인네가 고발한 건가?"

"아니, 이놈이 했지."

드래곤이 처음으로 나를 쳐다본다. "꼬마 라자로, 너 진짜 나쁜 새끼구나. 자기 가족을 배신하는 놈은 별로 없는데. 그러기가 쉽지 않거든. 너, 사고로 손가락을 잃은 내 형제 이야기 들어봤지."

갑자기 경감이 어디가 불편한지 서성거린다. 삼촌은 꼼짝도 하지 않는다. 나는 바닥만 내려다본다.

경감이 말을 돌린다. "경찰서에 전화할까? 저 애 아버지 풀어줘?"

드래곤이 손을 젓는다. 삼촌이 경감에게 붙잡힌 뒤 처음으로 나를 슬쩍 쳐다본다.

"먼저 아론이 기꺼이 가족애를 보여줄 용의가 있는지 봐야지." 드래곤이 두 손을 깍지 껴서 주먹을 크게 만든다. 손가락에 낀 묵직한 반지들이 서로 자리를 차지하려고 밀치락달치락한다. "이봐, 아론, 자네는 지금 식구들이 굉장히 힘든 때에 나타났단 말이야. 자네 형 엘비스가 경찰서에서 자네 행방에 대해 심문을 받고 있거든. 엘비스는 아무것도 모른다고 하더군."

"형은 아무것도 몰라." 삼촌이 이를 바드득 간다.

"저런, 엘비스를 풀어주기 전에 경감이 바로 그걸 확인해야 하거든. 그동안 엘비스네 가족, 그러니까 자네 가족은 집세를 감당하느라 무진장 고생하고 있지. 자네 어머니랑 형수랑 조카가 빈민가에서 판잣집을 구하러 다닐 날이 얼마 안 남았어." 드래곤이 나를 보며 히죽거린다. "물론 세 사람 중에 하나는 그래도 싸 보이긴 할 테지만."

삼촌이 숨을 깊이 들이쉬고서 검은 눈으로 드래곤을 뚫어져라 쳐다본다.

"그래서 원하는 게 뭐야?"

"나를 도와 달라는 거지. 지금 이 시간, 자네 조카가 일하는 공장 밖에 컨테이너 트럭이 서 있지. 축구화 수만 켤레가 가득 실려 있어. 지금 이야기하는 건, 수십 억 루피아에 대한 거야.

그 트럭은 월요일 아침에 부두로 가기 전에 내일 온종일 거기서 있을 거야."

드래곤이 잠시 말을 멈추고 고개를 돌려 침을 퉤 뱉는다.

"그러니까, 우리가 털고 싶은 건 자카르타 시내의 노점이 아니란 말이지. 이 컨테이너는 부유한 미국인들 거야. 그자들은 컨테이너에 일이 생긴 걸 알게 되면 그냥 넘어가지 않을 거야. 내 동생이라도 외국과 관련된 범죄 수사는 전혀 못 막아줘. 그래서 흔적을 남기지 않고 트럭 안에 들어갈 수 있는 사람이 필요하단 거지. 자네처럼 말이야, 아론."

삼촌이 고개를 가로젓는다. "그렇게는 안 될걸."

드래곤의 눈이 휘둥그레진다. 드래곤한테 잘근잘근 씹히기 싫으면 비위를 건드려선 안 된다고, 삼촌에게 미리 경고했어야 했다.

"당연히 될걸. 자네 이력이 전설적이잖아. 자네가 한 도둑질 가운데 어떤 건, 사람들이 아직도 믿질 못하더군."

"난 붙잡혔어, 아니었나?"

"그리고 도망쳤지."

삼촌이 다시 고개를 가로젓는다.

"소용없는 짓이야. 몇 주 뒤 컨테이너가 목적지에 도착할 때까지 일이 발각되지 않으면 가망이 있을지도 모르지. 하지만 컨테이너는 부두를 빠져나가지도 못할걸."

"어째서?" 경감이 묻는다.

삼촌이 고개를 돌려 경감을 힐끗 본 다음 다시 드래곤을 보고 답한다.

"배에 싣기 전에 컨테이너 무게를 재서 내용물이 맞는지 확인하니까. 무게가 너무 많이 차이 나면 컨테이너를 열어서 내용물을 확인하지."

드래곤이 활짝 웃는데 잇몸에 입담배 침이 고여 있다.

"우리가 물건을 빼내기만 하지는 않지. 그 자리에 뭔가를 집어넣을 거야."

삼촌이 얼굴을 찡그린다. "뭘?"

"사람들."

"사람들?" 내가 무심결에 내뱉었지만, 드래곤은 못 들은 체한다.

"신발을 빼낸 팔레트마다 이곳을 떠나려고 돈을 낸 사람들을 채워 넣을 거야." 드래곤이 나를 쳐다본다. "꼬마 라자로, 너도 한 번 생각해 볼래? 백만 루피아를 내면 네 자리를 예약해 줄게."

삼촌이 손으로 자기 얼굴을 쓸어내린다.

"내가 도와주면 우리 형은 풀려나는 거야?"

"물론이지." 드래곤이 말한다.

"그 다음은 뭐야? 경감이 나를 넘기고 훈장을 받는 건가?"

드래곤과 경감이 서로 눈빛을 교환한다.

"자네를 교도소에 안 보낼 수도 있지." 드래곤이 의자에 앉은 채로 몸을 앞으로 내민다. "우리를 위해 이 일을 해주면 자네한테 새로운 삶을 선사하지. 이제 새로 시작하는 거야. 자네도 자네 가족도."

"그러니까 나는 그냥 네 말을 믿어야 한다는 거네?" 삼촌이 경감에게 시선을 옮겼다가 다시 드래곤을 쳐다본다. "아, 중요한 건 그게 아니구나. 나한테는 선택의 여지가 없잖아." 그러고는 삼촌이 나를 본다. "나는 우리 식구들과 함께 일을 바로잡으려고 여기 왔어. 그러기 위해서 이 일을 해야 한다면, 그렇다면 해야지."

드래곤이 손으로 의자 팔걸이를 힘껏 내리친다.

"그럼 됐어! 오늘밤은 여기서 지내게. 갈아입을 옷이랑 먹을 거리를 갖다 주지. 그것 말고 더 갖다 줄 거 있나, 동생?"

삼촌이 드래곤을 빤히 쳐다본다. "끼니랑 잠자리면 돼, 그게 다야."

"사람을 보내서 음식을 가져오라고 하지. 먹고 싶은 건 뭐든 먹어도 돼." 드래곤이 나를 향해 손을 젓는다. "꼬맹이 라자로, 너는 집에 가봐. 오늘 여기서 들은 것은 비밀로 해야 한다. 안 그러면 너도 아버지랑 삼촌처럼 감방에 가고 말겠지. 그 사이에 너희 집 여자들은 나를 위해 일해야 할 거고."

나는 두 주먹을 움켜쥔다. 드래곤의 으스대는 표정을 보니 머리를 내리치고 싶다. 하지만 삼촌이 나를 쳐다보고 있고, 삼촌의 고요한 눈빛이 나를 진정시킨다.

삼촌이 말한다. "괜찮다, 부디. 이제 집에 가거라."

삼촌과 아빠가 믿어지지 않을 만큼 닮았다. 문득 우리가 그렇게 오래 떨어져서 지낸 것 같지 않다. 삼촌이 계속 내 옆에 있었던 것 같다.

드래곤이 손가락에 낀 반지 하나를 빙빙 돌리면서 말한다. "내일 저녁에 데리러 가마. 그 공장 건물은 네가 누구보다 훤하잖아. 네가 필요할 수도 있겠어."

경감이 내 팔을 잡아채더니 그 집 밖으로 밀어낸다. 내 뒤에서 계단을 따라 내려오던 경감이 비를 맞기 싫은지 아파트 입구에 멈춰 선다. 아파트 앞 공터를 가로질러 가다가 뒤를 돌아보니 경감이 바닥에 침을 뱉고 있다.

모퉁이를 돌자마자 뛰기 시작해서 집에 도착할 때까지 멈추지 않았다. 어두운 방에서 할머니가 자고 있다. 숨소리가 느리고 얕다. 나는 얼른 내 방으로 살금살금 걸어가 침대에 웅크리고 눕는다. 아무 말을 하지 않아도 돼 다행이다.

잠시 뒤 엄마가 집에 들어오는 소리가 들린다. 엄마가 할머니를 깨우더니 경찰서에서 몇 시간이나 기다렸지만 아빠와 만나게 해주지 않았다고 한다. 할머니가 걱정하지 말라고 말한다. 아무 일도 없을 거라고 말한다. 하지만 나는 할머니 말을 믿어야 할지 어떨지 모르겠다. 차가운 눈물이 뺨을 타고 흘러내려 매트리스를 적신다. 난생 처음으로 할머니가 한 말이 거짓말일지도 모른다는 생각이 든다.

엄마가 곧바로 잠자리에 든 것 같다. 차츰 사방이 조용해지고 집 밖에서 추적추적 비 떨어지는 소리만 들린다.

옆방에서 할머니 기침 소리가 들려서 그만 일어난다. 깜깜한 방에서 주황색 담뱃불만 반짝이고 있다.

"할머니, 괜찮으세요? 물 갖다 드릴까요?"

"신경 써줘 고맙다, 부디. 하지만 괜찮아."

주황색 불빛이 시뻘겋게 타올랐다가 사그라든다.

"이야기 하나 들려줄까?"

나는 할머니 옆으로 가서 나달나달한 바닥깔개 위에 책상다리를 하고 앉는다. 할머니가 으르렁거리듯 나직이 기침을 한다.

"무슨 이야기를 해줄까?"

"아무거나요. 할머니가 특별히 좋아하는 이야기는 어때요?"

"내가 좋아하는 이야기? 음, 어디 보자. 고르기 어려운걸. 그 수영선수 이야기 해 줬던가?"

"아니오. 할머니가 특별히 좋아하는 이야기예요?"

"그런 것 같구나."

"그런데 왜 전에 안 들려줬어요?"

할머니가 담배를 마지막으로 한 모금 빨더니 비벼서 끈다.

"마지막을 위해서 최고의 이야기를 아껴두었다고 할까?"

"이게 마지막이면 이제 더 들려줄 이야기가 없다는 말이에요?"

"응, 이게 마지막이란다."

나는 할머니한테서 이야기가 떨어질 거라고는 한 번도 생각하지 않았다.

"자 그럼, 이 이야기는 이렇게 시작된단다. 어느 외딴 섬에 남자아이가 살고 있었는데……."

"그 커다란 야자나무가 있는 섬이에요? 그 이야기는 전에 해줬어요."

"아니, 이건 다른 섬에 사는 다른 남자아이 이야기란다. 완전히 다른 이야기이지. 저기, 어디까지 했더라? 어, 그래, 옛날에 어느 외딴 섬에 남자아이가 살고 있었단다."

"그 아이 이름은 뭐였어요?"

"이름이 부디였단다."

"말도 안 돼, 아니에요! 할머니가 지금 지어낸 거죠."

"이봐 젊은이, 나를 거짓말쟁이라고 한 건가? 말이 나왔으니 하는 말인데, 이 이야기는 대대로 전해오는 거란다. 그동안 너처럼 이야기 중간에 끼어드는 사람은 없었을 것 같은데. 그리고 그 아이가 부디라고 불린 건 사실이야."

"하지만 그건 내 이름이잖아요."

"그렇지. 네 이름이 바로 그 아이 이름을 딴 거지."

"진짜예요? 전혀 몰랐는데요."

"그래, 그 아이 이름을 딴 거야. 네가 태어났을 때 내가 이 이름으로 하자고 했더니 네 엄마 아빠가 '왜 부디예요?' 하고 묻더구나. 음, 네 엄마 아빠는 별로 안 좋아했거든. 하지만 결국 네 아빠 이름을 엘비스라고 지은 게 나잖니." 할머니가 소리 내어 웃지만 이내 마른기침으로 이어진다. "아무튼, 내가 이 이야기를 들려주고 나자 네 엄마 아빠는 이 이름이 아주 멋지다고 여겼지. 그래서 너를 부디라 부르기로 찬성한 거야."

"그러니까 그 이야기가 어떻게 되는데요?"

"아까 말한 것처럼, 옛날에 부디라 불리는 남자아이가 외딴 섬에 살고 있었지. 그 섬에서 살아가는 건 아주 힘들었단다. 그럭저럭 살아가는 일조차 힘들었지. 그 섬에 사는 사람들은 배를 만들 도구나 재료도 없어서 얕은 물에서 창으로 물고기를 잡았어. 굉장히 원시적인 방법이지만 모두 함께 일하면서 서로 행복하게 지냈어. 폭풍이 몰아치거나 먹을거리가 부족할 때에도 그랬단다.

근처 다른 섬들에 사는 사람들은 아무도 이 섬에 대해 신경 쓰지 않았어. 섬이 너무 작고 바위투성이이고 비바람이 심해서 살기 힘들다고만 여겼지. 그래서 그 섬에 가보지도 않았어. 그러나 가끔 날씨가 나빠서 그 섬까지 떠밀려온 어부들이 있었단다. 부디와 식구들은 그 어부들한테서 바다 건너 다른 섬들은 형편이 훨씬 좋다는 이야기를 몇 시간씩 듣곤 했지. 부디가 아무리 부탁해도 그 어부들은 머나먼 낙원으로 돌아가는 배에 부디를 태워주지 않았단다. 부디는 그 섬에서 한 발짝도 벗어날 수 없었지."

할머니가 말을 멈추고 한참 시간이 흐른다. 나는 할머니가 잠들었을지 모른다는 생각이 든다. 그 순간 달가닥거리는 소리가 들리고, 난데없이 불꽃이 확 피어오르며 할머니 얼굴을 하얗게 비춘다. 담배를 다시 피우기 시작한 할머니 얼굴이 무척 창백해 보인다. 자잘하던 주름은 더 길고 많아 보인다. 할머니가 손을 저어 성냥불을 끈다.

"할머니, 그 다음은요? 부디가 그 섬을 떠났어요?"

"기다려봐라, 급할 거 없다. 어느 날 밤, 무시무시한 폭풍우가 몰아쳐서 나무들이 많이 쓰러졌어. 섬사람들이 열매를 따먹거나 집을 짓는 데 필요한 나무였지. 마침내 날이 개서 보니 상황이 어느 때보다 더 나빴어. 그때 부디는 그 섬을 떠나기로 결심했단다."

"하지만 어떻게요? 그 섬에는 배가 한 척도 없잖아요, 아까 그랬잖아요?"

"그래 맞아. 부디도 누구보다 그 사실을 잘 알았지. 하지만 내가 여태 말하지 않은 게 한 가지 있어. 부디는 헤엄치는 걸 정말 좋아했단다. 날이면 날마다 바다에 나갔는데, 낚시를 할 뿐만 아니라 파도를 타며 헤엄을 치기 위해서였지. 부디는 헤엄을 쳐서 섬 주위를 한 바퀴씩 돌곤 했어. 사실대로 말하건대 섬 주위가 그리 길지는 않았어. 부디는 물속에서 숨을 얼마나 오래 참을 수 있는지 보려고 잠수를 하기도 했어. 부디가 섬을 떠나는 데 문제가 되는 건, 가장 가까이 있는 섬이라도 저 멀리

수평선에 흐릿한 형체로밖에 안 보인다는 거였어. 뛰어난 수영 선수한테도 굉장히 먼 거리였지. 그렇지만 부디는 섬에서 살아가기가 너무 힘들어 뭔가를 해야만 했어. 그래서 폭풍우가 지나간 다음 날 동이 트자마자 다른 섬까지 헤엄쳐 가겠다고 발표했지.

섬사람들이 얼마나 의욕을 꺾는 말을 했을지 상상이 갈 거야. 누군가는 '상어랑 해파리는 어떡할래?' 하고 물었어. 또 누군가는 '조류 때문에 먼바다로 떠내려갈걸.' 하고 말했고. 섬사람들은 한목소리로 '너무 멀다'고 했어. 부디 역시 다 아는 사실이었지. 부디는 큰 위험이 따른다는 걸 알지만 아무것도 하지 않으면 똑같이 위험해질 거라 생각했어. 사실 가족과 친구들 외에는 아무도 부디의 결심을 응원하지 않았단다."

"하지만 걱정하진 않았어요? 부디가 떠나는 걸 슬퍼하진 않았어요?"

"당연히 걱정하고 슬퍼했지. 그렇지만 가족과 친구들은 그것이 최선이라는 것을 알기에 부디가 떠나는 것이 슬프면서도 행복했단다. 그들은 부디가 물살을 헤치고 바다로 걸어 들어가는 모습을 지켜봤고, 부디의 뒤를 따라서 한참 동안이나 물속으로 걸어 들어갔지. 머지않아 부디는 파도와 파도 사이의 작은 점으로 변했어. 그러다가 가족과 친구들 시야에서 완전히 사라졌지.

얘야, 이처럼 누구나 혼자 힘으로 헤쳐 나가야 할 때가 있는 법이란다. 부디는 수십 킬로미터를 지치고 아픈 팔다리로 저어 가는 동안 틀림없이 괴롭고 외롭고 두려웠을 거야. 그런데 내 생각에 말이야, 부디는 죽을 만큼 외로운 상황에서도 실은 결단코 혼자가 아니라는 걸 알았을 거야. 언제나 응원해 주는 사람이 있고, 언제나 믿어주는 사람이 있으니까. 그리고 부디는 발차기를 멈추지 않는 한 끝내 목적지에 도착하리라는 걸 알았지.

부디, 너도 절대 포기해서는 안 된다. 발차기를 멈춰선 안 돼. 나는 네가 잘할 거라 믿어."

할머니가 입을 다물고 담배를 피운다. 담배를 빠는 중간에 할머니의 거친 숨소리가 들린다.

나는 나직이 묻는다. "그 다음에는요? 부디가 해냈어요?"

"어땠을 것 같냐?"

"잘 모르겠어요. 해냈으면 좋겠지만요."

할머니가 앉은 자세를 고치는지 주황색으로 빛나는 담배 끝이 어둠 속에서 춤추듯 움직인다.

"너 친구랑 사이가 틀어졌지?"

"그건 어떻게 알았어요?"

"나 같은 노인네 눈에는 뭐든 잘 띄거든. 그 이야기 하고 싶냐?"

"별로요." 로치한테 맞은 옆구리를 문지르는데, 문득 다른 무엇보다 그 이야기가 하고 싶어진다. "로치가, 나는 프로 선수가 절대 못 될 거래요. 그리고 베르나베우에 가서 키어런 웨이크필드가 축구하는 것도 못 볼 거래요. 로치가 나를 땅바닥에 내리꽂고 때리기도 했어요."

지금 이야기를 듣고 있는 사람이 우리 할머니인데도, 할머니가 내 얼굴을 보고 있지 않는데도 나는 창피했다.

"로치 그 아이 참 못됐구나. 좋은 친구인 줄 알았건만."

"좋은 친구예요. 어쨌든, 좋은 친구였어요."

"분명히 로치도 네 마음을 아프게 할 생각은 아니었을 거야. 사람들은 화가 나거나 속상하면 생각지도 않은 말과 행동을 많이 하잖니. 그렇지만 그런 말은 귀담아듣지 마라. 너는 안 된다는 이야기 따위 신경 쓰지 마. 안 되는 건 없으니까."

할머니가 담배를 다시 빨자 치직거리며 빨간 불꽃이 피어오른다.

"분명히 싸움이 오래 가지는 않을 거야. 얼마 안 있으면 모든 것이 다시 정상으로 돌아올 거야. 자, 너무 늦었다. 너는 이만 가서 자는 게 좋겠다."

"한 가지만 더요, 할머니. 그럼 자러 갈게요, 약속할게요."

"그래, 한 가지가 뭔데?"

할머니에게 당신 아들이 모퉁이만 돌아가면 거기 있다고 말해 주고 싶은 마음이 간절하다. 할머니에게 두 아들 중에 누구를 고를지 걱정하지 않아도 된다고 말해 주고 싶다. 이미 내가 대신해서 선택했으므로. 이제 조금만 있으면 우리 모두, 그러니까 우리 다섯 식구가 새로운 삶을 살게 될 거라고 말해 주고 싶다. 그때 갑자기 드래곤의 경고가 생각난다. 내가 입을 뻥긋하면 우리 식구들을 가만두지 않겠다고 한 경고가 떠올라 나는 입을 다문다.

비밀을 나누는 것이 오히려 이기적일 때가 있다.

"할머니, 엘비스 프레슬리 만난 적 있어요?"

할머니가 키득키득 소리 내어 웃는다. "네가 한 가지 더 물어본다는 게 이거냐?"

"만났어요?"

할머니가 한숨을 내쉰다. "그래, 딱 한 번. 정말로 기억에 남을 날이었지. 하지만 그 이야기는 다음에 하자."

"할머니한테 이야기가 다 떨어진 줄 알았는데요?"

할머니가 다시 키득거리며 웃는다. "한마디도 안 지는구나, 응? 자, 자러 가기 전에 한 번 안아보자."

할머니가 자리에서 일어선 나를 꼭 끌어안는다. 나는 어둠을 헤치고 내 방으로 간다. 방문 앞에 이르렀을 때 할머니가 나를 부른다.

"부디, 무슨 일이 있어도 발차기를 계속해야 한다."

고개를 돌려 보지만 발갛게 빛나고 있는 할머니의 담배 외에는 아무것도 안 보인다.

"안녕히 주무세요, 할머니."

"잘 자라."

모래로 지은 집

내가 바닷가에 누워 있다. 온몸이 욱신거린다. 모래 속에서도 거세게 밀려드는 파도가 느껴진다. 파도의 진동 때문에 지친 근육이 아프다. 내가 지금 바닷가에 누워 있다면 틀림없이 해낸 것이다. 바람에 불려온 모래가 내 얼굴에 흩뿌려지는 게 느껴진다면 나는 죽거나 익사하지 않은 것이다. 그래도 나는 눈을 계속 감고 있다.

팔다리에서 느껴지는 통증이 기쁘기까지 하다. 내가 발차기를 계속했다는 뜻이니까. 나는 아직 죽지 않았다.

파도가 또다시 바닷가로 밀려든다. 내가 모래 속으로 더 깊이 가라앉는 걸 보니 큰 파도인 모양이다. 모래 알갱이가 곤충들처럼 내 어깨를 타고 빠르게 지나간다. 몸을 일으켜 본다. 나는 너무 무겁고, 모래가 너무 푸석푸석하다. 극심한 공포가 밀려든다.

누군가가 내 이름을 부르는 소리에 완전히 공포에 휩싸인다. 누군가가 내 이름을 알고 부른다면, 나는 해내지 못한 것이다. 내가 기절해서 처음 출발한 섬으로 떠밀려온 것이 틀림없다. 이건 차라리 죽느니보다 못하다. 목소리가 다시 들리고, 파도가 또다시 밀어닥친다. 이번에는 정말로 쓰나미만큼이나 큰 파도가 틀림없다. 엄청난 충격과 함께 내가 모래 속으로 빠지는 느낌이 든다. 모래가 얼굴로 쏟아져 귀와 코와 입을 가득 메운다. 지금 눈을 뜨고 여기서 빠져나가지 않으면 죽을 것 같다. 하지만 어디로 가야 할지 모르겠다.

내 이름이 다시 불린다. 모래 속에서 들으니 이상하게 들린다. 누군가가 모래 속으로 손을 뻗어 나를 끌어당긴다. 그러나 나는 몸부림을 친다. 파도를 마주하기 싫다. 파도가 너무 크다. 너무 세다. 파도가 나를 휩쓸어갈 것이다.

"부디! 일어나! 여기서 나가야 돼!"

나는 눈을 번쩍 떴다가 곧바로 모래 알갱이가 들어올까 봐 가늘게 뜬다. 천장에서 흙먼지가 비처럼 쏟아지고 있다.

"그만 흔드세요! 일어났어요!"

"부디!"

엄마 목소리이지만 이제껏 한 번도 들어본 적 없는 목소리이다. 또 다른 소리가 뒤따라 들린다. 우르릉거리는 소리. 가까워지고 점점 커지는 소리. 온 세상이 아파하는 것 같은 소리.

손으로 얼굴을 문지르자, 작은 모래 알갱이들이 부스스 떨어진다. 나는 손을 들어 빛을 가리고 위를 올려다본다. 천장에 난

금이 사방으로 퍼져 있고, 벽을 따라서도 지그재그로 뻗어 있다. 거인이 내 방을 완전히 부수고 있는 것 같다. 엄마가 내 팔을 움켜쥐자, 나는 허둥지둥 침대에서 내려온다.

바닥이 흔들거려 다리가 휘청거린다. 땅이 갑자기 기우는 바람에 손과 무릎으로 기어간다. 밖에서 비명소리가 들린다. 바드득 쿵, 하는 소리가 들리고 곧바로 창문으로 먼지가 자욱이 밀려든다.

"식탁 밑으로!" 엄마가 나를 일으키려고 안간힘을 쓴다.

"할머니는요?" 나는 힘겹게 할머니의 안락의자가 있는 쪽으로 간다.

할머니가 소리친다. "나는 괜찮다! 식탁 밑으로 들어가!"

할머니를 부축해서 일으키려는데, 할머니가 온 힘을 다해 밀어내는 바람에 나는 다시 기어서 식탁 밑으로 들어간다. 엄마가 나를 꽉 끌어안아 몸을 감싼다. 식탁 밑에서도 할머니가 무릎 위에 두 손을 포개고, 고개를 숙인 채 눈을 꼭 감고 있는 모습이 보인다. 할아버지가 돌아가신 뒤로 할머니는 지진을 몹시 싫어하게 되었다고 한다. 할머니가 나보다는 덜 무서워하면 좋겠다. 지금 아빠가 자카르타에서 가장 튼튼한 건물 안에 있다는 걸 할머니가 떠올리면 좋겠다. 할머니 자신이 불멸의 존재라는 걸 떠올리면 좋겠다.

언젠가 로치가 지진에 대해 들려준 말이 있다. 지진은 (내가 생각한 것처럼) 지구가 굶주린 것과 아무 상관이 없다고 했다.

또 (우스톤이 말한 것처럼) 알라신이 화난 것과도 아무 상관이 없다고 했다. 로치 말로는, 땅속 깊은 곳이 거대한 암석 판으로 이루어져 있고, 이 암석 판이 모두 움직이고 있다고 한다. 암석 판들은 한 번에 아주 조금씩 움직이는데, 이따금 움직이지 않는 암석 판에 압력이 점점 더해질 때가 있다. 그러다가 바로 오늘처럼 뭔가가 가해지면서 암석 판들이 한꺼번에 아주 많이 움직인다. 나는 로치에게 아주 조금씩 움직이던 것이 어떻게 지진처럼 엄청나게 바뀔 수 있느냐고 따졌지만, 로치는 자기 말이 사실이라고 맹세까지 했다. 이제 나는 로치 말을 믿어야 할 것 같다.

마침내 흔들림이 멈춘다. 마지막으로 회반죽 조각이 몇 개 바닥으로 떨어지는 소리가 들린다. 엄마가 여진이 있을 경우를 대비해 그대로 식탁 밑에서 기다리라고 한다. 그리고 안락의자 쪽으로 달려가 할머니 머리와 옷에 내려앉은 먼지를 털어낸다. 할머니는 목구멍에서 먼지를 빼내기라도 하듯 컥컥거리며 기침을 한다.

"난 괜찮다." 할머니가 두 손으로 가슴을 꾹 누른다. "이제 끝났구나."

할머니의 눈에서 눈물이 흘러내리고 이마에서 구불구불한 핏줄이 튀어나온다. 엄마가 할머니를 위해 물을 가지러 간다. 나는 창문 너머로 길 건너 건물을 쳐다본다. 건물을 똑바로 보려고 고개를 옆으로 기울이는데도 여전히 건물이 바로 서지 않는다.

나는 식탁 밑에서 기어 나온다. 엄마가 뭐라고 말하지만 들리지 않는다. 도무지 창문에서 눈을 뗄 수 없다. 나는 천천히 방을 가로질러 현관 밖으로 나온다.

길 건너에 있는 아파트 건물, 그러니까 잘못된 콘크리트로 만든 그 건물이 반 토막이 나 있다. 마치 개가 네 다리를 구부리고 앉아 있는 것 같다. 아래쪽 층들은 서로서로 포개져 있고, 위층의 남은 건물은 바닥 쪽으로 기울어져 있다.

나는 길 한가운데에 있는 콘크리트 덩어리 위로 올라선다. 아침부터 날이 덥지만 먼지가 자욱해서 해가 보이지 않는다. 주위를 둘러보니 삼삼오오 모인 사람들이 무너진 건물을 보면서 서로서로 붙들고 울부짖고 있다. 사람들 옷이 하얀 가루로 뒤덮여 있고, 얼굴에는 희끗희끗한 얼룩이 묻어 있다. 꼭 유령처럼 보인다.

어쩐 일인지 우리 아파트 건물은 그대로 서 있다. 내 눈에 보이는 모든 건물에서 크나큰 덩어리들이 떨어져 나와 있는데 말이다. 집 앞 도로로 또 다른 사람들이 자꾸자꾸 비틀거리며 나오더니 금세 친척과 친구들을 찾는 사람들로 발 디딜 틈이 없다. 사람들이 걸을 때마다 길바닥에서 풀썩풀썩 먼지가 인다. 내 입속이 사막처럼 느껴진다. 울음소리와 비명소리 한가운데에서 다급하고 화난 목소리가 들리지만 무슨 말을 하는지는 모르겠다.

예전에 전쟁 영화를 본 적 있다. 마지막에 여러 대의 비행기가 도시 위로 날아가더니 주택들에 폭탄을 떨어뜨렸다. 군인들이 사는 집도 아니었다. 그냥 평범한 가족이 사는 집이었다. 노인들, 어른들, 어린이들, 갓난아기들. 폭탄이 계속 떨어지자 도시가 산산조각이 났다. 그런데 폭탄이 떨어지는 내내 음악이 울리고 있었다. 영화 마지막에 좋은 쪽이 이기기 시작할 때 늘 울리는 그런 음악 말이다. 다만 그 영화에서는 좋은 쪽이 이기고 있지 않았다. 나중에 건물 잔해를 수습한 이들은, 아무 이유 없이 폭격을 당한 바로 그 사람들이었다. 그리고 영화에서 본 그 길거리가 지금 우리 집 앞 길거리랑 똑같았다.

갑자기 로치가 떠오른다. 빈민가 근처에 있는, 허물어져 가는 로치네 아파트가 생각난다. 나는 딛고 서 있던 콘크리트 덩어리에서 뛰어내려 다시 집으로 들어간다. 엄마는 여전히 한쪽 팔로 할머니를 감싸 안은 채 할머니의 먼지투성이 입술에 물컵을 갖다 대고 있다. 할머니는 물을 마시지 않고 있다. 나는 조금도 뛰지 않았는데도 숨이 가빴다.

나는 가까스로 입을 열었다. "로치요, 확인해 봐야겠어…… 알아야겠어요."

엄마가 허리를 세운다. "안 돼. 지금은 안전하지 않아."

그러나 할머니가 손을 흔든다.

나한테 가라고 하는 것 같다.

엄마한테 나를 보내라고 하는 것 같다.

그리고 엄마는 할머니 말이 맞다는 걸 알고 있다. 엄마가 양손을 허리에 올리고 고개를 숙인다.

"그래……."

엄마도 할머니처럼 손을 흔든다.

그래서 나는 간다. 유령들 사이를 헤치고 간다. 벽에서 떨어진 에어컨과 상점 표지판과 깨진 돌조각이 좁은 골목길을 막고 있어서 큰길 쪽으로 간다. 포장도로를 따라 달려가면서 건물 잔해를 뛰어넘고, 넘어진 스쿠터 사이를 빠져나간다. 그 모든 혼돈과 파괴의 현장에서 얼핏 공장 건물이 눈에 들어온다. 공장 건물은 아무 일도 없었던 것처럼 그대로 서 있다.

나는 로치네 아파트로 이어지는 미로 같은 골목길로 접어든다. 건물들끼리 부딪쳐 쓰러지면서 좁은 골목길에 콘크리트와 회반죽 덩어리를 뿌려 놓았다. 건물 잔해 사이로 길이 좁게 나 있는데, 빈민가에 가까워지자 골목 안으로 더 들어가려면 잔해 더미를 넘어가야 한다. 마침내 로치네 아파트 앞 도로에 도착한다. 나는 돌무더기 위로 기어올라간 다음 주르르 미끄러져 내려간다.

나는 다리가 화끈거려서 멈출 수 없다. 폐가 쿡쿡 쑤시는 것 같아 멈출 수 없다. 손끝과 무릎에 난 상처에서 피가 뚝뚝 흐르고 있어서 멈출 수 없다.

내 눈앞에 건물이 하나도 없어서 멈춰 선다.

내 눈앞에 사람들이 한 명도 없어서 멈춰 선다.

계속 갈 수 없을 것 같아 멈춰 선다.

그때 구부러진 철근과 깨진 콘크리트 무더기 사이에 서 있는 사람이 눈에 띈다. 그 사람은 주위에 있는 먼지투성이 잔해들과 똑같은 색깔을 하고 있다. 가까이 가보니 셔츠 등에서 엷은 색의 숫자 7이 벗겨져 덜렁거리는 모습이 보인다.

로치는 내가 바로 옆으로 다가가도 돌아보지 않는다. 자기 집이 있었던 곳만 멍하니 쳐다보고 있다. 흙먼지로 뒤덮인 로치의 양쪽 뺨에 진한 줄무늬가 길게 나 있다. 옛날 부족이 싸우러 가기 전에 얼굴에 칠을 한 것처럼. 틀림없이 내 얼굴도 그와 같을 것이다.

나는 손을 뻗어 로치의 손을 잡는다.

로치가 속삭이듯 말한다. "내가 밖으로 나온 순간이었어. 쓰레기 하치장에 가려고 나온 거야. 난 몰랐어…… 이런 일이 생길 줄 몰랐어."

나는 로치의 손을 꼭 쥔다. 내 손끝에서 새어 나온 피가 길바닥에 떨어지는 소리가 작게 들린다.

우리는 그 자리에 한참 동안 서 있었다. 비가 와서 우리를 깨끗이 씻어내도 자리를 뜨지 않는다. 나는 다리가 아프지 않다. 어깨가 화끈거리지도 않는다. 가장 아픈 부위는 알아챌 수밖에 없다. 가슴속에서 곤두박질이 끝없이 이어진다. 내 심장이 깊고 차가운 대양 속으로 가라앉고 있기라도 한 것처럼. 누군가가 내 몸속에 칼을 점점 더 깊이 찌르고 있기라도 한 것처럼.

계속 비틀고, 계속 밀면서. 어디가 끝인지는 결코 모른다. 로치의 손을 아주 오래 잡고 있었더니 우리가 한몸이 된 것 같다. 지금 씰룩거리는 근육이 누구 것인지 모르겠다. 내 손끝에서 흘러나온 피가, 로치가 흘리는 피 같다.

"미안해." 로치가 다시 입을 연다.

나는 되묻지 않아도 안다.

"나도 미안해."

하늘이 어두워지기 시작한다. 사이렌 소리가 가까이 오지 않는데도 점점 더 커진다. 사람들이 건물 잔해를 피하며 천천히 지나간다. 잔해 더미를 파헤치며 지나간다.

"우리도 가야지. 우리 집에 가자."

로치가 고개를 젓는다. 로치의 코와 턱에서 빗물이 떨어진다. 로치의 셔츠는 이제는 엷은 분홍색이 아니다. 원래 색깔인 진한 붉은색이다.

"여기를 떠나기 싫어. 그럴 수 없어."

나는 로치의 얼굴을 가만히 들여다본다. 로치가 울음을 그칠 수나 있을까. 영원히 여기에 서서 돌무더기를 눈물로 적시려는 걸까? 우리는 손을 놓고, 나는 집 쪽으로 발길을 돌린다. 하지만 발걸음을 떼기 전에 다시 뒤로 돌아선다.

"준비되면 아무 때나 와. 우리는 너를 기다릴 거야."

그러고는 진창길을 터벅터벅 헤치고 부서진 잔해 더미를 피해 걷기 시작한다. 곳곳에서 사람들이 생존자를 찾고 있다. 또 다른 곳에서는 먹을거리나 땔감이나 팔 만한 것을 찾고 있다. 잔해 더미 사이에 생긴 틈새마다 임시로 집이 지어지고 있다.

집에 도착해 보니 엄마가 식탁 앞에 앉아 손톱을 깨물면서 벽만 멍하니 쳐다보고 있다. 내가 부르기 전까지는 내가 집에 온 줄도 모른다.

"엄마."

그 순간 비어 있는 안락의자가 눈에 들어온다.

"할머니는요?"

"아, 부디." 엄마가 벌떡 일어나더니 나를 끌어안는다. 엄마는 내가 빗물에 젖은 것도, 피를 흘리고 있는 것도 못 본 것 같다. 겉으로도 피를 흘리고, 몸속으로도 피를 흘리고 있는 것을. "어떻게 말해야 할지 모르겠다. 가셨어. 할머니가 가셨어. 할머니를 잃어버렸어."

나는 가까스로 몸을 비틀어 빼내고 엄마 눈을 올려다본다. 눈이 벌겋고 퉁퉁 부어 있다.

"할머니는 멀리 못 갔을 거예요. 잘 걷지도 못하잖아요. 게다가 너무 자주 자버리잖아요. 어디 길거리에 있는지 찾아봤어요?"

"아니, 부디……."

"그럼 길거리 먼저 찾아봐야겠네요. 제가 지금 나가볼게요."

"아니야, 부디." 엄마가 밖으로 나가려는 내 팔을 붙잡는다.

뒤돌아보니 엄마가 진짜로 울고 있다. 어디가 아픈 것 같다.

"어디 안 좋아요?"

엄마가 흐느끼는 목소리로 말한다. "가셨다고, 부디. 할머니 돌아가셨어."

"하지만……."

하지만 할머니는 불멸의 존재이다. 뱀독에도 면역이 있다. 예전에 건물 3층 창문에서 떨어졌어도 긁힌 자국도 없이 살아남았다.

엄마가 할머니의 안락의자에 앉는다. 그 모습이 몹시 낯설다. 안락의자 쿠션이 엄마한테는 잘 맞지 않았다. 아래쪽을 내려다보니 내 발 주위에 웅덩이가 생기고 있다. 손끝에서 흘러나온 피가 바닥깔개에 뚝뚝 떨어진다.

"하지만 돌아가실 수 없는 분이잖아요."

그 순간 개울 바닥에서 모든 것을 보는 것처럼 그 방이 뿌옇게 변한다. 내 주위를 빠르게 흘러가며 모든 것을 휩쓸어가는 개울. 사방에 흩어져 있는 담배꽁초, 바닥깔개, 엄마가 여전히 앉아 있는 할머니의 안락의자. 머지않아 내 발과 다리, 허리도 안 보인다. 내가 휩쓸려 떠내려가고 있는 것 같다. 수면 아래로 들어간다. 물속 깊이 가라앉는다. 이제 내가 할 수 있는 건 아무것도 없다. 붙잡을 수 있는 것도 없다.

그래서 나는 놓아버린다.

다 끝났어

"네 아빠한테 말해야겠다."

엄마의 말에 내 눈이 초점을 다시 찾는다. 엄마의 손이 내 어깨에 얹혀 있다. 내가 방금 잠에서 깨기라도 한 것처럼 엄마가 쳐다본다.

"그 다음에 병원으로 갈 거야. 작별인사를 해야지. 같이 갈까?"

"아뇨. 여기 있을게요." 나는 웅얼거리듯 말한다.

내가 작별인사를 하지 않으면 할머니가 떠나지 못할 것 같다. 내가 보지 않으면 아무도 할머니가…… 증명하지 못할 것이다. 아무도, 아무것도 증명하지 못하면 이 일은 결코 실제로 일어나지 않은 것이다.

"정말 괜찮겠니? 널 여기 혼자 두기 싫은데."

"저 괜찮아요. 정말이에요."

엄마가 내 어깨를 쥐고서 눈물을 닦는다.

"알았다." 엄마가 허리를 똑바로 세운다. "되도록 빨리 올게."

엄마가 눈을 감고 숨을 깊이 들이쉰다. 그런 다음 컴컴해진 집 밖으로 나간다.

나는 낡은 바닥깔개에 앉아 가장자리의 술을 만지작거린다. 공기 중에는 아직 담배연기 냄새가 감돌고, 안락의자 쿠션에는 할머니가 앉은 자국이 영원히 지워지지 않을 듯 남아 있다. 나는 어둠 속에 앉아 내 귀를 속여 할머니의 목소리를 듣고, 내 눈을 속여 끝이 빨갛게 타오르는 할머니의 담배를 본다. 하지만 오래가지는 않는다.

그때 현관문 옆에서 뭔가 움직임이 느껴져 고개를 든다. 바깥의 어둠보다 훨씬 더 짙은 형체가 보인다.

그 형체가 말한다. "꼬맹이 라자로, 빚 갚을 시간이다."

드래곤이 현관문 안으로 들어서더니 벽에 기대어 선다. 얼굴이 비에 젖어 번들거리고, 웃느라 드러난 이빨이 잎담배 물이 들어 시커매 보인다.

"이번 지진이 오는 걸 아무도 몰랐지 뭐야." 드래곤이 뭉툭한 손가락으로 벽에 생긴 금을 만진다. "집을 잃은 사람들한테서 집세를 계속 받을 수 있겠냐? 참 나! 그나마 다행인 건 내가 다른 사업으로 갈아탔다는 거지."

나는 두 주먹을 불끈 쥔다.

"더 이상은 돕기 싫어요."

드래곤이 인상을 쓴다. "뭐야? 네 아비를 평생 감방에서 썩

게 하고 싶다 이거지? 네 어미를 빈민굴에서 살게 하고 싶다 이거지? 꼬맹이 라자로, 네가 진짜로 바라는 게 이거야?"

나는 텅 빈 안락의자를 바라보면서 천천히 긴 한숨을 내쉰다. 쥐었던 주먹도 푼다.

"아니오, 어르신."

나는 일어나서 문 쪽으로 걸어간다. 그런데 그 옆을 지나가는 순간 드래곤이 내 셔츠를 움켜잡더니 충혈된 눈 속의 빨간 핏줄이 훤히 보일 정도로 얼굴을 가까이 들이댄다. 그리고 다른 손으로는 허리춤을 만지더니 뭔가를 꺼내 내 얼굴 옆에 갖다 댄다.

칼이다.

"자, 내 말 잘 들어봐. 내 동생이 그러던데, 네 아비가 심문을 받다가 너희 가족의 작은 비밀을 털어놓았다고 말이다. 너희 가족 모두 똑같은 문제를 겪고 있는 것 같던데." 드래곤이 내 얼굴에 칼날을 더 가까이 갖다 댄다. 희미한 빛에 칼날이 번쩍 빛난다. "아주 살짝만 그어도 모든 것이 끝날 수 있어."

드래곤에게 그런 식으로는 되지 않는다고 말해 주고 싶다. 중요한 건, 몸속으로 피를 흘리는 것이라고. 나는 이미 몸속으로 피를 흘리고 있다고. 그때 드래곤이 내 손을 와락 움켜쥐더니 우리 둘의 얼굴 사이로 들어 올린다. 드래곤이 내 손끝의 세 군데 상처에서 피가 흘러나오도록 내 손가락을 억세게 쥐어짠다.

"오늘밤 아주 조심해야 할 거다. 너 때문에 너희 식구들한테 참변이 일어나는 건 싫지, 엉?"

내가 대답을 하지 않자, 드래곤이 내 손가락을 다시 쥐어짠다. 손가락을 타고 피가 줄줄 흘러내리자, 나는 몸을 움찔한다.

"네, 어르신."

"그럼 그래야지." 드래곤이 내 손을 놔주고 칼을 허리띠에 찔러 넣는다. "자, 너희 삼촌을 더 기다리게 하지 말아야지."

드래곤이 나를 빗속으로 밀어내고, 우리는 바닥에 쌓인 돌무더기를 피해 걷는다. 깨진 콘크리트 사이로 흙탕물이 작은 개울처럼 흐르고 있다. 드래곤이 다가가자, 사람들이 어둠 속으로 숨고 허물어진 건물 사이로 사라진다. 꼭 유령도시를 걸어가는 것 같다.

큰길 바로 옆에 세워진 자동차 옆으로 가자, 드래곤이 내게 뒷자리에 타라고 한다. 이미 삼촌이 무릎 위에 놓인 배낭을 움켜쥐고 뒷자리에 앉아 있다. 양손에는 고무장갑을 끼고 있는데, 키어런 웨이크필드가 치료받을 때 의사들이 낀 것과 같은 고무장갑이다. 삼촌이 나를 보고 미소를 짓지만, 나는 창밖으로 고개를 돌리지 않을 수 없다. 할머니를 대신해 내가 결정하는 것이 옳은 일인 줄 알았다. 그러나 이제 삼촌은 자기 어머니를 다시는 못 보게 되었다. 다 내 잘못이다.

드래곤의 일당 하나가 차를 몰아 공장으로 가는 동안 빗방울이 떨어진 유리창에 긴 줄무늬가 생긴다. 드래곤이 어깨 너머로 계속 힐끗거리지만 둘 다 아무 말도 하지 않는다. 와이퍼라는 것이 앞 유리를 덜컥덜컥 닦고, 굵은 빗줄기가 차 지붕을 후드득후드득 때리는 소리 외에는 아무 소리도 들리지 않는다. 자동차 옆으로는 몇 초마다 한 번씩 스쿠터가 지나가면서 흙탕물을 튀기고, 그때마다 유리창에 떨어진 빗줄기가 하얗고 빨갛게 빛난다.

자동차가 공장 뒤로 돌아가 공장 울타리문이 안 보이는 곳에 멈춰 선다. 엔진이 꺼지고, 움직이던 와이퍼가 갑자기 멈추고, 전조등이 꺼지면서 사방이 완전히 깜깜해진다. 차 지붕과 보닛 위로 빗방울이 총알처럼 우르르 쏟아진다. 드래곤이 앞좌석에서 몸을 홱 돌리더니 손목시계를 들여다본다.

"공장 안에 들어가면 신호를 보내. 화물차가 금방 이쪽으로 올 거야. 조카 데려가."

삼촌이 말한다. "부디는 여기서 기다리면 안 될까? 나는 혼자 일하는 게 익숙해. 부디는 따라올 필요 없어."

드래곤이 고개를 젓는다. "데려가. 우리가 필요할지 모르니까. 하다못해 자네 가방을 들어줄 수도 있잖아."

삼촌이 나를 흘긋 살피고, 우리는 차에서 내린다. 빗줄기가 너무 거세 얼굴과 팔이 따갑다. 우리는 천천히 달려 긴 물웅덩이를 지나고 쇠사슬로 묶여 있는 공장 울타리문 앞으로 간다. 삼촌이 재빨리 양쪽으로 고개를 돌려 우리를 보고 있는 사람들이 있는지 확인한다. 그런 다음 배낭을 뒤져서 도구를 몇 가지 꺼낸다.

“이거 껴라.” 삼촌이 끼고 있던 장갑을 홱 벗어서 내게 건넨다. “나중에 너까지 조사받는 일은 절대 없어야 하니까.”

“하지만 삼촌은 어떡하고요?”

삼촌이 미소를 짓는다. “어찌 됐든 나는 문제가 될 거니까.”

나는 비에 젖은 손에 고무장갑을 끼느라 안간힘을 쓴다.

“이걸 자물쇠에 비춰라.” 삼촌이 손전등을 켜서 건네준다.

나는 삼촌 말대로 하면서 삼촌이 자물쇠를 만지작거리는 모습을 지켜본다. 핀으로 자물쇠를 여는 일이 실제로 가능하다고는 생각하지 않았다. 영화에나 나오는 거라고 생각했다. 그런데 단 몇 초 만에 자물쇠가 딸깍 열리고, 삼촌이 울타리 문을 동여매고 있던 쇠사슬을 풀어헤친다. 그리고 웅크려 앉더니 바닥에 질러둔 빗장을 빼낸 다음 문을 밀어서 연다.

“부디, 자동차 쪽으로 불을 두 번 비춰줘라. 그런 다음 불을 꺼라.”

나는 삼촌의 지시를 따른다. 빗소리를 뚫고 자동차 문 두 짝이 닫히는 소리가 들린다.

“이리 와.” 삼촌이 내게 배낭을 건네주고 서둘러 울타리 문 안으로 들어간다. 나는 배낭을 어깨에 둘러메고 삼촌을 뒤쫓아 컨테이너 트럭 쪽으로 간다. 어둠 속에서 보니 컨테이너 트럭이 살아있는 생물 같다. 거대한 고래처럼 검고 기다란 생물. 컨테이너 트럭 너머로 공장 건물이 보인다. 건너편 울타리 밖에는 삼촌을 발견한 쓰레기통이 줄줄이 서 있다. 눈앞에 펼쳐진 그 모든 상황에도 불구하고 내 키어런 웨이크필드 포스터가 아직 쓰레기통에 들어 있을지 궁금해서 못참겠다.

우리는 컨테이너 트럭의 뒷문 쪽으로 간다. 삼촌이 내게 다시 손전등을 비추게 하고는 뒷문에 달린 두 개의 자물쇠를 열기 시작한다. 삼촌이 첫 번째 자물쇠를 여는 동안 화물차 한 대가 열린 울타리 문을 통과한다. 전조등을 끄고 아무 소리도 내지 않으면서 철조망으로 둘러싸인 공장 구내로 들어온 것이다. 화물차가 방향을 틀어 후진하더니 컨테이너 트럭 옆으로 최대한 가까이 주차한다. 화물차 운전석에서 뛰어내리는 두 사람을 드래곤의 집에서 본 적 있다. 바유와 보아즈. 두 사람은 비를 피해 보려 몸을 움츠리고 화물차 뒤에 달린 셔터 문을 올린다. 두 사람 모두 나와 똑같이 고무장갑을 끼고 있다. 먼저 화물차 짐칸에서 큰 통을 두어 개 내리고, 나무상자도 몇 개 끌어내린다. 그런데 곧바로 사람들이 내리기 시작한다. 대부분 남자이고, 가끔 어린아이가 내려온다.

두 번째 자물쇠가 딸깍, 하고 열리자 삼촌이 문고리에서 자물쇠를 두 개 빼낸다.

"좀 도와다오." 삼촌이 첫 번째 빗장을 꽉 움켜쥐고서 옆으로 잡아당긴다.

나는 온 힘을 다해 두 번째 빗장을 잡아당긴 다음 뒷문 두 짝을 비틀어 연다.

그런 다음 우리는 뒤로 한 걸음 물러나 컨테이너 트럭 안을 들여다본다. 나는 손전등으로 무더기무더기 쌓인 신발 상자를 비춘다. 수만 개의 신발 상자가 목재 팔레트 위에 켜켜이 쌓인 채 비닐로 둘둘 감겨 있다.

어느새 드래곤이 성큼성큼 다가와 그 광경을 보고 히죽거리며 웃는다.

"빨리 하자."

드래곤의 말에 그의 형제들이 큰 소리로 지시를 내리고, 가장 힘센 남자들이 컨테이너 트럭으로 올라가더니 목재 팔레트를 가장자리로 밀고 나온다. 언젠가 개미들이 크나큰 바퀴벌레를 집으로 끌고 가는 걸 본 적 있다. 지금 이 모습과 아주 비슷했다. 팔레트가 하나하나 화물차로 실리는 동안 또 다른 사람이 컨테이너 트럭으로 올라간다. 큰 통과 나무상자가 컨테이너 트럭에 실리자, 삼촌이 옆에 있는 드래곤을 쳐다보며 놀란 듯이 묻는다.

"저 사람들이 가진 식량이 저게 다야?"

드래곤이 어깨를 으쓱한다. "몇 사람은 끝까지 못 갈걸. 나는 아무것도 장담 안 했어."

남자들이 계속 일을 하고 있다. 한쪽에는 어린 여자아이가 검은 머리를 늘어뜨린 채 빗물에 흠뻑 젖은 담요를 꼭 움켜쥐고 서 있다. 여자아이는 아무 두려움도 없이 드래곤과 그의 형제들을 쳐다본다. 여자아이가 나를 쳐다보자, 나는 어쩔 수 없이 고개를 돌린다. 어떤 남자가 여자아이를 안아 컨테이너 트럭에 태운다. 여자아이는 가기 싫다고 우긴다. 그때 다행히도 오빠인지 사촌인지 어떤 남자아이가 나와서 여자아이의 입을 틀어막고 안쪽으로 깊이 끌고 간다. 나는 손전등을 꺼서 내 주머니에 넣는다.

드래곤의 화물차를 팔레트로 가득 채우기까지 한 시간쯤 걸린다. 바유와 보아즈가 셔터 문을 내리고 운전석에 올라타더니 출발한다. 화물차에서 내린 남자들은 기진맥진해 보인다. 하지만 컨테이너 트럭으로 기어올라가 저 안쪽에 남아 있는 팔레트 옆으로 옹송그리며 모여든다. 뒷문을 닫기 시작하자, 그 사람들이 이쪽을 쳐다본다. 번쩍이는 눈이 많이 달린 하나의 검은 형체처럼 보인다.

뒷문이 쾅 소리를 내며 닫히고, 드래곤이 빗장을 끼우고 문고리에 자물쇠를 채운다.

나는 이 컨테이너가 어디로 갈지, 목적지에 도착하기까지 얼마나 걸릴지, 도착한 곳에서 누가 이 컨테이너를 열지 궁금하다.

그들이 뭘 보게 될지 궁금하다.

그러나 나는 벌써 알 것 같다.

삼촌이 말한다. "이제 엘비스 형을 풀어주지. 그 사기꾼 경감이 나를 체포하러 오기 전에 형을 만나면 좋겠는데. 내가 이만큼 해주었으니 그 정도는 마땅히 받을 수 있잖아."

드래곤은 아직 컨테이너 트럭의 뒷문을 만지면서 우리에게 등을 돌리고 있다. 그런데 드래곤이 고개를 가로저으며 혀를 찬다.

"아론." 드래곤이 천천히 몸을 돌린다. "지금쯤은 도둑들한테 베풀 특권 따위 없다는 걸 알았어야지."

드래곤이 부드럽게 손을 움직이는가 싶더니 허리띠에서 뭔가를 꺼낸다. 하지만 내 예상과 달리 칼이 아니다. 경찰이 사용하는 것과 똑같은 권총이다.

"아론, 이렇게 될 줄 알았을 것 같은데. 이 일을 끝낼 다른 방법은 없어."

나는 금방이라도 다리가 풀려 쓰러질 것 같은데, 삼촌은 총을 보고도 움찔하지 않는다.

삼촌이 차분하게 말한다. "쏘고 싶으면 쏴. 하지만 부디가 여기서 이걸 보게 하면 안 되지."

드래곤이 눈썹을 치켜올리자 빗물이 얼굴을 타고 흘러내린다. "그러니까 부디를 먼저 쏴라 이 말인가?" 드래곤이 총을 나한테 겨누자, 내 심장이 쿵쿵 뛴다. 틀림없이 우승컵 대회 결승전에서 페널티킥 결정을 받아들일 때 이런 기분일 것이다. 내 앞의 물웅덩이에 대고 토하면 심장이 튀어나올 것만 같다.

"아니. 부디를 놓아주란 말이지. 부디는 여기 있어서는 안 돼. 이 일과 아무 상관 없는 아이야. 저것과도 상관없고." 삼촌이 드래곤 뒤에 있는 컨테이너 트럭을 가리킨다.

"그럴 순 없어. 유감스럽게도 부디가 너무 많은 걸 알고 있거든."

드래곤이 주머니를 뒤지더니 전화기를 꺼낸다. 전화기 버튼을 누르자 작은 키패드에 불이 들어오고, 그 전화기를 귀에 갖다 대자 얼굴에 창백한 불빛이 번진다. 권총을 든 손은 앞으로 쭉 뻗어서 삼촌과 나 사이 공간을 겨냥한다.

"동생, 됐어……." 드래곤이 우리를 흘긋 살핀다. "응, 이리로 데려와. 기다렸다가 한 번에 셋을 처리할까? 아니면 내가 이 둘을 처리하고……? 그럼, 나한테 동생 총이 있지. 동생이 애쓴 건 인정받아야지. 걱정 마……. 그럼, 알지……. 붙잡히지 않으려고 뒤에서……. 그건 동생이 벌써 말했잖아……. 좋아. 끊어."

드래곤이 전화기를 도로 주머니에 넣는다.

"뒤돌아서, 아론." 드래곤이 말한다.

드래곤은 우리가 자기 이야기를 들었다는 걸 안다. 삼촌이 머뭇거리자, 드래곤이 총을 나한테 겨눈다. 총신 끝에서 빗물이 뚝뚝 떨어진다.

"정말로 조카가 죽는 거 보고 싶어?"

삼촌이 한숨을 내쉬고 뒤돌아선다. 두 눈을 감는다. 드래곤이 권총을 들어 삼촌 머리 뒤에 대고 겨눈다. 나도 돌아선다. 보고 있을 수가 없다. 빗줄기가 더 거세진 것 같다. 내 등허리에 떨어지는 빗방울이 하나하나 총알처럼 느껴진다.

눈을 감는다.

숨을 깊이 들이쉰다.

"죄송해요." 삼촌한테 이 말이 들릴지 모르겠다.

다음 순간 철거덕, 하는 소리가 난다.

나는 눈을 뜬다. 삼촌은 더 이상 내 옆에 없다. 몸을 돌린 순간 드래곤이 다시 방아쇠를 잡아당긴다. 하지만 아무 일도 일어나지 않는다. 철거덕, 하는 소리뿐이다. 권총 안에 물이 들어간 게 틀림없다. 그 순간 삼촌이 달려들어 드래곤을 컨테이너 트럭 문 쪽으로 힘껏 밀어붙인다. 삼촌과 드래곤이 함께 땅바닥에 처박히고 물웅덩이에 빠진다. 권총이 바닥으로 굴러떨어진다. 드래곤이 삼촌보다 훨씬 덩치가 크다. 두 사람이 몸부림을 치더니 드래곤이 가까스로 삼촌을 꼼짝 못하게 붙잡는다. 드래곤이 삼촌 머리를 물웅덩이 안으로 밀어 넣으면서 허리띠에서 뭔가를 꺼낸다.

칼이 어둠 속에서 번쩍거린다.

나는 아무 생각 없이 앞으로 뛰어가 칼을 휘두르기 전에 드래곤을 확 밀어버린다. 삼촌이 숨을 헐떡이며 얼굴을 문질러 흙탕물을 닦아낸다. 드래곤이 한 팔을 뒤로 뻗쳐서 반지 낀 손으로 내 머리 옆쪽을 움켜쥔다.

잠시 모든 것이 사라진다. 시커먼 하늘에서 내 얼굴로 떨어지는 빗줄기 외에는 아무것도 보이지 않는다. 어딘가 가까이에서 끙끙거리는 소리와 첨벙거리는 소리가 들린다. 꾸르륵거리는 소리도. 몸을 일으키려는데 머리가 무겁고 땅바닥이 옆으로 기울어진 것 같다. 그래서 몸을 옆으로 굴려서 엎드린 다음 엉금엉금 기어간다. 구역질을 해 보지만 아무것도 나오지 않는다. 이제 세상이 흔들리던 것은 멈춘다. 눈의 초점도 다시 돌아온다. 그런데 내 눈앞에 있는 물웅덩이가 벌겋게 변해가는 것 같다. 나는 고개를 든다.

드래곤이 바닥에 등을 대고 누워 있다. 둥글게 부푼 배가 꿈쩍도 하지 않는다. 가슴에는 칼이 꽂혀 있다. 드래곤 옆에서 삼촌이 안간힘을 쓰며 일어선다. 그리고 갈비뼈를 움켜잡고서 발을 질질 끌며 컨테이너 트럭 옆으로 돌아간다. 나는 가까스로 일어서서 비틀거리며 삼촌 쪽으로 다가간다. 그런데 내가 붙잡기도 전에 삼촌이 쓰러진다. 삼촌이 몸을 홱 틀더니 컨테이너 트럭 바퀴에 등을 기대어 앉는다.

"부디, 너는 여기를 빠져나가야 해." 삼촌이 아파서 몸을 움츠린다. 움켜잡고 있던 손을 떼자 갈비뼈 근처에 생긴 상처가 보인다.

출혈이 멈추지 않을 것 같은 상처이다. 코코넛 버터를 한 양동이나 바르지 않고는 멈추지 않을 것 같다.

"그런데 먼저 트럭에서 저 사람들을 빼내야 해. 배낭에 쇠를 부수는 절단기가 들어 있어. 그걸로 자물쇠를 잘라라."

절단기를 찾으려고 배낭을 열었는데 울긋불긋한 종이 뭉치밖에 보이지 않는다. 어두워서 처음에는 그것이 무엇인지도 모르다가 종이를 한 장 꺼내보고서야 정확히 알아본다.

"그거 다 네 거 아니다." 삼촌이 미소를 지으려 애쓴다.

나는 아무 말 못 하고 삼촌 얼굴만 쳐다본다.

"뭐가? 내가 저 돼지 것을 털 기회를 놓칠 것 같니, 응? 한번 도둑은 영원히 도둑이야."

삼촌이 소리 내어 웃다가 곧바로 허리를 꺾는다. 나는 다시 배낭 안을 들여다본다.

"틀림없이 수백만 루피아는 될 것 같은데요. 아니, 그보다 훨씬 많아요."

"음, 트럭 안에 있는 사람들 모두 돈을 많이 냈어. 그러니 당연히 그 돈을 돌려받아야지. 하지만 나머지는 네 거다, 부디. 그걸로 네가 하고 싶은 것을 해라. 그 축구 학교에 가려면 돈이 많이 든다고 하던데."

나는 눈을 깜박여서 눈물을 참는다. 지금 내 손에는 내 인생을 바꿀 수도 있는 배낭이 들려 있다. 새로운 인생을 산다면 더는 공장에 나오지 않을 것이다. 회초리에 맞지도 않을 것이다. 구멍이 난 가짜 신발을 신지도 않을 것이다. 축구 학교에 다니며 새 신발을 신고 축구 경기를 할 것이다. 진짜 축구화. 키어런 웨이크필드가 신는 것과 똑같은 신발. 축구 학교에서 승승장구해서 라 리가로 갈 것이다.

더 늦기 전에 삼촌에게 할 말이 있다.

"오늘 할머니가 돌아가셨어요. 제가 삼촌을 드래곤한테 넘긴

건, 할머니한테 삼촌과 아빠 중에서 한 명을 선택하는 일을 맡기지 않기 위해서였어요. 죄송해요, 삼촌. 저는 삼촌이 할머니를 만날 수 있을 줄 알았어요. 우리 모두 함께 살게 될 줄 알았어요. 저는 옳은 일을 하려던 것뿐이었어요."

"넌…… 옳은 일을 했어." 삼촌이 지그시 눈을 감는다. "그리고 나, 엄마를 봤어. 오늘 아침에 엄마를 보러 갔어. 지진이 있고 나서." 삼촌이 미소를 짓는다. "엄마는 내가 엘비스 형인 줄 알았을 거야. '우리 아들, 우리 아들!'이라는 말만 하면서 나를 껴안더구나. 우리가 어렸을 때부터 엄마는 우리 둘을 잘 분간하지 못했거든. 나는 엄마의 손을 잡았어. 작별인사도 했지. 네 엄마한테 내가 집에 온 사실은 너한테 말하지 말라고 했다. 네가 알게 되면 이 일을 다 털어놓을 것 같아서. 이 일은 네 엄마가 모르게 하고 싶었어. 나는 상황을 바로잡고 싶었던 것뿐이야. 네 엄마가 내 마음을 이해한 것 같더라."

나는 고개를 끄덕이고 배낭을 내려다본다.

"고마워요."

삼촌이 아무 말이 없다. 그저 미소를 띤 채 그대로 앉아 있다. 나는 다시 더 크게 말한다.

"고맙다고요."

그런데도 삼촌이 아무 반응이 없다.

나는 축축한 땅바닥에 앉아 배낭을 살짝 안았다. 그리고 절단기를 찾으려고 가방 안쪽 바닥을 뒤진다. 절단기를 꺼내기 직전 자동차 전조등 한 쌍이 울타리 문 안쪽을 훤히 비춘다. 나는 서둘러 컨테이너 트럭 뒤로 돌아가 문짝에 몸을 바짝 붙인다. 드래곤의 시신이 바로 옆에 있다. 갑자기 그 모든 것 때문에, 그러니까 드래곤의 움직임 없는 가슴에 얹혀 있는 금목걸이, 힘없이 늘어져 있는 보석을 두른 손, 가만히 뜨고 있는 눈 때문에 도망치고 싶어진다. 하지만 도망가지 않는다. 나는 숨을 깊이 들이쉬고 컨테이너 트럭에 몸을 더 가까이 붙인다. 자동차 엔진 소리가 더 가까이 다가온다.

다음 순간 엔진 소리가 멎고 문이 쾅, 하고 닫히는 소리가 들린다.

누군가가 침을 뱉는다.

"내려." 경감의 목소리이다. 또 다른 문이 쾅 닫힌다. "빨리 가!"

잠시 후 내가 드래곤의 총에 진작 맞았으면 좋았을 거라는 생각이 들게 하는 소리가 들린다. 아빠가 흐느껴 운다. 바로 눈앞에서 십 년 만에 처음으로 동생을 보았을 것이다. 그런데 동생이 죽어 있는 것이다.

"아론." 아빠가 삼촌 이름을 부른다. 삼촌에게 마음을 바꿔먹고 일어나 달라고 빌기라도 하는 것 같다.

"아론……."

"그만해. 아직 최악의 장면은 보지도 않았거든." 경감의 목소리이다.

아빠가 고문을 당하기라도 하듯이 비명을 지른다.

"아, 안 돼! 우리 아들은 안 돼. 제발, 안 돼." 아빠의 흐느낌을 듣고서 내 마음속에서 한 번도 느껴본 적 없는 격렬한 분노가 치밀어 오른다. 이제까지는 우스톤과 바르셀로나와 라자로 셀레스티노가 싫었는데, 이제야 진짜 증오가 무엇인지 알겠다. 뜨겁게 끓어오르는 독기가 피에 스며들어 두려움조차 없애버린다.

나는 바닥에 떨어져 있는 드래곤의 권총을 재빨리 집어 든다. 차갑고 묵직한 느낌이 든다. 경감의 발소리가 더 가까이 다가온다. 아빠가 끌려오는 듯한 소리도 들린다. 나는 가만히 기다렸다가 두세 걸음 떨어진 곳까지 온 것을 알고 앞으로 홱 돌아나가 경감의 얼굴에 대고 권총을 겨눈다.

경감이 뒷걸음치다가 넘어질 뻔한다. 잡고 있던 아빠의 팔을 놓더니 두 손을 들어 자기 얼굴을 가린다.

"쏘지 마! 지금 네가 무슨 짓을 하는지 알아? 경찰관은 못 쏴!"

"그래요." 나는 고개를 가로저으며 이렇게 덧붙인다. "하지만 당신은 쏠 수 있어요."

경감이 할 테면 해보라는 듯이 히죽거리며 웃는다. 그러나 다음 순간 내 어깨 너머를 흘긋 보고는 눈이 휘둥그레진다. 드래곤의 시신을 본 게 틀림없다. 경감이 다시 뒤로 한 발짝 물러난다.

"무슨 짓을 한 거냐?"

나는 한 걸음 앞으로 나가면서도 경감이 나를 더 부추기지 않기를 바란다.

"내일이면 당신이 얼마나 부패한 경찰인지 모두 알게 될 거예요. 이제 당신을 지켜줄 드래곤도 없어요. 사람들이 당신을 끝까지 추적해서 누사 캄방간에 보낼 거예요. 내가 지금 도망칠 기회를 줄게요. 가서 당신 형제들한테 드래곤이 죽었다고 말하고 이쪽으로는 얼씬도 하지 마세요."

나는 권총의 공이치기를 당긴 다음 경감의 가슴에 똑바로 대고 겨눈다.

이번에는 경감이 히죽거리지 않는다. 경감이 곧바로 몸을 돌려 뛰기 시작한다. 진흙탕 바닥에서 미끄러지면서도 허둥지둥 달려가 자동차 문을 연다. 나는 자동차가 울타리 문 밖으로 빠져나가 시야에서 사라질 때까지 계속 권총을 겨눈다.

드디어 권총을 내려놓는다. 아빠가 부리나케 달려와 나를 끌어안는다. 나는 처음으로 아빠를 제대로 쳐다본다. 아빠 얼굴이 끔찍하다. 경찰에 잡혀간 뒤로 제대로 잠을 못 잔 게 틀림없다. 아빠가 나를 다시 끌어안고 한참 동안 그대로 있는다. 그새 빗줄기가 가늘어진다.

비로소 아빠가 삼촌 옆으로 가서 쭈그려 앉는다.

"삼촌은 이런저런 상황을 바로잡고 싶었대요." 내가 말한다.

아빠가 고개를 끄덕인다. "나도 안다." 아빠가 고개를 숙이고 손으로 삼촌의 어깨를 쓰다듬는다. "하루 만에 어머니와 동생을 잃다니."

아빠가 신에게 이유를 묻기라도 하듯 하늘을 올려다본다.

그러나 하늘은 비를 뿌릴 뿐이다.

나는 배낭에서 절단기를 꺼내어 컨테이너 트럭 뒷문의 자물쇠를 자른다. 트럭 안에 있던 사람들이 나를 보고 깜짝 놀란다. 그런 다음 가슴에 칼이 꽂힌 채 피가 흥건한 웅덩이에 누워 있는 드래곤을 보고 완전히 겁에 질린 표정을 짓는다. 그렇지만 다들 마음속으로는 이제 자카르타에서 걱정거리가 하나 줄었다고 생각했을 것이다.

트럭에서 사람들이 느릿느릿 내려오고, 나는 그 옆에 서서 지폐 뭉치를 하나씩 나눠준다. 담요를 들고 있던 어린 여자아이를 도와주려고 하자, 여자아이가 나를 꼭 끌어안는다.

"고맙습니다." 여자아이가 말한다. 그 순간 내 핏줄 속에 흐르고 있던 마지막 격분이 새어나간다.

어른들 중 몇 사람은 드래곤의 시신을 보더니 나를 영웅으로 보는지 내 어깨를 톡톡 두들긴다. 내가 마지막 승부차기에서 골을 넣기라도 한 것처럼. 하지만 영웅은 내가 아니었다.

사람들이 삼촌 옆을 지나가면서 머리를 숙여 인사하고 말없이 떠난다.

결국 나와 아빠와 아직 현금이 든 배낭만 남는다. 아빠가 일어서더니 내 어깨를 감싸 안는다. 어느새 비가 그쳤다.

"삼촌을 여기 두고 가야 하는 거죠? 안 그러면 경찰이 계속 찾아다닐 테니까요."

아빠가 한숨을 내쉰다. "그래야겠구나. 우리가 달리 뭘 어떻게 할 수가 없겠어."

우리는 말 없이 나란히 선다. 잠시 후 한마디도 하지 않고 집으로 발길을 돌린다.

큰길 끝에서 누군가가 기다리고 있다. 그의 셔츠 등에 글자가 떨어져나간 이름이 적혀 있다. 바ㄴ테(B LM NTE). 콘크리트 덩어리에 앉아서 양쪽 발로 돌멩이를 번갈아 차고 있다. 더 가까이 가자, 그가 고개를 돌려 이쪽을 보더니 일어선다.

나는 로치를 향해 고개를 끄덕인다. 로치도 고개를 끄덕인다.

아빠가 손을 들어 로치의 어깨를 잡더니 그 손에 살짝 힘을 준다.

로치가 고개를 숙인다.

"둘이 이야기해라. 나는 내 아내를 보러 가야겠다."

우리는 아무 말도 하지 않은 채 아빠가 집 앞까지 걸어가는 모습을 지켜본다. 아빠는 나이가 많은 사람처럼 느릿느릿 걸어가면서 사방에 펼쳐진 파괴의 현장을 멍하니 바라본다. 그제야 로치가 나를 돌아보더니 얼굴을 찌푸린다.

"뭘 한 거니?"

나는 비에 흠뻑 젖고, 더럽고, 피 묻은 옷을 내려다본다.

"용을 처치했지. 이야기하자면 길어."

로치가 고개를 끄덕이고, 우리는 다시 입을 다문다.

로치가 제 신발을 내려다보며 말한다. "작별인사하러 왔어. 수라바야 근처에 친척들이 사는 것 같아서 그리로 갈 생각이야. 친척들이 농사를 짓나 봐. 여기는 나한테는 아무것도 없잖아."

내 심장이 철렁 내려앉는다. 상처가 비로소 아문 줄 알았는데, 로치가 다시 상처를 벌린다.

"가면 안 돼, 로치, 너는 농사일 못 해. 너는 천재야."

로치가 미소를 짓는다. "사실 나한테는 선택권이 없어."

한순간 로치 말이 맞는 것 같다. 로치한테 무슨 선택권이 있겠는가? 그런데 다음 순간, 이번만은 그 선택권이 나에게 있다는 생각이 든다. 그러므로 내가 로치에게 그 선택권을 줄 것이다.

나는 메고 있던 배낭의 어깨끈을 힘껏 움켜쥔다. 여기 서 있는 동안 배낭이 더 무거워진 것 같다. 배낭 안에 내가 바라는 모든 것이, 내가 가질 수 있는 모든 것이 가득 들어 있는 것 같다. 나는 무너져 내린 건물, 텅 비어버린 삶, 그러니까 모든 것의 잔해를 둘러본다. 그리고 우리 집 현관 앞에 서 있는, 어딘가 상처 입은 듯하고 흠씬 얻어맞은 듯한 아빠를 쳐다본다. 배낭이 점점 더 무거워지는 걸 보니 그 안에 베르나베우가, 세계가 들어 있는 게 분명하다.

나는 천천히 숨을 내쉰다.

"자, 받아." 나는 로치에게 배낭을 건넨다.

"뭔데?"

"그냥 받아. 네 거야."

로치가 배낭을 받아 열어 본다.

"이거 어디서 났어?" 로치가 지폐 뭉치를 꺼내며 묻는다.

"우리 삼촌이 드래곤한테서 훔친 거야. 나한테 이걸로 뭐든 하고 싶은 걸 하라고 했어. 나는 이걸 너한테 주고 싶어."

로치가 고개를 젓는다. "나는 못 받아. 너는 이걸로 아주 많은 걸 할 수 있어. 축구 학교에서 훈련하는 데 드는 비용을 낼 수도 있어. 그러면 마드리드로 가는 첫걸음을 뗄 수 있어. 나는 이거 못 받아."

로치가 배낭을 도로 내밀지만, 나는 받지 않는다. 나는 두 손을 주머니에 넣는다.

"로치, 다시 학교에 다녀. 다시 시작해."

나는 로치가 뭐라고 말하기 전에, 내가 울고 있는 걸 들키기 전에 얼른 자리를 뜬다. 돈이 든 배낭을 움켜쥐고 있는 로치를 돌무더기 속에 남겨두고 떠난다.

나는 집 앞에 도착하고 나서야 뒤를 돌아본다. 로치가 여전히 배낭을 손에 든 채 길 끝에 서 있다.

나는 레알 마드리드 배지가 달려 있어야 할 가슴을 두드리고 두 손으로 하트 모양을 만든다.

그 하트를 머리 위로 들어 올린다.

그런 다음 나는 집으로 들어간다.

오늘도, 내일도, 그리고 영원히

이튿날 나는 공장에 간다.

자리가 꽤 많이 비었다. 공장장이 지진 때문에 진짜 화난 것 같다. 회초리를 들고서 늘어서 있는 작업대 사이를 왔다 갔다 한다. 우리가 서로 이야기를 못 하게 하려고, 잠을 못 자게 하려고, 일이 뒤처지지 않게 하려고 그러는 것이다. 그러나 나는 그냥 내버려둔다. 다른 사람들과 마찬가지로 공장장도 나를 자주 쳐다보긴 하지만 소리는 한 번도 지르지 않는다. 오늘 아침에 신문을 읽은 것 같다.

아침에 나온 신문마다 인도네시아의 지명수배자가, 자카르타의 가장 악명 높은 임대업자와 함께 절반쯤 빈 컨테이너 트럭 옆에서 죽은 채 발견되었다는 기사로 넘쳐났다.

지금 공장장이 화가 난 또 다른 이유가 바로 이것이다. 아침에 백인들이 한 무리 나타나 공장장과 함께 한참 동안 공장을 돌아다녔다.

나는 텔레비전 밖에서는 백인들을 그렇게 많이 본 적이 없었다. 축구팀을 만들 정도로 많았으니까. 공장장은 엘비스처럼 땀을 흘리면서 계속 손수건으로 이마를 닦아냈다. 마침내 백인들이 떠나자 좋아하는 것 같았다.

로치 자리에는 그전처럼 안니사라는 여자아이가 앉는다. 나는 안니사에게 엘 클라시코 결과를 아는지 묻는다. 안니사는 모른다고 한다. 어깨를 한번 으쓱하고는 나와 눈도 마주치려 하지 않는다. 안니사에게는 기대를 걸 수 없을 것 같다.

점심시간에는 구내식당에서 밥과 '오늘의 소스'가 든 접시를 뚫어져라 쳐다보고 앉아 있다. 소스는 날마다 똑같다. 결코 바뀌지 않는다. 나는 잿빛 밥을 작은 무더기로 나누어 접시 안에서 이리저리 옮겨본다. 내가 앉은 식탁에는 아무도 앉지 않는다. 사람들은 어깨 너머로 힐끗거리며 자기들끼리 소곤거린다. 신호음이 울리자, 나는 빈속으로 작업대로 돌아가 축구화를 조금 더 만든다.

다음 날 신문에는 고위 경찰관이 지금 행방불명 상태라는 기사가 실린다.

그 다음 날 신문에는 고위 경찰관이 현재 지명수배 중이라는 기사가 실린다.

그 다음 날에는 두 명의 남자를 체포하고, 훔친 운동화를 가득 실은 화물차를 찾았다. 백인들은 그 두 사람이 누사 캄방간으로 가는 배에 타게 될 거라고 한다. 마침내 백인들은 빈민가의 판잣집에 숨어 있던 경감을 찾아내고 역시나 같은 배에 태우겠다고 한다.

십대 남자아이가 돈이 든 배낭을 가진 채 발견되었다는 기사는 없다. 나는 이를 확인하느라 몇 주 동안 저녁마다 아빠한테 신문기사를 모조리 읽어달라고 했다.

우스톤은 로치가 사라진 것을 두고 진짜로 화를 낸다. 로치한테서 얻어맞은 일을 아직 잊지 못하기 때문이다.

"로치가 이 광장에 얼굴을 들이밀기만 하면 두들겨 패버릴 거야."

"이 광장은 정확히 말하면 정사각형이 아니야. 쿼드리래터럴 쿼드랭글이지."

"너도 맞고 싶냐?"

우스톤이 오른쪽 주먹을 내 얼굴 앞에 대고 흔든다.

"그만해. 축구나 하자."

이제 로치가 없어서 나는 우스톤과 위도도에 맞서 2대 1로 뛰어야 한다. 나와 같은 팀에 이미 퇴장당한 선수가 있는 척하는 것이다. 그래도 상관없다. 내가 더 열심히 뛰기만 하면 된다. 모든 프로 선수들은 그렇게 한다. 수적으로 열세일 때 이기는 사람은 언젠가 챔피언이 될 것이다. 그것은 사실이다.

공을 패스하는 법을 잊지 않는 한.

파크리와 우스톤, 위도도가 없을 때는 혼자서 공을 떨어뜨리지 않고 차올리는 연습을 한다. 이따금 피곤하고 지겹고 다리가 아프고, 베르나베우가 (12,000킬로미터가 아닌) 백만 킬로미터나 떨어져 있는 것처럼 느껴질 때면 축구 학교에 가서 울타리 너머로 학생들이 경기하는 모습을 지켜본다. 축구장 관리인이 있을 때는 함께 경기를 지켜본다. 축구장에 아무도 없는 날은 눈을 감고 잔디 냄새를 맡으면서 얼굴에 환한 야간조명등이 쏟아지는 걸 느낀다. 그러고는 집에 가서 혼자 축구 연습을 조금 더 한다.

로치네 텔레비전이 없으므로 레알 마드리드의 경기를 챙겨보지 못한다. 우스톤이 레알 마드리드가 하위권에 있고, 키어런 웨이크필드가 듣도 보도 못한 팀에 10만 루피아에 팔렸다는 말도 안 되는 소식을 전한다. 하지만 거짓말이라는 걸 안다. 그런 말을 들으면 우스톤을 패주고 싶은 마음만 더욱 커진다.

몇 달 뒤 우기가 끝나자, 공장은 아주아주 시끄럽고 아주 더운 곳에서 아주 시끄럽고 아주아주 더운 곳으로 바뀐다. 안니사는 여전히 축구를 싫어하지만, 이따금 우리는 다른 것들에 대해 이야기를 나눈다. 안니사가 다 나쁘기만 한 건 아닌 것 같다.

로치가 떠난 뒤로는 집에 갈 때 혼자서 간다. 집으로 가는 내내 돌멩이를 드리블하면서 개인기를 연습한다. 돌멩이를 가지고 연습할 때는 특히 더 집중해야 한다. 안 그러면 돌멩이가 길가 배수관에 빠져버리니까. 연습하면서 해설을 곁들이는 것도 집중하는 데 도움이 된다.

"웨이크필드가 한 사람…… 또 한 사람을 제칩니다. 이 선수를 막을 수비수가 없습니다! 바로 골키퍼가 나와……."

갑자기 다리 하나가 훅 들어오더니 내 돌멩이를 빼앗아 간다.

"하지만 벨몬테가 웨이크필드한테서 공을 빼앗아 골문 안으로 힘껏 찹니다! 고오오오오올!"

쇠로 된 셔터 문에 돌멩이가 부딪쳐 쩌렁, 하고 소리가 울린다. 돌멩이를 찬 사람이 머리 위로 셔츠를 끌어 올린다. 얼굴이 드러나기 전까지는 그 사람이 누구인지 도통 알 수가 없다.

"로치!" 나도 모르게 버럭 소리를 지른다. 나는 로치를 끌어안고도 부끄럽지 않았다. 축구선수들은 늘 이렇게 하지 않은가. "여긴 어쩐 일이야? 네 맨체스터 유나이티드 셔츠는 어떻게 했어?"

로치가 지금 입고 있는 티셔츠를 내려다본다. 앞쪽에 행성이 인쇄되어 있는 회색 티셔츠이다. 어쩐 일인지 이제는 로치가 커 보이지 않는다.

"음, 셔츠가 나한테 조금 작아지기도 했고, 글자가 다 벗겨져 버렸어. 게다가 나는 맨체스터 유나이티드 팬이 아니잖아."

"나는 이 셔츠가 더 좋아 보이는걸." 내가 미소를 짓는다. "그건 그렇고 너 해고됐어. 깜빡 잊고 말을 못해 줬구나."

로치가 웃음을 터뜨린다. "이런, 내가 그만두는 거라고 네가 공장장한테 말했어야지."

"그럼 지금 뭐 해?"

"다시 학교에 다녀." 로치가 얼굴에서 미소를 감추지 못한다. 그런데 곧바로 얼굴이 어두워진다.

"너 아틀레티코 마드리드가 라 리가에서 우승한 소식 들었어?"

내 입이 딱 벌어진다. "뭐라고? 아무튼 바르샤는 아니구나."

로치가 고개를 끄덕이면서 실눈으로 노을을 쳐다본다.

"우리 집에 가서 저녁 먹을래? 아빠가 새 직장에 다녀서 음식이 넉넉할 거야."

"괜찮아. 저녁은 이미 먹었어. 나 지금 음식점에서 종업원으로 일하고 있어. 음식점에서 밥을 주거든. 꽤 괜찮은 일자리이지. 가끔 백인들이 식사하러 오는데, 내가 아무것도 안 했는데도 돈을 주고 가. 특히 내가 영어로 말할 때 말이야."

"멋지다." 로치는 사실이라고 말하지만 나는 약간 미심쩍다. "그럼 축구는 어때?"

"아니, 나 집에 한번 가볼까 해. 뭔가 달라진 게 있는지 보고 싶어. 그때…… 그러니까 그 일이 있고 나서 한 번도 안 가봤거든."

나는 고개를 끄덕인다. 이해한다. 그러나 마음이 아프다.

"대신 너한테 깜짝 선물이 있어."

"정말? 그게 뭔데?"

"지금 말해주면 깜짝 선물이 아니지. 두어 시간 있다가 공장

앞에서 만나자. 그때 보여줄게."

"알았어, 이따 그리로 갈게." 나는 로치를 한 번 더 끌어안는다. 로치가 마다하지 않는다. 아까 말했듯이 이건 골세리머니를 위한 연습이다.

나는 부리나케 집으로 달려가 로치가 돌아왔다고 말한다. 부모님은 로치가 학교에 다닌다는 소식을 듣고 기뻐한다. 엄마가 저녁으로 맛있는 카레와 볶은 마늘을 곁들인 밥을 내온다. 나는 마지막 한 입을 삼키자마자 벌떡 일어나 현관으로 달려나간다.

"어디 가니?" 아빠가 묻는다.

"로치가 깜짝 선물을 준비했대요. 약속시간에 늦기 싫어요."

"그렇게 뛰어가면 체한다. 집에는 몇 시에 올 거니?" 엄마가 말한다.

"몰라요. 조심할게요!"

나는 진작 현관문 밖에 나와 있어서 부모님이 다녀오라고 인사할 때는 이미 도로를 따라 달리고 있다. 30초도 못 가서 배가 아파 달리는 속도를 늦춘다. 날이 따뜻하고 바람이 불지 않아서인지 모든 것이 느긋해 보인다. 길거리에 나와 있는 사람들은 어디에도 갈 곳이 없어 보인다. 많은 건물들은 여전히 부서진 잔해 더미로 남아 있다. 이윽고 공장 앞에 도착할 때쯤 위경련이 가라앉는다. 로치가 길가에서 나를 기다리고 있다.

"좋았어, 준비됐니?"

나는 고개를 끄덕인다.

"가자."

어디로 갈 건지 물었지만 로치는 아무것도 말해주지 않겠다고 한다. 우리는 한참 동안 수 킬로미터를 걸어간다. 신발이 몇 주 전에 찢어져 헐렁했지만 계속 걷자 발을 점점 옥죄는 것 같다. 마침내 우리는 깨끗하고 여기저기 표지판이 세워진 도로에 이른다. 로치가 지나가는 사람에게 내가 한 번도 들어본 적 없는 곳으로 가는 길을 묻는다.

"뭘 할지 언제 말해 줄 거야? 발이 아프단 말이야."

"말 안 해줄 거야. 거기 도착하면 뭘 할지 그냥 알거든."

도로를 따라 한참 걸어가자 길가에 큰 집들이 나타난다. 그 집들은 매끈한 콘크리트 벽으로 둘러싸여 있다. 여기는 지진이 전혀 없었던 것 같다. 내가 어느 집의 높은 철제 대문 앞에서 멈춰 서자, 로치가 계속 가야 한다고 한다. 그 집 앞에는 번쩍거리는 자동차가 서 있고, 현관문 옆에는 꽃이 심어져 있는 큰 화분이 여러 개 있다.

"그럼 학교에서는 뭘 하고 있어? 우주 탐사를 준비하고 있는 거야?"

로치가 웃음을 터뜨린다. "꼭 그렇진 않아. 하지만 지금 아주 재미있는 것들을 배우고 있어. 너 혹시 평행우주가 무한하게 많이 존재할 수도 있다는 거 알고 있었니?"

나는 어디서부터 대답을 해야 할지 모르겠다.

"뭐라고?"

"우리의 우주가 무수한 변종 가운데 하나일 수 있다고 생각하는 사람들이 있대. 우리의 우주와 똑같은 우주가 수천 만 개 더 있을지도 모른다는 거야. 각기 다른 우주에는 나름대로 고유한 실체가 있고. 그런데 너 왜 멈춰 섰니. 우리 계속 가야 돼."

나는 손으로 머리를 문지르다가 그만두고 다시 걷기 시작한다. "뭐라고?"

"각각의 우주는 이 우주의 복제품이라는 거야. 물론 조금씩 다르긴 하지만."

"어떻게 다른데?"

"음, 어떤 변종 우주에서는 인도네시아가 이때까지 열린 모든 월드컵 경기에서 우승했을 수 있어. 또 어떤 변종 우주에서는 네가 이렇게 큰 집에 살 수 있고. 또 어떤 변종 우주에서는 키어런 웨이크필드가 바르셀로나 팀에서 뛸 수도 있지."

나는 고개를 가로젓는다. 로치가 너무 멀리까지 갔다.

"너희 선생님이 뭘 모르고 말하는 것 같은데."

로치가 다시 웃음을 터뜨린다. "무엇보다 가장 흥미로운 건, 우주가 무한히 존재한다면 가능성도 무한히 존재하게 된다는 거야. 불가능한 건 아무것도 없는 거지."

"그런데 말이야, 자신이 지금 어느 우주에 있는지는 어떻게 알아? 자신한테 어떤 가능성이 있는지는 어떻게 아냐고?"

우리 둘 다 걸음을 멈췄고, 로치가 두 팔을 내민다.

“그건 몰라. 그건 스스로 알아내야 해. 자, 가자, 이제 얼마 안 가도 돼.”

다시 출발한다. 나는 정말로 발이 따끔거리기 시작한다. 깜짝 선물이 무엇인지 알아보리라는 희망을 포기하려는 순간 로치가 양쪽 벽 사이에 난 좁은 길로 들어가면서 손가락을 제 입술에 갖다 댄다. 나는 말없이 뒤따라간다. 우리는 나무로 만들어진 쪽문 앞에 멈춰 선다. 로치가 고개를 이쪽저쪽 돌리며 골목을 살핀다. 그런 다음 양손으로 손깍지를 끼더니 문 옆에 쪼그려 앉는다.

“지금 뭐 하는 거야?”

“쉬! 목소리 낮춰. 내가 뭘 하는 것처럼 보이냐? 네가 넘어갈 수 있도록 받쳐주려는 거잖아.”

“왜 넘어가?”

“알게 될 거야. 자, 어서.”

“붙잡히면 어떡해?”

“조용히 하고 어두운 데 딱 붙어 있으면 아무도 널 못 봐. 서둘러!”

나는 로치의 깍지 낀 손에 한 발을 올리고 쪽문 꼭대기를 손으로 움켜잡는다. 로치가 일어서자, 나는 쪽문 꼭대기 너머로 다리를 쭉 뻗어 올린다. 그리고 풀쩍 뛰어내려 몸을 웅크렸는데, 발밑에 있는 풀이 차갑고 빽빽하다. 그곳이 공원이 아니라 누군가의 집 정원이라는 건 금방 알아챘다. 정원 한가운데에 나무가 한 그루 있다. 그때 로치가 쪽문을 기어올라와 내 옆으로 뛰어내리는 소리가 들린다.

"여기서 뭘 할 건데? 너 때문에 문제가 생길 것 같은데."

"진정해. 내 옆에 딱 붙어 있기만 하면 괜찮을 거야. 자, 우리 아직 안 끝났어."

로치가 종종거리며 잔디밭을 가로질러 그 집 쪽으로 간다. 나는 이렇게 큰 집은 한 번도 본 적이 없다. 물론 영화에서 본 건 제외하고. 나는 로치를 뒤쫓아 달린다. 로치가 잔디밭 끝에 있는 나지막한 담장 뒤에 무릎을 꿇고 앉는다. 그 낮은 담장 너머에는 집을 에워싸는 오솔길이 나 있다.

"자세 낮춰."

나는 재빨리 허리를 푹 숙이고 특공대원 비슷하게 요리조리 기어가듯 해서 남은 길을 간다.

"누가 사는 집이야?" 내가 소곤거리듯 묻는다.

"내가 일하는 음식점에 가끔 오는 사업가. 스페인 사람이야." 로치가 씩 웃는다.

"그런데 우리 여기서 뭐 해?"

내 귓속에서 심장 박동 소리가 들린다. 그 소리가 너무 커서 다른 사람에게도 들릴까 봐 걱정이 든다. 로치가 담장 너머 저쪽을 살피며 미소를 짓는다.

"창문 안쪽을 좀 봐."

나는 천천히 담장 위로 머리를 들어올린다. 창문 안쪽의 방이 초록색 불빛으로 넘실거린다. 잠깐 시간이 흐르고 나서야 지금 눈앞에 펼쳐진 것이 무엇인지 깨닫는다.

"저건 세계에서 가장 큰 텔레비전일 거야. 집이 저렇게 크니까 텔레비전도 커야겠지. 안 그러면 전혀 안 어울릴 거야."

잠시 후 텔레비전에 클로즈업 화면이 나온다. 뒤로 휙 넘어가는 머리카락. 눈이 부시도록 새하얀 셔츠. 노란색과 주황색이 섞인 신발.

우리가 지금 누군가의 정원에서 뭘 하고 있는지 갑작스럽게 알아챈다.

"레알 마드리드가 챔피언스 리그 결승전에 진출했어!" 내 입에서 불쑥 튀어나온 말이다.

로치가 손으로 내 입을 틀어막지만 슬쩍 올려다보니 한껏 미소를 짓고 있다.

"레알 마드리드가 누구랑 싸우는지 너는 짐작도 못할걸." 로치가 말한다.

나는 텔레비전 화면으로 눈을 돌린다. 또 다른 클로즈업 화면이 나온다.

라자로 셀레스티노, 그러니까 세계에서 가장 과대 평가받고 있는 선수가 숙적 바르셀로나의 빨간색과 파란색이 섞인 셔츠를 입고 경기장에 나와 몸을 풀고 있다.

"자, 우리 여기 담장에 앉자." 로치가 말한다.

텔레비전 앞에 있는 기다란 소파에는 한 남자가 우리에게 등을 보인 채 앉아 있다. 텔레비전에 광고가 나오자, 그 남자가 머리를 긁으면서 초록색 병에 든 뭔가를 마신다. 뒤통수만으로도 어쩐지 외로워 보인다.

우리가 딱 제시간에 왔다. 광고가 끝나고 선수들이 경기장으로 나오자 곧바로 경기가 시작되었다. 텔레비전 화면이 굉장히 커서 모든 것이 정말로 선명하다. 정원에 앉아서 보고 있어도 전혀 문제가 없다. 옆을 돌아보니 로치는 축구경기에 완전히 빠져서 나한테는 관심도 없다. 로치의 눈에서 작은 초록색 직사각형이 춤을 추듯 움직이는 게 보인다.

레알 마드리드가 훨씬 뛰어난데도 바르셀로나가 전반전에서 점수를 올린다. 그 사업가는 바르셀로나 팬임이 분명하다. 공이 골망을 흔드는 순간 사업가가 소파에서 벌떡 일어나는 바람에 마시던 것이 여기저기 쏟아진다. 텔레비전에서 주요장면을 느린 화면으로 너무 많이 보여주자, 나는 속이 메스꺼워진다. 그 장면이 반복될 때마다 메스꺼움이 더욱 심해진다. 느린 화면의 라자로 셀레스티노는 텔레비전에서 보여주지 말아야 한다.

우리가 1 대 0으로 뒤진 채 전반전이 끝난다. 소파에 앉아 있던 남자가 자리에서 일어나 그 방에서 나가더니 잠시 후 또 다른 초록색 병을 들고 돌아온다. 나는 지금 탈의실에서 무슨 일이 벌어지고 있을지 상상한다.

선수들이 탈의실 가장자리에 있는 벤치에 둘러앉아 있다. 물병에 든 물을 홀짝이며 마시고 양말을 신는다. 한 선수는 팀의 전담의사한테서 치료를 받고 있다.

정장을 차려입은 감독은 한가운데에 서서 화살표와 가위표가 가득한 알림판을 가리키고 있다.

"벨몬테, 네가 저쪽 수비수들한테 덤벼들어야 해. 벨로와 타피아에게 뒤쪽 공간을 만들어주려면 수비수들을 끌어내야지. 노게라, 오초아, 너희는 공을 더 빠르게 움직여야 해. 너희가 공을 잡으면 그 즉시 웨이크필드를 발사할 준비를 해야 해. 저쪽 수비 라인에게는 웨이크필드가 너무 빨라서 엄청 곤란해진단 말이야. 그리고 변화를 좀 줄게. 루비오, 네가 빠질 거야."

감독이 탈의실을 둘러본다.

"부디, 신발 신어. 네가 중앙에서 뛰는 게 좋겠다. 바르샤가 우리 수비 구역에 들어오는 걸 막아. 그리고 우리가 공격할 때는 웨이크필드를 지원해."

나는 키어런 웨이크필드를 건너다본다. 웨이크필드가 나를 보고 윙크를 한다.

"우리 아직 역전시킬 수 있어!" 감독이 박수를 친다. "바로 지금이야! 그리고 저 우승컵은 너희 거야! 나가자, 마드리드!"

선수들이 모두 일어선다. 박수소리와 축구화 징이 바닥에 부딪치는 소리가 탈의실에 울려 퍼진다. 우리는 터널을 따라 천천히 뛰어서 경기장으로 나간다. 관중들이 연호와 환호를 보내

고, 수천 개의 카메라 불빛이 터지자 경기장이 보석처럼 반짝거린다.

로치가 내 옆구리를 쿡쿡 찌른다.

"시작한다."

후반전이 시작되고 나서 레알 마드리드가 끊임없이 공세를 펼친다. 우리는 계속해서 슛을 쏘지만 어쩐지 공이 골문 안으로 들어가지 않는다. 경기 시작 70분이 지났는데도 우리가 아직 골을 못 넣자, 나는 손톱을 물어뜯기 시작한다. 80분이 지나자, 나는 손으로 얼굴을 가리고 손가락 사이로 경기를 지켜본다.

시계가 90분에 이르고 인저리 타임에 들어간다.

그 순간 일이 벌어진다.

1초도 남지 않은 상황이다.

가망이 없다.

그 순간 새하얀 빛이 휙 지나간다. 키어런 웨이크필드가 두 수비수 사이를 미끄러지듯 빠져나가자, 벨몬테가 수비수 뒤쪽 틈새로 공을 찔러 넣는다.

나는 벌떡 일어났다. 모든 선수들이 바르셀로나 골문을 향해 달려든다.

그러나 그 모든 선수들 앞에 키어런 웨이크필드가 있다.

그리고 웨이크필드를 따라잡을 만큼 빠른 선수는 아무도 없다.

웨이크필드가 페널티 박스 안에서 공을 잡더니 왼발 뒤쪽으로 끌어당긴다. 골키퍼가 양팔을 쫙 펴고 시선을 공에 집중한 채 앞으로 걸어 나온다. 맹세컨대 그때 내 심장이 뛰는 걸 멈췄다. 가슴이 꽉 막혀 숨이 쉬어지지 않았다. 웨이크필드의 왼쪽 신발에서 눈을 떼지 못하고 있는데, 그 왼쪽 신발이 공 쪽으로 방향을 바꾼다.

나는 뒤에서 달려드는 수비수를 못 봤다. 그 수비수가, 웨이크필드가 몸을 지탱하고 있는 다리를 밀쳐서 넘어뜨려 바닥을 구르게 하기 전까지는 못 봤다. 하지만 로치는 수비수를 본 게 틀림없다. 웨이크필드가 바닥에 떨어지기 전에, 내 비명소리가 목구멍까지 올라오기 전에 로치의 손이 내 입을 철썩 때린 걸 보면. 내가 몸을 비틀며 로치의 손에서 벗어나려 안간힘을 쓰지만, 로치가 가만히 두지 않는다.

"부디!" 로치가 내 귀에 대고 쉬이 하고 속삭인다. "입 다물어. 안 그러면 우리는 다음 장면을 못 봐. 저기 봐, 페널티킥 위치를 가리키고 있잖아."

로치 말이 맞았다. 심판이 벌써 손에 레드카드를 들고 페널티 박스로 들어온다. 그리고 페널티킥 지점을 가리킨다. 양 팀 선수들이 그 수비수를 가운데 두고 서로를 향해 소리를 지르고 밀쳐댄다. 키어런 웨이크필드가 일어나는데 무릎을 구부린 순간 얼굴을 찡그린다. 무릎에서 피가 흘러나와 흰색 양말에 스며든다.

그러나 웨이크필드가 골키퍼가 들고 있는 공을 향해 손을 내민다.

그리고 골키퍼가 마치 챔피언스 리그 우승컵을 넘겨주듯이 공을 웨이크필드에게 건넨다.

나머지 선수들이 페널티 구역 밖으로 나가기까지 시간이 한참 걸린다. 퇴장당한 수비수가 경기장 밖으로 나가기까지는 시간이 더욱 오래 걸린다. 그렇지만 결국 키어런 웨이크필드와 골키퍼 둘만 남았다. 모두 나가고 나자, 카메라가 축구공을 들고 있는 웨이크필드를 클로즈업해서 비춘다. 웨이크필드는 지쳐 보인다. 기운이 다 빠진 것 같다. 이제 한 번의 킥을 할 기운만 남아 있는 것 같다. 나는 앞으로 다가가 그 집 유리창에 손을 갖다 댄다. 하지만 얼얼한 느낌도 없고 충격도 없다. 차가운 유리일 뿐이다. 키어런 웨이크필드의 모습이 흐릿해지기 시작하지만 나는 눈을 깜박여서 눈물을 참는다. 로치 앞에서는 안 된다. 웨이크필드가 동점골을 넣고, 우리가 이기는 그런 우주가 있다는 걸 나는 안다. 하지만 어떻게 어느 우주인지 알 수 있을까? 그리고 이 우주가 아니면 어떡하지? 나는 다시 눈을 깜박여서 눈물을 참는다. 이 우주가 아니면 어떡하지?

나는 허리를 숙이고 다시 담장 쪽으로 온다. 유리창에는 내 손가락 자국이 남아 있다.

키어런 웨이크필드가 앞으로 걸어가더니 패널티킥 지점에

서서 허리를 구부린다. 카메라가 계속 공을 비추고 있다. 웨이크필드가 자신의 두 발 사이, 풀밭에 표시한 흰색 원에 공을 내려놓는다. 웨이크필드의 앞머리에서 땀이 뚝뚝 떨어지고, 무릎에서 피가 한 방울 떨어져 왼쪽 신발 앞코에 떨어진다.

하지만 웨이크필드는 알아채지 못한다.

웨이크필드가 곧바로 방향을 바꿔 페널티 박스의 가장자리로 걸어간다.

웨이크필드는 허리를 숙여 양말을 끌어 올리면서도 여전히 알아채지 못한다. 그러나 내 눈에는 그 빨간 얼룩밖에 보이지 않는다. 옆을 돌아보니 로치도 그 얼룩을 본 게 분명하다. 사실 어떻게 그걸 못 보겠는가? 어떻게 그걸 못 본 척하겠는가?

내가 소곤거리듯 말한다. "신발에 피가 묻었어. 신발에 피가 묻었다고."

내 손끝에 난 세 개의 작은 흉터를 내려다본다. 내 목구멍 깊은 곳에서 피 맛이 느껴진다.

그러나 키어런 웨이크필드는 양손을 허리에 올리고만 있다.

웨이크필드의 두 뺨이 부풀어 오른다.

그리고 호각 소리를 기다린다.

골키퍼는 골라인에 서서 곧 날아가기라도 할 것처럼 양팔을 흔든다. 팔을 휘두를 때마다 골키퍼가 점점 커지는 것 같다. 골키퍼의 손끝이 양쪽 골대에 스치고, 머리가 위쪽 골대에 부딪칠 것 같다.

갑자기 키어런 웨이크필드가 멀리 있는 것처럼 보인다.

페널티킥 지점과 골문 사이가 점점 벌어진다. 결국 골문이 거대한 대양 저편에 있는 작은 점만 해진다. 웨이크필드는 초라하고 외로운 외돌토리 같다. 성공 가능성이 없는 어린 남자아이 같다. 골키퍼는 너무 크고, 골문은 너무 작고, 전 세계의 모든 관중은 웨이크필드를 적으로 여긴다.

불가능한 일이다.

그러나 다음 순간 카메라가 웨이크필드의 얼굴을 클로즈업해서 비추는데, 축구공을 너무 열심히 쳐다보고 있다. 가만히 보니 웨이크필드는 거대한 야자나무처럼 커지고 있는 골키퍼를 못 보고 있는 것 같다. 골키퍼와 자기 사이에 펼쳐진 그 드넓은 대양을 못 보고 있는 것 같다.

웨이크필드는 불가능을 못 보고 있다. 불가능은 없으므로.

웨이크필드가 보고 있는 것은, 단 한 번의 최후의 킥을 기다리고 있는 축구공뿐이다.

그때 심판이 호각을 분다.

웨이크필드가 뛰기 시작한다.

로치가 내 손을 잡는다.

지금 아니면 기회는 없다.

나는 안다, 그냥 안다, 바로 지금이라는 걸.